LA

"Los sorprendentes secretos revelados en los diarios muestran los misterios del corsé y el delicado magnetismo que le da forma a la atractiva silueta de la mujer suramericana."

—*Booklist*

"La prosa de Marisol es enorme . . . todo, desde los paisajes hasta las emociones está descrito con una maravillosa variedad de tonalidades."

—*Denver Post*

"Tan sensual como *Chocolat* y *Como Agua para Chocolate,* este libro cuenta una apasionante historia de amor latinoamericano. Una novela literaria y voluptuosa."

—*Rocky Mountain News*

"La ingeniosa narrativa de Marisol combina las historias de dos mujeres: la de Pilar, una mujer moderna que se encuentra atrapada entre sus deseos de encontrar el amor verdadero y una carrera que la satisfaga, y la de su abuela Gabriela, quien, dos generaciones atrás, vivió un amor prohibido."

—*From House to House*

MARISOL ha sido modelo, banquera, chef, profesora de lenguas y, más recientemente, ejecutiva de relaciones públicas. Nació en Venezuela, y actualmente vive en Denver, Colorado.

Una rama de HarperCollins*Publishers*

La
Dama, la
& Cocinera
la
Cortesana

una novela

MARISOL

TRADUCCIÓN DE JOSÉ LUCAS BADUÉ

Los libros de HarperCollins pueden ser adquiridos para uso educacio-
nal, comercial, o promocional. Para recibir más información, diríjase
a: Special Markets Department, HarperCollins Publishers Inc., 10 East
53rd Street, New York, NY 10022.

Diseño del libro por Shubhani Sarkar

Este libro fue publicado originalmente en inglés en el 2003 en Estados
Unidos por HarperCollins Publishers.

PRIMERA EDICIÓN RAYO, 2004

Impreso en papel sin ácido

Library of Congress ha catalogado la edición en inglés como:
Marisol
   The lady, the chef, and the courtesan: a novel / by
   Marisol.—1st ed.
      p. cm.
   ISBN 0-06-053042-1
      1. Women—South America—Fiction. 2. South America—Fiction.
I. Title.
PS3613.A753L332003
813'.6—dc21   2003046580

ISBN 0-06-053630-6 (pbk.)
04 05 06 07 08 DIX/RRD 10 9 8 7 6 5 4 3 2 1

A las promesas cumplidas

Índice

La mujer deber ser

dama en la sala,

cocinera en la cocina

y *cortesana* en la alcoba.

—PROVERBIO SURAMERICANO

La Dama, la Cocinera & la Cortesana

La magia llegó por primera vez a la vida de Pilar el día del funeral de su abuela.

"Porque del polvo vienes y en polvo te convertirás."

Pilar se persignó lentamente, como si se le escaparan las fuerzas, mientras contemplaba cómo esos últimos instantes se escurrían irremisiblemente.

El arzobispo hizo la bendición de la cruz y desparramó un puñado de tierra sobre el cuerpo de Gabriela Grenales, la querida abuela de Pilar.

Cuando llegó el momento de cerrar el féretro, el estupor que provocan los entierros se esfumó—aunque por sólo un momento—y fue sustituido por el temeroso murmullo de los asistentes. Entendían y reconocían—al unísono—que bajo la intransigencia de la muerte, todo lo que no se había dicho quedaría, a partir de ese momento, para siempre en el silencio.

A medida que el féretro era bajado lentamente a la tumba, unos pocos puñados de tierra húmeda se desprendieron y cayeron con algún ruido sobre la tapa. El sonido era inolvidable; aquel eco de la muerte.

Frente a Pilar, un hombre vestido de negro, procedente de entre un grupo de dolientes, agarró con sus manos una corona de gardenias, se acercó a la orilla de la tumba y se inclinó sobre ella, como si tratara de hablar con la difunta. Pero envez, lanzó la corona con delicadeza y contempló en silencio cómo caía sobre el féretro. De momento, ese gesto podía haber sido tomado como una señal más de respeto, pero había algo especial en la manera comedida del hombre, en la cual un buen observador podía dicernir un enorme pesar, que, al contrario de la tumba situada a su lado, nunca podría ocultarse. Pilar vio escapar un brillo momentáneo del pañuelo que él apretaba entre sus manos mientras extraía un pequeño objeto que resplandecía a la luz del sol. Y enseguida, tiró el amuleto dentro de la tumba para que quedara enterrado por la eternidad.

Tan pronto como el hombre comenzó a alejarse, Pilar escuchó a su madre, Cristina, hacer un comentario al aire:

"Bueno, ésta es la primera vez que se da algo como esto."

Pilar luchó por regresar a la realidad, aunque fuera momentáneamente, del laberinto de pensamientos incoherentes en que estaba sumida.

"A qué te refieres, Mamá?"

"Ver a un desconocido en el funeral de mi propia madre."

Todo lo que Pilar pudo contestar fue un "Ya veo" apenas audible. Su madre no parecía haber notado el brillante milagro que ahora adornaba la tumba de Gabriela. Pilar se preguntaba quién sería aquel hombre, y ella sabía que Cristina también se preguntaba lo mismo.

En la distancia, al otro lado de la ciudad, las campanas de la catedral de Caracas comenzaron a sonar llamando a Misa Mayor, como haciendo eco a las palabras del arzobispo Mariano Fermín del Toro:

"Que en paz descanse su alma."

Gabriela murió el 15 de abril de 2001, Domingo de Resurrección.

Desde donde se encontraba, Pilar podia ver por encima de los balcones de las casas los materos de color terracota que colgaban rebosantes de geranios rojos y helechos verde esmeralda, aquella perfecta continuidad de techos de tejas de color rojo escarlata que le dan a Caracas su pintoresca apariencia colonial y su gracioso apodo: "La ciudad de los techos rojos." Distraída por un momento, Pilar imaginaba ver a una elegante señorita, de lustroso pelo negro y labios rojos, caminando lentamente hacia uno de esos balcones, donde se recostaría contra una columna tallada a mano para mirar la puesta de sol que bañaba los valles de luz rosada con pinceladas rojas, mientras el sol, con aparente desgano, comenzaba su diario descenso detrás del Cerro del Ávila.

Éste fue el lugar donde, veintiséis años atrás, había nacido Pilar Castillo.

Sus ojos negros rasgados, una característica común de las mujeres venezolanas—un legado de varias centurias de ingrato dominio español—estaban retratados en su rostro en ángulo, de modo que si hubiera escogido cubrirse la cara con un velo ese día, como lo habían hecho algunas de las otras dolientes en honor a la tradición, habría pasado fácilmente por una encantadora de serpientes. Cuando Pilar estaba aturdida, lo cual no sucedía a menudo, la inquietud de su mirada era lo que la delataba.

Mientras ella y su madre se alistaban a marcharse de la tumba, Pilar notó a un joven atractivo caminando hacia ellas. Con su gracia usual y buenos modales, Rafael Uslar Mancera saludó a ambas mujeres y después se dirigió a la más joven, cuyos ojos trataban a toda costa de evitarlo. La besó con cariño en la mejilla y le susurró:

"Lo siento mucho, cariño. Sé lo mucho que ella significaba para ti."

Cuando escuchó su voz, Pilar pensó en el dicho: "Donde hubo fuego, cenizas quedan."

Escondiendo las lágrimas y demasiado intranquila para hablar, Pilar solamente asintió con la cabeza como respuesta. Las palabras de Rafael le trajeron muchos recuerdos, y pensó de inmediato que la única persona en el mundo que podía haberla ayudado a ponerlos en orden ya se había marchado para siempre. Nunca antes se había sentido Pilar tan vulnerable.

Aunque el amor por la mujer cuya sabiduría había guiado su vida tantas veces era más profundo que las raíces de una ceiba, Pilar era una persona consciente de sí misma, y raras veces exteriorizaba sus emociones. Finalmente, dijo su último adiós a su adorada abuela detrás de una máscara de falsa serenidad. En la boca del estómago, en ese momento, se despertaba una sensación de desamparo, al tener que ceder una vez más a la intransigencia de la muerte.

Mientras se marchaban del cementerio, Pilar luchó por mantenerse de pie sobre sus incómodos tacones altos, los que a pesar de su cauteloso caminar, se incrustaban en las grietas de las rudas piedras del camino. Fue entonces cuando se dio cuenta de lo diferente que era ese domingo de sus domingos en Chicago, e inmediatamente comenzó a extrañar la vida rutinaria en esa ciudad que nunca creyó poder llamar suya. Aun así, no podía borrar de la mente la imagen del hombre con el milagro, ni la de las horas agotadoras que le esperaban.

Después del entierro, fueron a casa de Gabriela, en el distrito residencial de Los Rosales, que ahora parecía existir, como todo lo demás que Pilar había visto y sentido durante los últimos dos días, en otra época. Cuando entraron a la casa, se sintió sacudida por una sensación aún mayor de que el tiempo nunca había tocado a Venezuela para nada, y mucho menos a su familia.

Esperando evadir a los que venían a ofrecer sus condolencias, Pilar pasó a la terraza, donde encontró una mezcla intoxicante de fragancias: eucalipto, capullos de naranja, aves del paraíso, y buganvillas color vino tinto; moradores del jardín que había visitado tantas veces, pero que tan poco había apreciado cuando era más joven. Ahora, después de estar ausente durante tres años, viviendo en medio del ajetreo de una ciudad americana, la vista y el aroma inspiraban en ella un sobrecogimiento casi irreal. De pie, bajo la sombra de una mata de mango, Pilar sintió como si absorbiera todos los recuerdos del pasado de su abuela, y pensó que en ese jardín nada se podía comparar con la fragancia que trae la nostalgia.

Cuando al fin se obligó a regresar al interior de la casa, sintió que una pequeña sonrisa inesperada jugueteaba sobre sus labios cuando se fijó en el piso—el cual parecía un tablero blanco y negro—y sobre el cual, pese a las protestas de su Nana, le había encantado sentarse cuando era niña. Estos pisos eran característicos de las casas construidas a principios del siglo veinte por artesanos que se habían marchado de España hacia el Nuevo Mundo: evocadores de casas construidas cientos de años antes en Barcelona y otras ciudades españolas. La extensa superficie de mármol era la única en la casa que no estaba a la merced del calor infernal de Venezuela.

Con su típica timidez—a veces confundida con frialdad—Pilar estaba de pie en la esquina del vestíbulo de la entrada principal, observando en silencio a una persona tras otra conversar con su madre, Cristina Knowles de Castillo. Cristina era hija única de Gabriela, por lo que todo el mundo estaba en fila para darle el pésame.

A medida que los visitantes iban firmando el libro de asistencia, a Pilar se le ocurrió por primera vez lo raro que era que su abuela, quien siempre le había prestado tanta atención a las tradiciones, nunca hubiera usado el apellido de su esposo. En vez de convertirse en Gabriela Grenales de Knowles, se había mantenido como Gabriela Grenales. Pilar no cesaba de pensar cómo se habría sentido su abuelo Jonathan ante la decisión atrevida y fuera de lo normal de su esposa de no llevar su apellido, y por ende, ser completamente suya.

El diluvio de visitantes persistía. Ahí estaba el presidente del museo de arte, a quien Pilar escuchó decirle a Cristina que la junta del museo nunca tendría otro miembro tan dedicado como lo fue doña Gabriela. Después llegaron las damas del colegio de bellas artes, a las que siguió un pequeño grupo de niños de varias edades, quienes habían tomado clases de piano con la abuela de Pilar. Un hombre de distinguida presencia y su esposa se presentaron a la

madre de Pilar como el señor Marcos Santoro y señora María Anto-
nieta Colmenares de Santoro. El señor Santoro recordaba que doña
Gabriela había prometido una vez hacer lo que estuviera a su alcance
para restaurar el entonces dilapidado Teatro Nacional de Caracas. A
través de sus múltiples conexiones y una determinación que no conocía límites, Gabriela Grenales había convencido y empujado a posibles benefactores hasta que la renovación—un proyecto que todo el
mundo creía ser, sólo unos años antes, casi imposible de lograr—
estuvo terminada, y el teatro reabrió sus puertas con un gran espectáculo.

Pilar continuó prestándole atención discretamente a la conversación del efusivo hombre, que le contaba a la siempre impasible
Cristina cómo doña Gabriela—insatisfecha con sólo ese proyecto—
trabajó luego con la Fundación del Niño para animar a los amantes
del teatro a que cedieran una parte del precio de entrada para sufra-
gar funciones gratuitas para los niños más necesitados.

"Sin el apoyo de doña Gabriela, nuestro Teatro Nacional no estaría en pie hoy. Puedo dar fe de ello, doña Cristina." No le puedo expresar cuánto la vamos a extrañar.

Éstas fueron las últimas palabras del señor Santoro antes de que
siguiera su camino, cediéndole el puesto a la larga línea de invitados
que estaban detrás de él, todos igualmente ansiosos de contar historias semejantes.

Pilar se sentía agradecida por la presencia de Ana Carla en medio
de tantos desconocidos. Su hermana mayor era encantadora y segura
de sí misma, y, a diferencia de Pilar, muy extrovertida. Por haber recibido montones de atención desde el día que nació, a la jovencita
Ana Carla, como a la mayoría de los niños por los que todo el
mundo hace un alboroto, le era muy fácil presentarse ante el público. Esto resultó en una necesidad permanente, casi condicionada,
de complacer a los demás a toda costa. En ese momento, al mostrar
una sonrisa que podía catalogarse igualmente como una invitación o

como signo de resignación, Ana Carla parecía ser la única de la familia capaz de adoptar una manera correcta y usar el tono requerido, emitiendo las palabras precisas que más agradarían a cada uno de los invitados, haciéndolos sentir como si fuera su familia—y no la de Ana Carla—la cual había sufrido tan grave pérdida.

Dándose cuenta de la presencia de su hermana menor cerca de la puerta, Ana Carla levantó la cabeza y sonrió cariñosamente en dirección a Pilar. Abrazando a cada uno de los invitados, Ana Carla parecía una bailarina que había ensayado sus movimientos hasta el cansancio. Pilar le devolvió la sonrisa y una vez más admiró la fluidez de la coreografía con la que su hermana parecía siempre desenvolverse en el mundo que la rodeaba.

Desde su punto de vista, todo en la casa de su Nana estaba tal como ella lo recordaba, con excepción de los techos altos que ahora parecían serlo aún más—casi infinitos—en comparación con los de su apartamento de Chicago. Pilar pensó en su apartamento y se preguntó si a su abuela le habría gustado. A su madre sí que no le gustaba.

Cuando la mayoría había de los visitantes se marchado, Pilar entró al fin a la casa, donde el rito tradicional empezó de nuevo con el comienzo de la novena.

La sala y el comedor estaban separados por un enorme arco que los hacía parecer más grandiosos de lo que eran en realidad. Cada habitación estaba iluminada por una imponente araña con lágrimas de cristal, cuya limpieza había sido el único trabajo que se había impuesto la propia Nana: si alguien iba a romper estos cristales preciosos, ella solía decir, mejor que fuera ella. Antes de comenzar la meticulosa tarea de limpiar cada una de las lágrimas, hacía que Pilar se las contara obedientemente mientras echaba tres gotas de vinagre blanco dentro de un pequeño receptáculo con agua.

Todos los meses, Pilar esperaba ansiosamente por el susodicho rito, no por lo que era en sí—el simple acto de limpiar dos lámparas—

sino por lo que *significaba* para ella tocar aquellas pequeñas piezas de cristal: era como jugar con las joyas de una reina. Pero, por supuesto, así no era como su Nana lo veía. A través de los años, Pilar había aprendido a apreciar la confianza que su abuela había depositado en ella. Mientras Gabriela delegaba el resto de los trabajos caseros a las empleadas, su nieta más joven era la única persona a quien se le permitía tocar los delicados cristales, cuyos reflejos hacían que la sala y el comedor brillaran como un palacio. Pilar se sonrió al acordarse de esto mientras contemplaba las arañas.

Desprendiéndose de los recuerdos, prosiguió hacia su habitación preferida. No había ningún lugar en la casa que inspirara más circunspección y respeto que la biblioteca. Estaba aislada del resto de la casa por un par de elaboradas puertas de cristal ahumado, con manillas de metal. La seriedad de la biblioteca era, como el abuelo de Pilar, innegablemente inglesa. Con sus anaqueles empotrados de caoba que sostenían cientos de tomos bien colocados, había sido el refugio del abuelo Jonathan. Pilar se percató del péndulo que aún descansaba sobre el escritorio, y recordó con cariño el tictac monótono que hacían sus cabezas de mármol, desde el momento en que eran tocadas hasta el momento en que el hipnotizante movimiento se detenía. Continuó caminando, evadiendo a todos los que la rodeaban.

De repente, al salir de la biblioteca, como si hubiera cruzado una barrera, la elegante decoración europea del fondo de la casa cedió el paso a una casi mística mezcla de muebles coloniales, alfombras persas hechas a mano y pinturas aborígenes. Dos de los trabajos más interesantes eran reproducciones de las pinturas de Gauguin, Nunca Más y El Sueño, que Nana había traído con ella del Museo Gauguin en Tahití, donde ella y Abuelo habían ido de vacaciones. Pilar recordó que cuando Ana Carla cumplió diecisiete años, Nana, que recientemente había regresado de Tahití, decidió darle una gran fiesta de cumpleaños. Pero la reina de la fiesta resultó ser la propia Nana, hablándole a quien quisiera escucharla sobre sus dos nuevas pinturas y las maravillas de la Polinesia Francesa. ¡Qué natural le resultaba a la abuela compartir sus alegrías con otros!

A pesar de que Pilar había escuchado sus historias antes, el alboroto que Nana hizo sobre las dos pinturas sin marcos tahitianas no significó nada para ella en ese momento. Pero luego, mientras las estudiaba, se le ocurrió que al igual que cualquier arte folclórico latinoamericano, las dos réplicas de Gauguin contenían una irresistible referencia simbólica sobre la superstición nativa. El fondo de Nunca Más parecía representar los pensamientos sombríos de la joven en el sofá, convirtiendo la pintura en algo mucho más que un simple desnudo. Aun para el ojo menos experto, la pintura daba una sensación de lujo salvaje, sobrecargado de fantasías obsesivas de actos que por lo común eran considerados pecados.

La otra pintura, identificada como *Te Rerioa*, colocada sobre una pequeña placa dorada dentro de un marco, no era menos intrigante. Pilar recordó cuando Nana comentó que era extraño que Gauguin hubiera escogido ese título para "el sueño," cuando en el idioma nativo polinesio "rerioa" quería decir "pesadilla." Sabiendo cuánto Nana amaba el simbolismo, Pilar estaba segura de que los nombres de estas dos pinturas y el lugar donde ahora estaban colocadas no eran una simple coincidencia.

Si todas las pinturas en este lado de la casa se apartaban de lo tradicional, las unían, no obstante, diversos elementos que cuando se juntaban creaban un conjunto único de gracia y dignidad. Ésta era la impresión que las dos-casas-en-una de Nana daban al observador casual. Pero el énfasis puesto en los colores de las obras de arte tenía más que un efecto decorativo. Por muchos motivos, las pinturas ofrecían reflexiones filosóficas sobre los misterios de la vida y el indómito fervor de la expresión emocional.

Y de la misma manera que el arte revela algo sobre el alma del artista, Pilar pensó que esta parte de la casa de Nana parecía esconder algún secreto nunca revelado. Como los brillantes colores de los lienzos, estos cuartos guardaban los trazos de una vida misteriosa vivida en ellos. En ese nomento, Pilar recordó algo que Nana le dijo una vez: "Mi amor, la gente dice muchas cosas, pero en fin de cuentas, lo que la delata es lo que hacen."

Pilar sospechaba que lo mismo sucedía con la casa. Aunque pareciera a primera vista que la dueña había tenido buen gusto y un buen sentido, era más que obvio que las recargadas piezas inglesas y las pinturas de rojo estridente colgadas sobre ventiladas sillas de mimbre nunca podrían combinar, en realidad no importaba cuán experto a la mano del el decorador.

El contraste discordante explicaba, al menos en parte, la persona en la que su madre se había convertido. Pilar estaba ahora segura— al menos tan segura como uno puede estar de sus padres—que en algún momento de su niñez, sin poder reconciliar los dos mundos de su madre y su padre, Cristina había decidido que debía escoger sólo uno. Cristina, que siempre llevaba el mismo collar de perlas, siempre recogía su cabello en un moño muy apretado y siempre seleccionaba su ropa de acuerdo con el clima y la ocasión, no se parecía, ni en modales ni en apariencia, a la extraña mezcla de la cual provenía. Por lo contrario, había adoptado la austeridad de su padre, distinguiéndose de esa manera tanto de su madre como de su hija menor.

Antes de regresar al frente de la casa, Pilar contempló por última vez el mundo pintado en Nunca Más—con su superficie brillante y profundidades escondidas—y su metafórica aunque real conexión con la abuela, a quien ella tanto había querido y a quien ahora extrañaba tanto.

Más allá de la biblioteca Pilar se enfrentó con una galería viva de mujeres de edad avanzada, con rosarios en las manos, sentadas en el gran salón de Nana, repitiendo piadosamente interminables plegarias: nueve Misterios Dolorosos, compuestos de diez Ave Marías y un Gloria cada uno. La que llevaba la voz cantante decía: "Dale, Señor, el descanso eterno," y las otras contestaban casi al instante con el mismo murmullo monótono: "Y brille para ella la luz perpetua." Y luz perpetua sería, pensó Pilar, porque todos quienes habían conocido a Gabriela Grenales sabían que podía haber un sólo recuerdo fidedigno de ella: la vida.

"Pilar, ¿dónde estabas? ¿No te vas a unir a la novena?"

Sorprendida por la voz inquisitiva que la tomó por sorpresa, Pilar se volteó y encontró a su madre detrás de ella, justamente afuera de la entrada de la biblioteca. De hecho, para no llamar la atención, Pilar había evitado entrar en el gran salón.

"Prefiero verlo todo desde aquí, Mamá."

Cada palabra que le dirigía su madre era como una chispa cargada de estática, y cada conversación con ella era como una olla de agua caliente que podía empezar a hervir en cualquier momento si no se vigilaba con cuidado.

Después de la muerte inesperada de su papá, cuando Pilar tenía doce años, no quedó nadie disponible para controlar la furia hirviente de su madre. Pilar recordó que la última vez que lo vio estaba medio dormida. Él la besó y abrazó, y le susurró al oído: "Oye, princesita, no te olvides lo mucho que te quiero."

Esa noche fue llevado al hospital, y ella nunca más lo volvió a ver. Lloró por muchos días, y ahora al encontrarse de nuevo en la presencia de la muerte, su dolor resurgió. Se sorprendió de encontrarse una vez más, después de tanto tiempo, llorando la ausencia del hombre que llenó de alegría los primeros años de su vida.

Pero ahí, todavía, estaba su mamá. Con su mera presencia, Pilar parecía violar muchas de las innumerables reglas personales de su madre, y por cada error que cometía, Cristina reaccionaba como si se tratara del pecado original.

Con el cansancio de quien ha sido regañada muy a menudo, Pilar avanzó con lentitud y pasó frente a la mirada inquisitiva de su madre para reunirse obedientemente con los demás en el gran salón.

Pero mientras trataba de abrirse camino entre el grupo de rezanderas, Pilar se sintió, inmediata e irremisiblemente fuera de lugar. A pesar de estar vestida con un sobrio vestido de pantalón negro, ofrecía un llamativo contraste con las mujeres que la rodeaban, todas las cuales vestían luto absoluto. Algunas llevaban vestidos negros hasta el suelo, como beatas, con las caras compungidas y cubiertas por mantillas de encaje, aquel velo transparente tradicional, muy ornado, que se usa como señal de respeto por los fallecidos.

Los rezos *no finalizaron hasta muy tarde en la noche. Después,* Pilar regresó a casa de su mamá para dormir una vez más en su antigua habitación, la cual se había conservado inquietantemente igual como la dejó, un indicio de que Cristina esperaba que regresara de Chicago en un futuro cercano.

Abrió la maleta y sacó un *baby-doll* color crema que compró en una tienda de lencería en Michigan Avenue. Sonrió cuando se acordó que Patrick se burlaba cuando ella se vestía de encaje en pleno invierno.

"No puedo evitarlo," le había dicho ella.

"Bueno, no debo quejarme, y, además . . . te lo voy a quitar," le había contestado él, riendo.

"Es como si . . . viera a mi mamá vigilándome a través de la ventana para asegurarse de que me vea femenina a toda hora."

Levantando ambas manos, Patrick miró al techo, y terminó la discusión diciendo, con malicia:

"La culpa es toda suya, señora Castillo. Yo tampoco puedo evitarlo."

Después de tales comentarios, hubo más risas.

Hacía calor y su cuarto se sentía húmedo, por lo que Pilar se desvistió, y abrió las ventanas de par en par. Como hay pocas casas con aire acondicionado en Venezuela, las ventanas están generalmente cerradas durante el día para mantener el calor afuera, y se abren por la noche para que el aire fresco pueda entrar.

Después de quitarles los pestillos plateados, las ventanas coloniales dejaban ver el jardín de atrás. El aroma llevado por la brisa de las pomarrosas y las matas de guayaba, quemadas durante todo el día por el calor ecuatorial, comenzaron a invadir lentamente el cuarto de Pilar.

De pie y desnuda, Pilar observó su propio cuerpo por vez primera en varios días. Pensó en cómo la tocaría Patrick si estuviera allí. Antes de deslizarse la bata de dormir sobre la cabeza trazó, muy suavemente y por unos pocos segundos, el contorno de sus senos.

Finalmente, sacudió su larga y gruesa cabellera negra, y la anudó detrás como una cola de caballo. A ella no le gustaba sujetarje el cabello, pero sabía que si no lo hacía pasaría la noche luchando con él.

Muy inquieta aún para dormir, se sentó en la cama y levantó el teléfono. Quería llamar a Patrick. ¿Cuál seria el código para llamar a los Estados Unidos? se preguntó. No había llamado allá desde que solicitó ingreso a la facultad de estudios superiores de la Universidad Northwestern, cuando pasaba horas en el teléfono con el encargado de las matrículas. Trató de recordar el código internacioal, "o" el "01" de los Estados Unidos y el "312" de Chicago. Cuando se propuso a marcar el número, le asaltó un pensamiento: Desde aquí no. Colgó, y trató de olvidarse de Patrick.

Miró alrededor del cuarto donde había crecido, y se percató de pronto de la incongruencia de la enorme cama de caoba tallada donde durmió por muchos años. La misma semana que Pilar cumplió los quince, su madre se la compró, con todo y ropa de cama de hilo blanco, festoneada de encaje español, y le informó a su joven hija que "aquí es donde debe dormir una señorita." Tal como las decisiones de las típicas madres latinas, la compra de la cama en donde Pilar se alistaba a dormir, había sido una acción unilateral e indiscutible. En fin, Pilar no había tenido más remedio que aprender a quererla. Pero al mudarse a Chicago, escogió un estilo completamente diferente. El decorado de su pequeño apartamento era moderno y sencillo, en contraste con el cuarto tan colonial y recargado de su casa. Salir a comprar sus propias cosas la había hecho sentir como si estuviera suelta dentro de una pastelería llena de dulces tentaciones.

El año anterior, cuando visitó Chicago, Cristina hizo comentarios sarcásticos acerca de los escasos muebles modulares que su hija había escogido: "Hija, ¿habrá algún otro lugar donde pueda sentarme, que no sea esta silla lisa sin brazos?" Y sus comentarios no pararon allí, ya que Patrick tampoco la impresionó.

A diferencia de mucha gente, Patrick Russo era una persona totalmente genuina. Era un fotógrafo atractivo, gracioso por naturaleza, que podía devorarse una hamburguesa con queso de dos mordidas, y después lamerse los dedos con placer. Pero no era la clase de hombre que Cristina deseaba para su hija, y esto se lo hizo saber bien claramente a Pilar.

"Pilar, por Dios, ¿no puedes ver que no hay nada más en él?"

Aun después de que su madre hubiera regresado a Caracas, Pilar podía oírla: "¿Por qué no puedes ser más como tu hermana?"

Ana Carla estaba casada y tenía dos hijos tremendos, de tres y cinco años. La tía Pilar los quería mucho y los malcriaba como si fueran suyos. Quizá eso sería lo más cerca que ella estaría de ser madre. Algunas veces, especialmente después de visitas como ésta, ella se preguntaba si moriría solterona. ¿Le pediría Patrick algún día que se casara con él? ¿O le haría caso a su madre y volvería con Rafael?

Por fin, más confundida que nunca, Pilar decidió llamar a Patrick después de decirse a sí misma que lo hacía sólo para oír su voz.

Levantó el auricular, marcó el número, y lo dejó sonar. Nadie contestó, Patrick debía estar en el cuarto oscuro revelando sus fotografías.

Finalmente hubo un clic. Aunque sabía que era solamente su contestador electrónico, se sintió perturbada por su recibimiento jovial: "Habla Patrick. Bueno, la verdad es que el que habla no es él, pero si quiere hablar conmigo, simplemente deje su número, y lo llamo más tarde." Cuando escuchó al Patrick electrónico, Pilar comprendió la gran diferencia que había entre él y Rafael. "¿No sería estupendo si yo pudiera mezclar lo mejor de cada uno en un ser perfecto?" pensó.

Pilar no solía dejar recados, porque el sonido de su propia voz la cohibía. Esta vez, sin embargo, optó por uno breve: "Oye, soy yo. Te extraño," dijo, antes de colgar.

Apenas terminó de decir esas palabras se sintió insegura de sí misma, y deseó haber colgado antes de pronunciarlas. Ah, ¿qué más da?

Sola, en su cama, se imaginaba estar en los brazos de Patrick. Abrazó la almohada y sonrió. Él siempre la hacía sonreír. Ella nunca había conocido a nadie como él: tan poco convencional, tan agradable, pero a la misma vez tan prudente. Su encanto, contrariamente al de Rafael, no era una estratagema; en realidad no había nada falso en él. Ella recordaba que, casi al haberle conocido, él había comenzado a llamarla, Hoyuelos, en honor a los delicados y casi imperceptibles pliegues que le adornaban los bordes de la boca cuando sonreía.

"Hoyuelos, ¿eh?" preguntó ella, sintiéndose algo avergonzada por sus atenciones.

"Sí, Hoyuelos . . . para recordarte que sigas sonriendo, le dijo, Patrick con su contagiosa risa que comenzaba en la garganta con una carcajada suave e iba subiendo de tono hasta que no le quedaba a ella más remedio que reír también.

Pero la mente de Pilar aún no podía descansar. Los recuerdos de Rafael continuaban inmiscuyéndose en sus pensamientos, y por eso empezó a imaginarse cómo sería su vida con él. Recordó las largas conversaciones que solían sostener, aquella sensación de que podía hablar con él por toda una eternidad. Por otra parte, Rafael prometía ser un buen abogado, y era quien le había escogido su madre. Sin lugar a dudas, la vida junto a Rafael sería muy cómoda. *¿Pero sería* *eso el amor?* Se preguntó si podría alguna vez entenderlo mejor. Le parecía que las dudas que más le preocupaban y confundían se habían vuelto aún más complicadas en los últimos días.

Ya había puesto en práctica todo truco imaginable—deshacer maletas, leer, rezar—para librarse de dudas fastidiosas, pero nada parecía borrar los pensamientos incoherentes y fragmentados que le entraban y salían de la cabeza, trozos de ideas revueltas que no podrían unirse para componer una frase, pero que, sin embargo, la inquietaban igual que si hubieran sido bien formados. Entonces, de repente, sintió un dolor agudo, y las imágenes del entierro de su abuela comenzaron a aparecerle en la mente.

Estaba tan cansada en lo que se refería a lo emocional, a lo mental y a lo físico (ya que había pasado la noche volando en un avión para llegar a tiempo al entierro), que decidió forzarse a dormir. Pero justo en el momento en que iba a apagar la lámpara, oyó un toque en la puerta del dormitorio. Era su mamá.

"Pilar, antes de que se me olvide, tu Nana quería que te quedaras con esto. Perdóname que no te lo di antes."

Cristina le entregó una caja pesada con brocado blanco hecho a mano.

"¿Sabes lo que contiene, Mamá?"

"No tengo la menor idea. Tú sabes como le gustaban los secretos a Nana. Sólo Dios sabe lo que habrá en esa caja."

"Gracias, Mamá, buenas noches."

"Buenas noches, Pilar. Trata de descansar. Nunca te he visto tan pálida."

Pilar contempló la caja por unos momentos antes de abrirla. Era típico de Nana preparar sorpresas de regalo, aun después de haberse ido del mundo. ¿Pero por qué se la dio a ella? ¿Habría Ana Carla recibido una caja igual?

Cuando al fin levantó la tapa, se sintió embriagada por el dulce perfume de Nana, trayéndole a la mente agradables recuerdos de su niñez. Se pasó los dedos por la frente, y comenzó con gran cuidado a desatar la cinta de seda roja que unía el contenido de la caja: tres libros. Con cubiertas de cuero negro, lomos biselados, estampados con números romanos en dorado y las iniciales "GG"; le parecían un tesoro, reliquias por derecho propio.

Pilar exhaló una exclamación al ver su nombre en un sobre en el fondo de la caja, y por un instante tuvo la rara sensación de que su abuela aún vivía. Pasó el índice sobre las letras, tratando de imaginarse cómo y cuándo fue que la mano elegante de su abuela había tomado la pluma y escrito la palabra "Pilar." Cuando volteó el sobre notó que había sido sellado con cera roja. Tanto el sobre como la caja eran para ella, y sólo para ella.

Pilar sabía que Nana siempre tenía una razón para todo lo que hacía, y por lo tanto, sospechó que estaba a punto de embarcarse en una jornada inesperada para la cual no estaba en manera alguna preparada. Con prisa poco usual, abrió el sobre y comenzó a leer el contenido, escrito en la hermosa letra de su abuela.

9 de Septiembre de 1987
Mi querida nieta:
  Me ha tomado años comenzar.
  El hecho de que estés leyendo esto significa que he fallecido. Después de mi muerte, tu mamá tiene instrucciones de entregarte estos libros.
  A tu hermana, Ana Carla, le he dejado mis joyas. A ti, mi nieta más querida, te dejo mis diarios, los tesoros de mi corazón.
  Sé que quedarás con muchas dudas cuando termines de leerlos, lo cual es mi intención, ya que sólo por medio de preguntas y de pensar cuidadosamente sobre la información que contienen estas páginas podrás formar tus propias opiniones. Ya que surgen de lo más profundo de tu alma, las preguntas difíciles suelen tener un poder mayor que las mismas respuestas.

Haré lo posible por satisfacer tu curiosidad, por contestar las preguntas que no se te ocurran, y compartiré contigo el significado de nuestras costumbres, esas maneras tan especiales de hacer las cosas que han sido establecidas por tan largo tiempo que a veces llevan consigo el peso de la ley. Esto te ayudará a comprender por qué hice lo que hice, y por qué decidí esperar hasta ahora para contártelo.

Querrás saber si tu mamá sabe lo que sucedió. Ella sólo tenía diez años cuando estos sucesos ocurrieron, y puedes imaginarte que para ella, descubrir la verdad tantos años después, sería algo totalmente imposible de comprender, y mucho menos de aceptar, aun con el beneficio del tiempo transcurrido. Estoy segura de que no se te ha escapado notar que tu mamá y yo somos personas muy diferentes. Existe una razón para esa diferencia.

Más aún, yo estoy convencida que siendo mi nieta, y por virtud de la posición que ocupas en mi vida—separada por una generación—te resultará más fácil hacerle frente a cierto tipo de información que a tu propia madre, quien estuvo directamente afectada por los incidentes que ahora voy a compartir contigo.

Por favor, no permitas que la naturaleza mucho menos que admirable de algunas de estas lecciones te disuadan de seguir leyendo. En aquellos tiempos pude ver el panorama muy claramente, pero no como obra de mi propia mano. Por muchos años esperé que me fuera dada una clave, una revelación que me diera el significado de todo. Y en realidad, a medida que te escribía la historia, comencé finalmente a comprender su significado por mí misma.

Ya soy muy mayor y no me queda nada que perder. He resuelto compartir mi historia contigo, con la esperanza de que escojas vivir una vida sin arrepentimientos, porque al fin de cuentas, eres tú, y nadie más, quien tiene que vivir tu vida.

Aunque te sientas paralizada por el temor, aunque no quieras herir los sentimientos de los demás, cuando encuentres el huerto de tu verdad deberás encontrar la manera de entrar en él, porque si no lo haces, te pesará por el resto de tu vida.

Con cariño,

Tu Nana

Cuando Pilar terminó de leer se le llenaron los ojos de lágrimas. Nana estaba muerta, pero de alguna manera, la carta la había traído de nuevo a la vida, y la había hecho sentir como si tuviera otra oportunidad de hablarle a la única persona en el mundo que de verdad la había comprendido. Cuando pensó en esto sintió un cierto nivel de tranquilidad.

Volvió a leer la carta varias veces, y entonces, con manos temblorosas, la dobló, la puso dentro del sobre, y colocó tanto el sobre como los tomos de cuero en la caja, la cual escondió—después de pensarlo por un momento—debajo del encaje de la cama. A pesar de la curiosidad que le despertaban los diarios, había decidido no leer más por el momento. Pilar tenía la sospecha que contenían algo que podía cambiarle la vida para siempre.

La noche del viernes Pilar estaba arreglándose para asistir a una pequeña cena en casa de los Uslar.

La invitación a cenar con la familia de Rafael la había recibido al principio de la semana, después de que ambos se vieron en el entierro de Gabriela. Iba acompañada de las exquisitas rectificaciones de Rafael: él entendería, por supuesto, si ella no disponía del tiempo para acudir, pero estaría encantado si pudiera; él no quería ser "egoísta" ni imponerle obligaciones durante su corta visita, sobre todo cuando tantos otros amigos querían ofrecer su pésame por la muerte de su Nana.

"Pero, por favor, trata de venir, había añadido.

Rafael también había invitado a su mamá y a su hermana:

"Ana Carla y su esposo están más que bienvenidos, por supuesto, le dijo.

Pilar se maravillaba de cuán fácil y rápidamente, en su país, la más simple de las invitaciones a cenar podía convertirse en una fiesta. Aun después de vivir varios años en los Estados Unidos, donde tales formalidades jugaban tan poca parte en su vida, en Venezuela se sentía misteriosamente atada a ellas.

Pilar le dijo a Rafael que debido al estrés del funeral y por tener que regresar a Chicago dentro de unos pocos días, sería mejor si se reunieran en una cena sin formalidades, limitada solamente a la familia Uslar, ella y su mamá. El aceptar la invitación significaba que una vez más se doblegaría a la amabilidad y el protocolo, para darse cuenta después, finalmente, que debía haber seguido sus primeros instintos y ofrecido sus disculpas.

Ana Carla agradeció ser incluida, pero dijo:

"Realmente, hermana, no es necesario poner a doña Carolina en tanto ajetreo."

Por mucho que a Ana Carla le encantaba estar envuelta en cualquier cosa que apuntara al menor chisme, ella era también una de las personas más consideradas del mundo. Pilar se sintió agradecida de que su hermana no aceptara la invitación, ya que quería que su visita a casa de los Uslar fuera lo menos complicada posible. Desde su llegada a Caracas al funeral de Nana, ella había pasado la mayor parte del tiempo tratando de controlar las ilusiones de los demás con respecto a su supuesto regreso a Venezuela.

Mientras inspeccionaba su apariencia por última vez en el espejo, una voz en la cabeza le avisó que se cambiara los pantalones, que eran a la vez prácticos y muy americanos, y que se pusiera un vestido: *¿En qué estabas pensando? ¡Aparecerte en una comida llevando pantalones!* Se regañó a sí misma mientras se cambiaba, por haber sucumbido de nuevo al encanto de Rafael. Ah, bueno, es sólo por un par de horas, se dijo finalmente, tratando de poner en orden sus ideas. Casi no podía esperar regresar a Chicago el domingo, aunque eso significara volver a la actividad febril de la redacción del *Chicago Tribune*, donde trabajaba como periodista de asuntos financieros.

Cuando estaban a punto de salir de la casa, Cristina miró a Pilar, sacudió la cabeza en son de reproche, y dijo:

"¿De verdad piensas salir sin pintarte los labios? ¿Estás tratando deliberadamente de arruinar tus oportunidades con Rafael?"

No queriendo antagonizar a su madre, y confundida respecto a sus propios sentimientos hacia su antiguo prometido, Pilar respiró profundamente, regresó a su habitación a pintarse los labios, y bajó las escaleras hacia la puerta principal. En ese instante, si hubiera podido hacerlo, hubiera seguido caminando hasta llegar a Chicago.

En camino a casa de los Uslar, Pilar tuvo que admitirse a sí misma que había aceptado la invitación de Rafael porque, a pesar de que había sido ella quien dos años antes había roto su compromiso, todavía lo encontraba atractivo y se sentía impotente ante la facilidad con que él siempre lograba inmiscuirse en su vida. También tenía que reconocer que allá en su fuero interno, tenía miedo de desilusionar a su mamá si se equivocaba en su elección.

Pilar también pensó en todos los lazos que unían a las dos familias. Don Fernando había sido el mejor amigo de su papá, y como editor de *El Nacional*, uno de los principales periódicos de Venezuela, le había dado su primer empleo como periodista. Cristina y la mamá de Rafael, Carolina, eran también buenas amigas. Ambas señoras pertenecían a la Junta Directiva de la Fundación de las Artes Teresa Carreño, una de las más prestigiosas de su clase en Latinoamérica.

Había sido durante su segundo año en la Universidad Católica Andrés Bello que Rafael había comenzado a pretenderla con seriedad, y dos años más tarde aquello terminaría en un compromiso oficial. Pero ya mucho antes de eso, las dos familias tenían un entendimiento tácito de que los dos algún día contraerían matrimonio.

Esa noche, tan pronto ella y Cristina entraron en la casa de los Uslar, Pilar fue recibida con abrazos y besos de parte de las bellas hermanas de Rafael, Paulina y María Celeste.

"¡Qué alegría de verte!" dijo María Celeste, la más joven de las dos.

"¿Cómo has estado, Pilar?" Paulina le preguntó con cariño. "He oído grandes cosas sobre ti de doña Cristina."

Pilar devolvió los besos y los saludos, y se preparó para a recibir a la dueña de la casa.

Elegante, como indudablemente lo era, la casa de Carolina era poco menos que ostentosa. Además de los muebles de época seleccionados con gran cuidado, había retratos al óleo de cada uno de los miembros de la familia inmediata, colgados con el mejor de los gustos en lugares prominentes, pero si alguno de ellos hubiera sido apenas un centímetro más grande, Carolina podría haber sido acusada de pomposa.

Con su porte de autoridad cortés y siempre en su papel de anfitriona perfecta, Carolina salió de la sala para recibir a sus huéspedes. Si ellas hubieran sido otras, habrían tenido que esperar a que la criada las hiciera pasar. Pilar era, después de todo, la hija de Carlos Castillo, y Carolina la trataba con el respeto que se merecía.

Solamente por su comportamiento, la matriarca daba a entender claramente que en el hogar Uslar todo marchaba según sus órdenes—al parecer, benévolas—que debían ser obedecidas sin discusión. *La rebelión* era un concepto desconocido para sus hijos. Si ella nunca se mostraba menos que amena, era porque ni sus hijas, ni su hijo, le habían dado razón alguna para comportarse de otra manera. Según lo que Pilar podía recordar, todos en esa familia, especialmente Rafael, habían hecho lo que Carolina decía. Hasta el esposo carecía de opinión alguna en asuntos domésticos: él, y todos los hombres latinos, habían aprendido muy temprano, ya fuera instintivamente o por alguna experiencia desagradable, que no se podía discutir con sus esposas.

Y así era para toda la familia. Pilar sabía—lo recordaba demasiado bien—que los otros Uslar podrían parecer títeres, listos a ser manipulados esa noche por medio de una elaborada coreografía dispuesta por las manos hábiles de Carolina. Pilar había tenido prueba suficientes años atrás de que esa señora haría cualquier cosa en su poder para asegurar que su único hijo siempre consiguiera lo que quería. Y por esta razón, Pilar, más que sentir el cariño aparente de Carolina cuando llegó a la puerta a recibirla, cariño del que ella hacía gala, sintió, por el contrario, la astuta valoración de la señora.

Pero disfrazando su propia reacción, Pilar trató de mantenerse a la par de la etiqueta del momento, y dijo:

"Qué alegría verla, doña Carolina," y devolvió la sonrisa de bienvenida de su anfitriona.

"Me alegra tanto que hayas podido venir, Pilar. Te ves maravillosamente bien."

"Muchas gracias, doña Carolina. También usted luce muy bien."

Pilar ahora deseaba que Ana Carla las hubiera acompañado para distraer la atención lejos de ella. Ya estaba cansada de todos estos tediosos cumplidos, y la noche apenas comenzaba.

Una vez estaban todos en la sala, Pilar notó por primera vez que Rafael se parecía a su padre. Ambos hombres tenían un cutis refinado, del color de la nuez moscada, y cabello negro azabache, alisado hacia atrás. Como su padre, Rafael era lo suficientemente alto como para ser llamado bien parecido, aunque no tan alto como para pasar por distinguido, y de su madre había heredado el gusto por la ropa elegante, de corte impecable.

Pero no era solamente la apariencia de Rafael lo que hacía que la gente lo notara. También tenía una personalidad magnética. Cada uno de sus movimientos sugería que estaba seguro de su propio atractivo.

Al observar al padre de Rafael, Pilar pudo identificar la fuente del encanto de su hijo. Nana solía decir que el encanto superficial podía ser puesto a prueba, y Pilar estaba a punto de comprobarlo por sí misma.

El señor Uslar tenía fama de cometer infidelidades matrimoniales, y todos lo sabían en su círculo de amistades, pero nadie jamás hablaba de eso. Al escuchar las dulces insignificancias que brotaban sin esfuerzo de sus labios, Pilar se preguntaba por qué las mujeres de la generación de su madre aguantaban los comportamientos insolentes de maridos tan infantiles. "Si quieres tener un matrimonio duradero, tienes que aprender a pasar por alto cosas como ésas," fue la respuesta de Cristina una vez, cuando Pilar le preguntó por qué eran así las cosas.

Pilar se dio cuenta, por la manera como su mamá miraba a Rafael, que ella aprobaba de todo corazón que él fuera su hijo político. Por más que su compromiso había terminado hacía tiempo él era la clase de hombre que siempre luchaba hasta estar seguro—realmente seguro—de haber perdido. Por eso, había seguido visitando a Cristina de vez en cuando, a pesar de que la hija se había mudado a Chicago. ¿Y en lo concerniente a Pilar? Sí, era cierto que Rafael era atractivo y elegante, eso no podía negársele, pero la experiencia de haber pasado unos años en los Estados Unidos le había enseñado que había cosas más importantes en la gente que la ropa que vestían y el sitio dónde vivían. *¿Por qué, entonces, sentía ella todavía algo por él?*

De sus dos hermanas coquetas Rafael había aprendido lo suficiente sobre los exhaustivos detalles de ser mujer como para hechizar a Pilar con el primer piropo franco de la noche:

"Mi vida, ¡te has cambiado el peinado! ¡Te ves divina!"

Avergonzada al ver que todos los ojos estaban ahora sobre ella, sólo pudo musitar un simple, "Gracias," mostrando un momentáneo sonrojo.

A pesar de que sus elogios parecían falsos, eran imposibles de resistir, más que nada porque le salían con la constancia de un arroyo que fluye, y que si alguna vez se detenía, la ausencia de su murmullo se notaría de inmediato. Pero Pilar era lo suficientemente inteligente como para saber que ella no había sido el primero ni sería el último objeto de interés de Rafael. En Venezuela no importaba cuán perfecta o devota fuera una esposa; los flirteos del esposo con otras mujeres eran la norma, y se esperaba, que fueran ignorados del todo. Mientras más mujeres sedujera un latino, más macho era considerado, y por ende, más estimado era. Esta norma cultural había sido alimentada por tanto tiempo, que todo el mundo la consideraba ley. Por su parte, después de tres años de ausencia, Pilar se sentía segura de que no podría ser esa clase de mujer que se hace la de la vista gorda mientras su marido flirtea abiertamente con otra, aunque él prometiese, como suelen prometer los hombres latinos cuando son descubiertos, "Siempre regresaré a ti, mi vida, tú eres mi verdadero amor."

Mientras más de cerca examinaba a aquel hombre tan atractivo que se encontraba ante ella, más difícil se le hacía a Pilar comprender la contradicción entre la indiferente formalidad del discurso de Rafael a su llegada esa noche y la espontánea facilidad con que había pronunciado aquellas encantadoras alabanzas. Todo formaba parte del juego de seducción de los hombres latinos, era una manera de mantener a la mujer sin equilibrio para que nunca pudiera estar completamente segura de él, y como resultado, pudiera o se sintiera intrigada por su acoso. A menudo a ella le parecía que cuando un hombre estaba en proceso de armar su trampa, era casi como hablar con dos hombres al mismo tiempo, de los cuales uno estaba mintiendo.

Al final todo lo referente a Rafael—desde sus trajes impecables hasta sus argumentos bien definidos—proclamaba una confianza que, por más que tuviera su atractivo, era en realidad una expresión de arrogancia. Él se consideraba claramente superior a los demás.

Justamente cuando el péndulo del reloj en la sala tocó las ocho, sonó el timbre de la puerta. Un minuto más tarde, la criada de Carolina presentó al arzobispo Mariano Fermín del Toro, que había dicho la Misa de Difuntos de Gabriela, y quien, según era la costumbre en algunos hogares suramericanos, se uniría a la familia Uslar para la cena.

Una solícita Carolina lo recibió efusivamente:

"Buenas noches, Su Eminencia. Nos sentimos bendecidos de que usted haya decidido honrarnos con su presencia."

La presencia de uno de los más altos jerarcas de la Iglesia Católica, sin embargo, no sería suficiente para cambiar el curso que el destino había señalado para la velada.

De no haber sido provocada durante la cena, Pilar probablemente se habría reservado su opinión. Sin duda su madre habría preferido esto último. Pero a pesar de que más tarde se sentiría muy mal por su conducta, la verdad era que don Fernando no le había dejado otra alternativa: no haberle contestado podía significar que tácitamente estaba de acuerdo con su afirmación de que el lugar de la mujer era la cocina, y lo que era aún más doloroso, que el propio padre de Pilar hubiese compartido la misma opinión. Ella no podía permitir que eso quedara así.

Tan pronto como todos estuvieron sentados a la mesa, dos miembros del personal doméstico de Carolina comenzaron a servir lo que, después de todo, terminó siendo una cena muy formal y elaborada. Cuando estaban a la mitad de la comida, don Fernando le hizo a Pilar una pregunta que él pretendía fuera una tomadura de pelo.

"Dime, Pilar, ¿los americanos te pagan por escribir en papel todas esas bonitas palabritas tuyas? Rafael nos dice que eres una reportera del *Chicago Tribune*, ¿es eso cierto?"

Si bien en años atrás ella habría tomado esto como una simpática broma sin importancia, su nueva comprensión sobre asuntos que atañen a las mujeres hizo imposible que se mordiera la lengua. Con un seco, "Sí, me pagan," le respondió a medias. Pilar no podía comprender cómo ese hombre, el supuestamente iluminado editor de uno de los periódicos más poderosos del país, podía abrigar todavía la noción bizantina de que la mujer debía hacer solamente cosas "bonitas."

Don Fernando le preguntó entonces qué pensaban los americanos de la situación actual de Venezuela, a lo cual ella respondió:

"¿Usted se refiere a la situación actual, o a la manera en que la presentan el gobierno y los medios de comunicación?"

Al notar que el tono de la conversación había cambiado, y tratando de evitar una erupción momentánea, Carolina se inmiscuyó para expresar cuán "encantados" estaban todos de tener de nuevo a Pilar en su casa, y seguidamente propuso un brindis en su honor.

Pero don Fernando no iba a permitir ser retado, sobre todo por una mujer. Después del brindis, en un esfuerzo por restaurar el balance de la conversación a su favor, le preguntó a Pilar, en un tono entre perplejo y condescendiente:

"¿Qué quieres decir con 'de la manera que la presentan'? Por favor, no me digas que por haber estado fuera unos pocos años te has puesto en contra nuestra."

Rafael era el único que parecía estar un poco estupefacto al presenciar el intercambio entre su padre y su antigua prometida.

Pilar tomó un sorbo de agua, y dijo en voz alta y clara, para que todos la oyeran:

"No es una cuestión de ponerse en contra o no, señor Uslar. Es más bien una cuestión de libertades que se están tomando con los derechos de la gente."

"¿Y a qué derechos te refieres, querida?"

"Bueno, para empezar, el derecho a una prensa que no miente. Yo estoy segura que a usted no le inquieta destruir un documento antiguo redactado por Simón Bolívar, un documento llamado la Constitución, y tirarlo a la basura. O al menos, eso es lo que el periódico de hoy por la mañana me dio a entender."

Fernando Uslar obviamente no quedó impresionado, por lo que siguió hablando en un tono jovial.

"Vamos, Pilar, ¿qué sabe una joven como tú de la Constitución?"

Entonces, tratando de hacerla sentir aún más inepta, añadió:

"Te aconsejo que te informes mejor antes de que vuelvas a abrir esa bonita boca que tienes. ¿Qué diría tu padre?"

Presintiendo que la desaprobación venía de todos lados, Pilar achicó los ojos y contempló a Fernando con furia ciega, demasiado enojada como para contestarle. Entonces, ante el sosegado asombro de todos, se puso de pie, y delante de toda la compañía, le anunció a su madre:

"Mamá, me voy. ¿Vienes o te quedas?"

Carolina, desesperada por sacarle lo mejor de una situación imposible de remediar, acompañó a Pilar y Cristina hasta la puerta, pero no sin pronunciar las siguientes palabras de despedida:

"Pilar, estoy sorprendida por tu actitud. Tal vez Fernando hubiera tolerado esta discusión con un hombre, pero querida, no olvides que tú eres una mujer. ¿Qué diablos estabas pensando?"

Esto Pilar no podía dejarlo pasar:

"¿Cómo puedo olvidar que soy mujer, cuando la noche entera ha sido un largo recordatorio de que lo soy? Es usted quien debería ser más respetuosa hacia nuestro género, doña Carolina."

Tan pronto como se cerró la puerta detrás de ellas, una Cristina furiosa, exigía saber si Pilar había perdido la razón, exclamando que probablemente había destruido una amistad de décadas.

Para Pilar era incomprensible que ni Carolina ni su madre se dieran cuenta de cómo sus conceptos chapados a la antigua sobre el papel de la mujer habían contribuido a mantener su género oprimido. ¿Y Rafael? Ella estaba furiosa con él porque ni siquiera trató de defenderla. Sin embargo, al mismo tiempo, se sintió un poco mal por haber estallado. Indudablemente, había avergonzado a su madre, aunque ésa no fue su intención.

Cuando llegaron a la casa, Pilar encontró sobre su cama una nota de Hortensia, la criada de Carolina:

POR FAVOR LLAME AL SEÑOR RAFAEL.
ÉL LE PIDE DISCULPAS POR LO DE ESTA NOCHE.

Puso la nota en la mesita junto a su cama, abrió las ventanas, y sintió alivio al escuchar los sonidos cacofónicos de la noche. Arrullada por el ruido de los grillos y agotada por los sucesos de esa noche, se acostó sobre la cama descalza, pero por lo demás, totalmente vestida.

El reloj sobre su mesa de noche marcaba las once y media. Buscando todavía una manera de suavizar su ansiedad, pensó en la caja con brocado. Se levantó de la cama, sacó la caja de su escondite, y levantó la tapa. Con mucho cuidado sacó el primer tomo, y regresó a la cama con él. Después de quitarse la ropa y meterse debajo de las sábanas contempló por largo rato el libro cerrado ante ella mientras recordaba a su abuela. Fue entonces cuando lo abrió y comenzó a leerlo.

I

La *Dama*

Aun la persona más corriente, en
presencia de una dama, suele brillar.

—ANÓNIMO

Los *Secretos* de la *Sala*

Mi querida nieta:

En primer lugar, voy a compartir contigo unas cuantas historias que capturan la esencia de una dama. Las monjas del Colegio San José de Tarbes inculcaron en mí desde muy temprana edad un código exquisito de cortesía que me ha sido muy útil en todas las situaciones sociales en que me he tenido que desenvolver.

La cortesía es formalmente conocida como "el protocolo." El protocolo es muy parecido al arte. Por más que puede tomar muchas formas, dependiendo de la superficie en la que va a ser expuesto, todo arte verdaderamente importante está basado en los mismos principios subyacentes.

Las carmelitas tomaban los modales tan en serio que a menudo pensé que la cortesía era considerada en segundo plano de importancia solamente a la religión. El código de conducta que nos enseñaron en el colegio consistía en cada detalle imaginable, desde cómo sentarse en una silla correctamente hasta dan una fiesta a un embajador. Lo que yo deseo transmitirte a través de estas historias es más modesto en alcance, pero te llevará lejos en tu formación como dama. Por supuesto, hay reglas simples de protocolo que debes esforzarte en poner en práctica. Confío en que tu madre se aseguró que las aprendieras en el momento apropiado.

El protocolo es en realidad algo muy sencillo que requiere simplemente la habilidad de ponerse en el lugar de otro, y observar lo que es requerido de uno mismo en cualquier situación. Piensa en ello como una manera de vivir inspirada por la amabilidad, la consideración y el respeto por los demás (y por uno mismo) en cualquier circunstancia.

Hasta la fecha puedo oír a la madre superiora regañándome por mi mala postura. Me tocaba con ternura en el hombro, me miraba con una sonrisa y me decía: Gabriela, debes mejorar tu postura. Una dama debe sentarse como si fuera un cisne.

Mientras me enseñaban los estrictos dogmas de la alta sociedad en el colegio, a la misma vez aprendía los rituales criollos de belleza en casa. Es precisamente esta combinación de urbanidad moderna y ritos primitivos que hace que las mujeres suramericanas sean tan seductoras.

En las páginas a seguir pienso rendirle pleitesía a nuestras tradiciones hechizantes y a los delicados modales de las mujeres que me enseñaron a deambular majestuosamente por el mundo. Si aplicas los principios estipulados en estas historias te evitarás pasar momentos desagradables.

Para empezar, voy a compartir contigo los secretos de nuestros rituales criollos de belleza. Luego te explicaré el arte de la buena conversación, el significado de un noviazgo, la importancia de la alta sociedad y tu papel tan influyente como la ama de la casa.

Una vez hayas dominado el arte de ser una dama, te daré a conocer los gustos de la cocina para que aprendas las recetas que despiertan deseos en el hombre. Mientras agudizas tus sentidos aprendiendo la esencia de lo que es ser una buena cocinera, descubrirás lo que hace que algunas mujeres triunfen en la cocina y otras no.

Solamente al final, te entregaré la llave que abre la puerta de la alcoba. Con ella tendrás acceso a un mundo al que los

hombres anhelan entrar. La seducción y sumisión te tenta-
rán, pero sólo detrás de puertas cerradas llegarás a descubrir
la diferencia entre cortejar al deseo y satisfacer a la hermosa
lujuria.

Aunque estas reglas guiaron mi vida y a menudo me facilita-
ron el bienestar, también me trajeron gran dolor. Cuando al fin
pude mirar hacia el pasado, llegué a adquirir igual respeto por
ambas cosas: por las reglas que fueron diseñadas para regir mis
actos como por las fuerzas que se las robaron. Es por eso que he
decidido pasarte a ti lo que sé de cada una.

Y si algún día tienes la suerte de tener una hija, será tu obli-
gación asegurar que estos obsequios le sean pasados a ella.

Con mucho cariño,
Tu Nana

uno: YAMILA

Yamila era mestiza.

Ella fue criada en Canaima, un llamativo lugar en medio del
Amazonas, donde la naturaleza entrega una bella recompensa, y
donde los indígenas Yanomami y los conquistadores españoles
una vez estuvieron entremezclados para producir la belleza más
primitiva.

Canaima es también el hogar del puma negro, un felino cuya
fija mirada de rapiña no perdona a ninguna presa, y al cual se le
dedican muchas danzas rituales con la esperanza de apaciguar
los espíritus.

Como si los tesoros de la selva amazónica no hubieran sido
suficientes, la tierra natal de Yamila fue también bendecida con

la catarata más alta del mundo, el Salto Ángel, cuyas aguas descienden con orgullo y majestuosidad como si cayeran del cielo. El rasgo más extraordinario del Salto Ángel no es su altura—la cual es impresionante en sí—sino la enorme laguna que tiene debajo, donde sus rápidas aguas alimentan furiosamente al río Churún, un tributario del Caroní.

Es posible que esos parajes naturales—que sobrecogen al mismo tiempo que enaltecen—sean los que inculcan en las mujeres suramericanas nuestra reverencia casi fanática por la belleza. La belleza es el nombre dado a la escrupulosamente cultivada actitud sensual que nos enseñan desde temprana edad.

A medida que la aristocracia española comenzó a establecerse en Caracas, después de la Conquista, se engendró una clase social conocida como "los mantuanos," un calificativo que denominaba a aquellos criollos descendientes de los peninsulares, y que hacía referencia a las mantas que las mujeres llevaban sobre los vestidos para taparse.

A través del tiempo, algunos miembros de la élite se mezclaron con la población indígena, y sus descendientes luego fueron catalogados como mestizos.

La mayoría de los venezolanos eran, y aún son, identificados como mestizos. Los demás son conocidos como indígenas o indios. En su mayoría, esta etnia menos numerosa vive en la región amazónica y, por lo general, ha mantenido sus costumbres tradicionales, nacionales y regionales, al igual que su propia lengua, el papiamento.

Cuando aún era niña, Yamila, como era la costumbre, fue llevada a Caracas, donde se esperaba que una familia capitalina la educara a cambio de sus servicios como doméstica.

En tiempos pasados, las familias numerosas solían tener dos clases de criadas que vivían en la casa. La primera cocinaba y hacía la limpieza, mientras la segunda se ocupaba de las señoritas de la familia. Yamila era mi criada personal, y Mayra era nuestra cocinera principal.

Gracias a los conocimientos de Yamila sobre los ritos mágicos y de los raros brebajes indígenas, muy pronto apiendí a transformar mis dotes naturales en una obra de arte. Con su ayuda, poco a poco me fuí convirtiendo en un ícono del erotismo.

dos: RITUALES DE BELLEZA

La belleza que incita al deseo es el pan de cada día del mundo de fantasía en el cual nuestros hombres desean ser admitidos.

En Suramérica, la belleza es una actitud que va más allá del atractivo personal. La sensualidad y el arte del erotismo están inextricablemente ligados a ella. A cada mujer se le insta desde temprana edad a que desarrolle su sensualidad de diferentes maneras sofisticadas, e igualmente se le anima a que cultive su belleza natural.

Las muchachas comienzan a aprender acerca de algunos rituales de belleza cuando son aún muy jóvenes, aún en su niñez, la cual dura oficialmente hasta que cumplen los quince años. Junto a otras aptitudes académicas, como leer y escribir, el hábito de aseo personal y salvaguardar cuidadosamente la integridad física están entre las lecciones vitales que deben impartírsele a una niña con gran paciencia durante ese período crítico. La práctica de los modales que permitirán a una señorita convertirse un día en la señora de la casa—el ama de su casa—es otro gran momento de su niñez.

Mi propia formación provino de varias fuentes. De mi madre aprendí que los principios relacionados con que una niña se vuelva una dama deben ser siempre el lema de su vida. Mientras la dama es formada en la niñez, la mujer debe mantenerse siempre casta: junto a su belleza, la virginidad debe ser su más valioso tesoro.

De mi hermano Antonio aprendí que mientras las niñas están aún en la pubertad, sus homólogos masculinos persiguen simultáneamente el generalmente calculado y recetado desarrollo de su propia sexualidad en los burdeles.

A través del estudio casi ritualista del género femenino, nuestros hombres adquieren una habilidad que, además de serles útil en el dormitorio, al propio tiempo les da ventaja en lo que se refiere a destilar la esencia de la mujer. Es a causa de estas ceremonias de iniciación que las mujeres suramericanas suelen llegar a descubrir su propia esencia sexual, no solamente a través de importantes ritos de belleza, sino a través de los suaves modales que usan sus hombres en la cama.

Un paseo por las calles del centro de Caracas, observando casualmente cómo les gusta caminar a los hombres detrás de hermosas mujeres, mientras fijan los ojos en caderas ondulantes, da clara evidencia de que los placeres de la sensualidad y el erotismo están—sin el menor sonrojo—estrechamente relacionados.

La entrada dentro del mundo secreto de la sensualidad erótica requiere que la mujer le dedique una enorme cantidad de tiempo al engrandecimiento de su propia belleza, pues la belleza—más que el atractivo sexual—es una forma artística, una oportunidad de dar una pincelada en un lienzo para inmortalizar las dotes femeninas con que uno nace.

Cuando a un hombre se le dice que cierta mujer es bella, hace lo imposible para poder conocerla.

A través de mi vida, me adherí fielmente a los rituales que me ayudaron a pintar el lienzo de mujer, pero para descubrir mi propia esencia, tuve que entregarle el pincel a un hombre.

De mamá también aprendí que la belleza debe ser algo tan natural como respirar, y que para embellecerse, la mujer debe, todos los días, antes siquiera de haber salido de la cama, depositar todas sus energías en *sentirse* bella. "Aún cuando estés sola en tu cama," mi mamá solía decir, "procura respetarte a ti misma. Siéntete bella por dentro. Acaríciate el cabello y lleva puesta ropa interior de gusto exquisito, aunque nadie más que tú sienta placer mirándola."

Una vez, cuando yo tenía doce años, vi a Yamila recogiendo en el jardín un ramo fresco de hojas de hierbabuena. Le seguí los pasos hasta el dormitorio de mamá, y vi cómo ella colocaba— con mucho cuidado—un vaso de agua y las hojas de menta sobre un plato en la mesa redonda de la antesala.

Después que Yamila se fue, le pregunté a mi mamá con curiosidad:

"¿Para qué son esas hojas, Mami?"

Ella sonrió y dijo:

"Para mi aliento, Gabriela. Para hacerlo perfumado, fresco, y dulce."

Antes de sentarse en la silla del tocador para darle inicio a su rutina matutina, mi madre masticó algunas de las hojas, y después se enjuagó la boca con agua.

"¿Puedo probarlas?"

"Claro que sí."

Mientras sonreía, me ofreció algunas de las hojas. Entonces, bajando la voz, como en son de secreto, me explicó:

"Tú no eres lo suficientemente grande para saber esto, pero la fragancia del aliento de la mujer es como una ligera invitación al beso."

Aunque quise escupir las hojas después de masticarlas por sólo unos cuantos segundos, no quise decírselo a Mami. Fue todo lo contrario. Me le acerqué y la besé en la mejilla—y con la boca llena de hierbabuena—le pregunté:

"¿Así se hace?"

Sonriéndome cariñosamente, Mami me dijo de la manera más natural:

"Sí, Gabriela, así mismo . . . Como cuando tu padre me besa en los labios."

"¿Cuántos besos te pueden dar en un solo día si el aliento huele bien . . . pero bien agradable?"

"Bueno, mi amor, eso depende. Ya está bueno de eso."

Mi madre puso un plato frente a mí, y con los dedos me saqué las hojas de la boca y las coloqué finalmente sobre el plato.

Después noté que antes de aplicarse color alguno en los ojos se ponía algunas gotas de agua en ellos.

"¿Para qué es el agua?"

"Para mantener claro el interior de los ojos, Gabriela."

Originalmente usado por las mujeres egipcias con fines medicinales, el colirio le da a los ojos una penetrante, si bien, lejana, cualidad. En ese momento conocí el secreto de esa mirada hechizante de Mami que brillaba como una joya.

Me mantuve a su lado, paralizada ante el proceso de transformación.

La perfecta cara ovalada de mi madre era el lienzo resplandeciente de sus expresiones hermosas y cambiantes. La estudié mientras le aplicaba a sus mejillas una mezcla de polvos de semillas de canela y araguay, mientras me decía:

"El polvo de estas semillas es lo suficientemente ligero para que se mezcle bien con la piel, y lo suficientemente oscuro para como darle un brillo asoleado. Esto es lo que se necesita."

Cuando le supliqué probar la mezcla, me regañó. Me dijo que con lo jovencita que tenía la cara, me iba a hacer lucir como una prostituta. Tendría que esperar a tener más edad.

Después se pintó los labios de rojo con una mezcla de semillas de bucare trituradas y miel pegajosa que brillaba como un cristal.

El ritual completo culminó con el cuidadoso ennegrecimiento de sus largas y gruesas pestañas con una mezcla de manteco negro y agua, después de haberles dado una vuelta hacia arriba usando una cuchara de plata. Esto, explicó, mostrándome la cuchara para que yo la inspeccionara; "Permite a las pestañas rizarse y quedarse así todo el día. ¿Lo ves?"

Cuando ella terminó, suspiré. No podía esperar a que me llegara el turno de practicar todos estos rituales mágicos.

Quizá la lección más importante que aprendí acerca de cómo perfeccionar la belleza natural fue que cualquier cosa que se le aplique a la cara de la mujer debe apuntar con ligereza a los misterios bajo la superficie, en vez de opacarlos con trucos innecesarios.

La belleza era parte del carácter de mi madre; de hecho, era su carácter. Ésa era la única idea abrumadora e inquietante que se apoderaba de uno cuando la veía. Como la belleza de una flor, la belleza de Mami era suficiente por sí sola, pero para aumentar su atractivo, ella siempre se ponía una pizca de esencia de pétalos de rosa y aceite de almendra dulce detrás de las orejas, entre los senos y detrás de cada rodilla. Habiéndola visto hacer esto, soñaba con el día en que yo pudiera hacerlo. Los perfumes creaban una especie de sensualidad instantánea. Ahora yo estaba doblemente en trance por la hermosura de mi mamá y por su fragancia tan embriagante.

Nuestro país ha sido bendecido con una gran variedad de plantas y flores exóticas que no se encuentran en ninguna otra parte del mundo. Cuando seas lo suficientemente mayor para saber cual es la fragancia que más te complace, no tendrás dificultad alguna en conseguir la combinación apropiada para crear tu propio perfume. Una vez que hayas confeccionado la fragancia seductora que más te guste, no le divulgues a nadie la receta, ya que tu fragancia se convertirá en la marca de tu feminidad: fácil de reconocer y siempre la misma. Tu fragancia anuncia tu presencia aún antes de que entres, y por ella te recordarán cuando te marches. Este recordatorio persistente puede ser una de las características más seductoras de la mujer. Por eso debes llevar siempre el mismo perfume durante toda tu vida.

Para mi propio perfume personal, yo todavía mezclo seis gotas de agua de orquídea con tres gotas de aceite de geranio, y unas pocas gotas de alcohol.

MIENTRAS ESTUDIABA CON DETENIMIENTO EL REFLEJO de mi mamá en el espejo, deseaba de todo corazón ser mujer. Me preguntaba si mi cara tendría la misma simetría que la de ella, los labios llenos y pintados, la dulce curvatura de las cejas y su aspecto inequívoco de descanso.

A medida que consideraba con orgullo de hija la terminada obra de arte ante mis ojos, Mami se dirigió a mí de una manera que me dió a entender que estaba a punto de decirme algo de gran importancia:

"Gabriela, tan pronto como tengas la edad correcta, cada día a la salida del sol, debes levantarte y adueñarte de tu propia belleza siguiendo estas rutinas, sin falta."

Asentí con la cabeza para indicarle que había entendido, pero sus palabras me sonaron de mal agüero en ese momento. Más tarde comprendí que la formalidad con que impartió este consejo era tan importante como lo que quería decir.

Seguí detrás de ella mientras salía del cuarto, y no pude dejar de notar que además de su belleza, mi mamá también poseía un aire palpable de ser dueña de sí misma, una manera gentil y una elegante postura que le merecía su posición de "gran señora." Así es como yo siempre recordaría su paso por el mundo. Su caminar era un espectáculo sensual, majestuoso y elegante, la cabeza siempre erguida y la barbilla en alto. Su caminar liviano y porte extraordinario eran un recordatorio de que bajo toda la delicadeza de su atuendo había una verdadera mujer.

De ella aprendí que además de aquella belleza conseguida sin esfuerzo, modales corteses e inclinación natural hacia la sociabilidad, una compostura extraordinaria comienza con un caminar elegante. Al menos una vez por semana, en lo que entonces parecían horas, mi mamá nos hacía a mis hermanas y a mí caminar sobre una línea recta con un libro sobre la cabeza. Cuando pudimos hacerlo con gracia, nos enseñó cómo recoger cosas del piso sin doblar las espaldas.

De acuerdo con la manera en que la gente se refería a mi mamá, yo aprendí que hay pocas cosas en la vida que ganen tanto favor e indulgencia como el privilegio y la belleza. Yo estaba segura de que era su porte, su belleza y sus modales hicieron que mi padre, el doctor Mario Grenales, un hombre ampliamente conocido como dueño de un carácter indomable, se enamorara loca e inexplicablemente de ella.

Por encima de todo, mi madre nos inculcó a sus tres hijas—Constanza, Jacinta, y yo—que la mujer debe prestarle siempre atención a sus rituales de belleza sin falta, pero nunca en la presencia de un hombre.

Cuando comenzó a bajar la escalera para ir a desayunar con mi papá, las palabras de despedida de Mami fueron:

"Gabriela, a los hombres no les interesa saber lo que la mujer hace para lucir bella. Ellos prefieren creer que entramos al mundo así. Cuando le revelas tus secretos a un hombre, se rompe el hechizo.

Me tiró un beso y me dejó de pie al comienzo de la escalera, como hipnotizada y sin poder comprender el significado de lo que acababa de decir: ser testigo del embellecimiento de la mujer roba al hombre del encanto oculto, al sacar a la luz un misterio que va más allá de la fascinación.

ESE DÍA, MÁS TARDE, FUI AL CUARTO DE CONStanza y le pregunté a ella cuántos besos podía recibir una niña si el aliento de verdad le olía bien.

"¿Con quién has estado hablando?" me preguntó, molesta.

"Yo vi cómo Mami se vestía hoy por la mañana. ¡Ella me contó lo de las hojas verdes y los besos!"

Siempre ansiosa de demostrar que ella sabía más que nadie, Constanza me dio, lo que me pareció en aquel momento, una respuesta muy complicada:

"Olvídate de las hojas. Si tú esperas que alguien te bese en la boca, debes primero aprender a fruncir los labios de manera provocadora."

Al notar mi desconcierto, cerró los ojos, alzó la barbilla hacia el cielo, y empujó los labios hacia fuera.

"Así," dijo. "Ven, que te enseño."

Me tomó de la mano y me llevó hacia la cocina, donde aplastamos ajíes verdes y los mezclamos con miel. Después de aplicarse la untura a los labios, me instó a que yo hiciera lo mismo.

Cuando los pimientos me tocaron la boca, sentí deseos de gritar, pero como Constanza los había tolerado, yo simplemente apreté los labios y esperé a que el dolor se me pasara. La miel debía limitar el escozor de los ajíes, pero en ese momento no podía imaginarme que nadie en su sano juicio podría querer que se le hincharan los labios. Aunque no estaba muy impresionada, pero sí curiosa, le pedí a mi hermana que me enseñara más después que pasó el ardor.

Como la gran química que pretendía ser, Constanza me enseñó a mezclar bicarbonato, agua y jugo de limón para hacer que la sonrisa me brillara aún más.

"Mira, pruébalo. No es tan malo."

Quise escupir ese agrio brebaje calcáreo tan pronto lo probé, pero tratando de ser otra vez tan valiente como ella, opté por enjuagarme la boca con agua solamente.

Cuando nos cansamos de hacer pociones en la cocina, Constanza se sonrió con picardía y me hizo señas para que la siguiera. Con una risita tonta, bajé de puntillas con ella por las escaleras de atrás, hacia el fondo de la casa. Cuando le pregunté a dónde íbamos, se puso el dedo índice sobre los labios.

"¡Shhh!, me regañó. "Es un secreto."

Pasamos por el pasillo, y en unos pocos segundos estábamos en la parte de la casa donde vivían Mayra y Yamila.

Observé a Constanza cuando cerraba el ojo izquierdo y miraba con el derecho a través de la cerradura de las dos puertas adyacentes. Mientras escrutaba el interior, me asaltó la preocupación de que podíamos ser sorprendidas, aunque yo no tenía idea sobre si lo que estábamos haciendo era bueno o malo.

Por fin se echó a un lado para que yo mirara por la cerradura. La mayor parte del cuarto estaba fuera de mi vista, pero frente a mí podía ver a Yamila sobre la cama. Tenía puesta una toalla que la envolvía descuidadamente, como si acabara de bañarse.

"¿Qué está haciendo?" le pregunté a Constanza.

Puso las manos sobre mi boca, y recuerdo que sus ojos parecían tan grandes como las claras de los huevos que Mayra freía.

Seguí mirándola por unos minutos, preguntándome qué era lo que Yamila se frotaba por dentro de las piernas. También me percaté de lo diferente que eran sus modales a la conducta elegante y cortés de mi mamá.

Cuando estuvimos a salvo de nuevo arriba, Constanza me explicó que lo que Mayra se frotaba entre las piernas era aceite de yuquillo.

"Es un aceite que dicen que hace desmayarse a los hombres," dijo.

Más tarde aprendí de Yamila que el aceite de yuquillo proviene de una rara planta del mismo nombre, que sólo crece en el nacimiento del río Orinoco, no lejos de donde ella se crió. La muy buscada sustancia adquiere su tinte rojo claro del color de la tierra cerca de los manglares del río.

El día en que por fin me enteré de todas estas intrincadas rutinas para embellecerse, quedé enormemente confundida. No tenía ni idea de por qué tenía que salir de la cama tan temprano, si dormir era tan divertido. O por qué hacer que los labios ardieran por gusto era algo tan deseable. O por qué frotarse los dientes con tiza agria me haría sentir algo más que viscosidad, sobre todo si a los dientes no les pasaba nada. Pero no tenía más que mirar las sonrisas luminosas de todas las mujeres de nuestra familia para saber que los cocimientos de mi hermana en realidad lograban lo que se proponía.

Cuando regresamos a la planta alta y terminamos de limpiar el desarreglo que habíamos dejado en la cocina, era casi la hora de darme el baño de la tarde que Yamila siempre preparaba a la hora exacta cada día. De lo contrario, Mami la regañaba. Cuando vino a buscarme a mi cuarto, me sentí tan avergonzada de haberla espiado que sentí ganas de llorar.

Según la costumbre, Yamila me había preparado un baño de agua tibia con flores de árnica y aceite de canela. Cuando fui lo suficientemente adulta para saber más de las propiedades de estas plantas, comprendí que Yamila me le había puesto árnica al agua del baño por las habilidades que tiene de calmar la sed de la piel.

Después de tomar el baño, seguí a Yamila obedientemente hacia mi cuarto, donde una toalla blanca de lino me esperaba. El lino prontamente absorbería el agua que caía de mi cuerpo, dejando que los aceites acariciaran mi cuerpo.

De vez en cuando, Yamila me restregaba totalmente con tierra de ceiba para alentar que naciera una nueva piel.

Entonces, con un placer que ahora pienso no era enteramente casto, ella me daba masaje por todo el cuerpo con aceite de almendra tibio mientras me miraba el reflejo en el espejo. Yamila me animaba a querer y admirarme a mí misma, como si un hombre estuviera acariciándome, mientras todo el tiempo me decía, una y otra vez, en una mezcla de su papiamento y español, que era imposible que un hombre quisiera a una mujer que no supiera quererse a sí misma.

Nosotras, las mujeres suramericanas, tenemos muchos más ritos y rutinas para asegurar que, a través de los años, nuestra piel continúe siendo nuestra pertenencia más valiosa. El resultado que se desea es tener siempre una superficie suave, un elixir irresistible que recuerde la juventud. Me consider dichosa de haber ganado una de las más codiciadas palabras cariñosas que un hombre puede decirle a una mujer que tiene el cutis del color de la canela clara y perfectamente luminoso: mi encantador amigo de la infancia, Jorge Armando Caballero, solía llamarme en sus cartas "Mi querida piel de canela."

De Yamila aprendí que cortar un penacho de la planta de sábila hace que ésta se abra abruptamente como un cactus, y emita un líquido blanco y resbaloso: el colágeno puro. Las mujeres de su nativa Canaima se untan la sustancia pegajosa y espumosa instantáneamente para curar las heridas abiertas. Las señoritas caraqueñas usan este líquido para diferentes propósitos: mezclados con unas pocas gotas de agua, la esencia de sábila le da a la piel una tonalidad juvenil. Con el paso de los años, cada vez que usé esta rara sustancia, el resultado siempre fue el mismo: una tez radiante, sobre la cual los labios de un hombre siempre deseaban reposar.

Cuando ya fui lo suficientemente mayor, Yamila me enseñó cómo quitarme el bello púbico con miel tibia y cera de abejas.

Me dijo que a los hombres les encantaban las vírgenes y que la combinación de cera de abejas y miel mantendría esta parte de mi cuerpo por siempre inmaculada. Ella tenía razón.

Mi madre solía decir que se podía juzgar la formación de la mujer con mirarle las manos y los pies. Gracias al aceite de jojoba, que todavía uso cada noche, mis manos y mis pies siempre han tenido un lustre natural y tentador.

Las uñas de los pies, por supuesto, deben estar pintadas. Y el color de las uñas de las manos y de los pies debe corresponder al tono que uno lleva en los labios.

"Si cambias uno, tienes que cambiarlos todos. Si los colores no hacen juego, no lucirás como una dama."

Ésas fueron las últimas palabras de Mami sobre el particular.

"La mezcla de colores," dijo ella, "debe ser impecable."

El escote de la mujer es su atractivo más importante. Las semillas de café contienen la mayor concentración de cafeína de cualquier planta de nuestro país; mojadas con aguacate y esparcidas sobre los pechos de la mujer, le dan al busto una firmeza que uno siempre debe buscar. Después que cumplí diecisiete años, tanto a Mami como a Yamila se les metió en la cabeza que yo siguiera este complicado rito una vez por semana.

De la misma manera, una vez por semana, mi cabello era tratado con un puré de cambores maduros. Entonces me lo lavaba varias veces, y después Yamila me lo desenredaba. Más tarde, mi pelo negro me caía por la espalda, luciendo tan suave y brilloso como la seda.

Pero mi rutina favorita tenía lugar cada noche, cuando mi madre me daba instrucciones, antes de ir a la cama, de voltearme la cabeza hacia abajo y cepillarme suavemente el cabello en esa posición. Esto me parecía a mí nada más que un juego amoroso entre nosotras, pero su propósito era extraerme del cabello los aceites naturales de su fuente en el cuero cabelludo, y así permitirles cubrir la otra parte de mi mata de pelo.

"Jamás te cortes el cabello más arriba de la curva de tus hombros," me advirtió Mami, y me explicó: "A los hombres les gustan las mujeres cuyo cabello ondula en concierto con su caminar. El cabello corto es cosa de hombres."

Yo recordaría su sabio consejo más tarde en mi vida, cuando el único hombre a quien amé, me dijo, con deseo en los ojos, que mi esplendoroso cabello le recordaba las olas de Macuto.

Muchos años después que mi aventura con Constanza se había disipado entre las memorias de la niñez, aprendí a darme masaje entre las piernas con aceite de yuquillo para mantener esa área húmeda, y tibia. Yo sonreí al darme cuenta que mi hermana tenía razón, no solamente sobre el aceite de yuquillo, sino sobre todos los ritos que ella tan generosamente compartió conmigo aquel día.

tres: LOS RITOS FEMENINOS

En ese día especial cuando cumplí trece años, recibí una caja de satín brocado blanco, y una explicación detallada del rito de inmersión.

Estaba tan emocionada que ignoré a todos y todo lo que me rodeaba. Mami se veía encantada al percatarse de mi sonrisa aniñada.

El contenido de la caja me hizo sentir un gran placer.

Mis dos abuelas estaban presentes, así como las hermanas de mi mamá, mis propias hermanas, mis primas Clara, Corina y Ercilia, mi hermano mayor, Antonio, y mi orgulloso Papi.

Vestida con un bello traje rojo que Mami me había mandado a hacer especialmente para la ocasión, corrí alrededor de la sala, enseñándole a todo el mundo la medalla de oro de la Virgen que colgaba del brazalete que llevaba en la muñeca: mi primera joya, regalo de mi padre.

"Gabriela, yo sé que estás muy contenta pero ahorita necesitas prestarle atención a la ceremonia," dijo mi mamá. "Al final de este rito, habrás sido instruida sobre los ritos sagrados de ser mujer."

En medio de todas estas caras conocidas, yo sólo podía ver la de mi madre. Pero para mantener la tradición, fue mi abuela, doña Victoria Contreras, quien me dio la bienvenida al mundo de los secretos femeninos.

Yo debí lucir intrigada, porque Mami comprendió mi confusión:

"No te preocupes, Gabriela. Esta noche, cuando vayas a acostarte, yo me aseguraré de que todo tenga sentido para ti."

Cuando me susurró esas palabras, me acarició suavemente la parte alta de la cabeza.

Una vez que mi abuela terminó de hablar sobre las dos clases de pureza, todos salimos para la ceremonia de verdad. Una a una, las mujeres de mi familia me derramaron agua sobre la cabeza en un rito simbólico de purificación.

Doña Victoria me explicó que este ritual servía como un renacer simbólico, mi salida de las aguas limpiadoras de un nuevo comienzo. En dicha ceremonia, ella dijo, la mujer pasa de un estado de pureza, el físico, a otro, el ritualmente puro.

En la Biblia, el sitio canónigo para las inmersiones rituales es donde existe agua por naturaleza, ya sea un río, un arroyo, o un lago. En este, mi día especial, el líquido purificado provino de un riachuelo que pasaba por el traspatio tropical de la casa.

Después de la ceremonia, se tocó música tradicional venezolana, mientras todos daban palmadas, brincaban, y se movían en honor de mi mayoría de edad. Aves asadas, dulces maravillosos, así como panes y frutas fueron traídos de la cocina mientras yo recibía montones de buenos deseos y felicitaciones de corazón.

Al final del día, mi mamá me llevó a la cama, y mientras me cepillaba la cabellera, por fin pude abrir la caja de brocado. Dentro había una cinta de seda roja, para recordarme de mi primera menstruación. De ese momento en adelante, si yo quería, podía atar mi cabello orgullosamente con esa cinta. Dentro de la caja también había tres telas blancas de algodón, dentro de las cuales esa potencial pérdida de vida se filtraría; un pequeño espejo para que yo pudiera observar el primer brote de mi feminidad, y una pequeña botella de perfume para mezclar con mi esencia naturale.

Después de unos minutos, Mami me dio órdenes de poner la caja sobre la mesita de noche, y entonces me leyó un pasaje del Antiguo Testamento:

> . . . *el Señor le habló a Moisés y le dijo:* "*Cuando la mujer ha tenido una descarga de sangre, deberá contar siete días, y después de darse un baño en aguas que fluyen por cada uno de los siete días, será purificada. En el octavo día, la mujer llevará dos pichones al sacerdote. Él presentará uno como ofrenda por el pecado, porque por corto tiempo existirá la pérdida de la posibilidad de concebir una nueva vida, pérdida de vida en sí misma, y el otro por la posibilidad de crear una vida. . .*"

Los días siguientes se deslizaron como las aguas tranquilas de un arroyuelo. Yo limpiaba mi cuerpo cada día, para reanudar el ciclo de la vida.

Antes de apagar las luces y besarme tiernamente en la mejilla, Mami me pidió que le diera gracias a Dios por el don que me había regalado, el don de saber que algún día la vida brotaría de el tierno lugar entre mis piernas.

cuatro: EL DESEO

La ceremonia de iniciación que me convirtió en mujer fue seguida por una lección en artimañas femeninas, por medio de la cual aprendí que no hay cosa que más estimule el deseo del hombre por la mujer que tener que esperar por ella.

Una tarde, cuando yo tenía todavía trece años, Santiago, nuestro vecino de la casa de al lado, vino a visitarme. Tan pronto como escuché el timbre sospeché que era él y deseando salir a jugar, me apuré a bajar la escalera para abrirle la puerta, antes que lo hicieran Mayra o Yamila.

Casi sin aliento, sentí gran desilusión cuando encontré a mi padre al pie de la escalera, esperándome con una mirada muy seria.

"Gabriela, ¿qué crees que estás haciendo?"

Le contesté que estaba esperando a Santiago, y que íbamos a salir a jugar. A esto, mi padre me respondió serenamente:

"Aprende a darte tu puesto."

Me ordenó que me fuera para mi cuarto y salió a recibir a Santiago.

Mortificada ante la noción de que mi padre le estaba hablando a mi amigo, no fui para mi cuarto, sino que me quedé en lo alto de la escalera y traté de oír la conversación.

"Buenas tardes, doctor Grenales."

"Buenas tardes, Santiago. ¿A qué debemos tu visita?"

"Vine a invitar a Gabriela a jugar afuera."

"¿Quieres sentarte? Voy a subir a ver si la reina está disponible."

Desde mi puesto en la parte alta de la escalera de caracol, oí las palabras de mi padre, y pensé con impaciencia, ¡Por supuesto que estoy disponible! ¿Qué quiere decir con eso? Yo estoy aquí mismo. Entonces me escondí, para que Papi no me viera.

Cuando llegó a lo alto de la escalera y entrevió mi presencia, levantó la ceja, y con su mirada de matador me envió a mi cuarto sin emitir una sola palabra. Una vez que estuve en mi cuarto, comprendí que nunca pensó en venir a buscarme. Había subido sólo para engañar a Santiago y dejarlo esperando.

Regresó abajo, le dio las gracias a Santiago por la invitación, y le explicó que yo estaba "indispuesta por todo el día." Sin embargo, también le dijo que le encantaría que regresara el día siguiente. Y con esas últimas palabras escuché el cerrar de la puerta.

Ese incidente me dejó disgustada y pensé que Santiago nunca más vendría a invitarme a jugar con él. Esa noche, cuando me estaba preparando para acostarme, le dije a Mami cuán horrible se había portado Papi conmigo, y me quejé de que ningún varón "jamás, jamás," iba a querer tener nada conmigo si lo seguía haciendo esperar.

Aunque ellos estaban hechos el uno para el otro, mamá y papá se las habían arreglado para producir en mí una niña que estaba asiduamente agobiada por una personalidad dividida. Me pasé casi toda mi niñez indecisa entre la mirada vigilante de mi madre y el apetito insaciable por la vida de mi padre. Eventualmente, sin embargo, pude deducir, por la manera como mi padre recibía el afecto de otros hombres hacia su hija, que por haber crecido entre hombres y por saber de lo que ellos eran capaces, él había decidido desde muy temprano que las aventuras eran solamente incumbencia de los hombres. Él haría todo lo que estaba en su poder para evitar que sus hijas navegaran en esas aguas.

A los veintinueve años, mi padre, el doctor Mario Grenales, había sido uno de los solteros más cotizados de Venezuela, recientemente de regreso de Madrid, donde había completado estudios avanzados de medicina y cirugía. Pero si la ciencia médica le había enseñado disciplina e impartido en él cierta tendencia por la precisión, mi padre también tenía un lado artístico: bailaba muy bien, y nadie lo superaba en improvisar "Blue Moon" al piano o en cautivar a un cuarto lleno de gente con sus historias. Viéndolo en tales ocasiónes, uno podía pensar que la juventud era eterna.

Una vez le pregunté qué le hubiera gustado ser si no hubiera sido médico, y me dijo que hubiera sido Enrico Caruso. Aunque no sabía cómo cantar, Papi tenía una impresionante voz de tenor y era un músico natural que tocaba el piano sólo por oído y sin ninguna educación formal en ese campo.

Su música era sagrada para él; a ninguno de nosotros se nos permitía acercarnos a sus discos, porque podíamos rayarlos con la aguja del fonógrafo. Constantemente recibía regalos musicales de sus amigos en Europa y de un embajador americano, quien le dio discos de las grandes bandas de Tommy Dorsey y Artie Shaw.

Como un legado de su herencia española, mi padre disfrutaba de los excesos. Igual que sus antepasados conquistadores, tenía pasión por todo lo que fuera exuberante, incluyendo las comidas deliciosas, los vinos apetecibles y las mujeres devastadoramente bellas. Y a pesar de ser médico—y contrario a lo que sabía como clínico—tenía debilidad por los puros Romeo y Julieta, lo cual hacía que la gente pensara que era cubano.

Las mujeres siempre sucumbían al encanto de mi padre—por más que sabían que él era feliz en su matrimonio—y por lo tanto, se portaban como tontas en su presencia.

Aunque estaba acostumbrado a que las mujeres se le tiraran encima, Mario Grenales cayó sin resistencia ante los encantos elegantes de mi madre desde el momento en que la vio por primera vez, deslizándose como una paloma cuando salía de la catedral después de la misa de gallo.

Una de sus más encantadoras características era su fe absoluta en los presentimientos, en las visiones y en el poder de los santos de oírle sus súplicas. Le gustaba decir que fue San Agustín quien puso a mi madre en su camino en aquella misa del gallo.

Mi propia curiosidad infantil sobre cualquier asunto era atizada siempre por la predilección de mi padre por lo dramático, y por la fuerza inflexible de mi madre, que en la mayoría de los casos servía como tónico a su pasión por el exceso.

La historia de su familia estaba en agudo contraste con la estricta y, sin embargo, delicada formación de mi madre. Ella a veces decía que sus siete hermanos, si bien estaban llenos de encantos seductores, tenían pocos modales y parecían creer que las reglas sociales se aplicaban a todos menos a ellos.

Muchas veces oí a Mami comentar que se casó con papá porque eran completamente opuestos, y los opuestos se atraen. Pero cuando mi madre me acostó esa noche, me di cuenta de que Mami y Papi eran una sola entidad. Siempre recordaré detalladamente cómo fijaba sus ojos en los de mi padre; era una mirada que dejaba entender no sólo que se conocían muy bien, sino que también estaban en total acuerdo en lo que fuera.

Yo podía haber continuado protestando—según mi naturaleza y mi estilo—el injusto trato de Papi hacia Santiago, pero el tono dulce, aunque firme, de mi madre respaldando la decisión de mi padre fue todo lo que necesité para convencerme de que los dos estaban unidos en este asunto.

Cuando estaba a punto de darme las buenas noches, Mami

colocó mi barbilla en su elegante mano, como si estuviera sosteniendo a un pajarito de alas rotas.

"Mi vida, tu nombre es Gabriela Grenales. Debes recordar
siempre lo que eso significa. Eres una señorita. ¿Qué iba a pensar
Santiago, si te le tiras encima como una cualquiera cada vez que
a él se le antoje venir a verte? Tu padre te ha hecho un favor.
Debes agradecérselo cuando tengas la oportunidad."

Y después de su buen consejo me dio el más tierno de los
besos.

Mucho más tarde, después de convertirme en madre, recordé
aquella noche y comprendí que tener dos padres que coinciden
es algo que hace sentir segura a una hija.

Aquella vez me fui a la cama confusa, demasiado joven para
entender el significado de lo que me habían acabado de enseñar.
Pero a su debido tiempo llegué a apreciar que, además de haberle
enseñado a Santiago a respetar a las mujeres, la impaciencia au-
menta el interés del hombre así como su pasión.

Durante mi cortejo formal vi con mis propios ojos que no era
sólo normal, sino necesario, hacer esperar a un hombre, y al fin
entendí que los hombres son criaturas sencillas de mente que encuentran el coqueteo muy tentador, y que entre las metas más
importantes de sus vidas está el poder mostrarle al mundo que
han conquistado a una mujer.

Santiago vino a verme puntualmente a la mañana siguiente.
Pero esta vez, cuando oí sonar el timbre de la puerta, me sentí
algo desilusionada de que alguien pudiera ser tan fácilmente pre-
decible.

cinco: LAS PIEZAS

Poco tiempo después de que mi hermana Jacinta celebrara su propia ceremonia de inmersión, ella, Constanza y yo fuimos invitadas a subir al cuarto de mamá.

Entrar en su habitación era siempre una invitación para regodearse en las glorias de la feminidad, la sensualidad, y todo lo delicado.

Encima de las sobrecamas españolas de bordados a mano estaban los objetos de su afecto y los temas delicados de nuestra próxima lección: un conjunto de bata de crepé de china, un refajo de seda suave, un corsé de terciopelo para desafiar la edad, una bata de dormir corta de gasa transparente y delicada y una exquisita y festoneada faja con tirantes que se enganchan a las medias de *nylon* para que no se rueden hacia abajo.

Mamá dió comienzo a la clase, haciendo una lista de los colores de la ropa interior que, una vez casada, cada mujer debe tener en su armario, e informándonos que todas estas piezas tenían un solo propósito: seducir al amado en cada ocasión.

Aunque el vocablo proviene de la voz francesa *linge,* que quiere decir "lino" o "hilo," la lencería ahora se asocia con ensueños de seda y satín, formas elegantes y seductoras que se fabrican no sólo de lino, sino también de encajes sensuales, de seda, gasa y crepé de china.

Como si estuviera en un trance, Constanza, la mayor de nosotras, se sentó sobre la silla de terciopelo azul del tocador, al lado de la cama de mi madre. Jacinta, por su parte, parecía intrigada por todos los diseños. ¿Y yo? Yo no podía esperar a tener la oportunidad de descubrir por mí misma el encanto de cada una de esas piezas.

"Estas son tus prendas más íntimas, comenzó a decir mi madre." Son como una expresión secreta y personal de tu disposición tanto en el cuarto como en el salón de baile. Tu selección de ropa interior afectará tu comportamiento a través del día, y establecerá el tono de la noche que le sigue."

Ésta fue la primera vez que nos hablaron del mundo secreto que existe detrás de las costuras.

Entonces nos mostró un juego de bata color amarillo suave, un conjunto tradicional de seda italiana que tenía un largo y ondulante refajo con una bata lujosa que le hacía juego, y que ella usaba—como era su costumbre—para hacerle compañía a mi padre después que los niños nos habíamos acostado.

El refajo de seda blanca, con los finos tirantes, era para ser llevado debajo del vestido, dijo ella, y así acentuar la silueta de la mujer. Escoger un vestido era lo último de todo, no obstante, porque era requerido que las mujeres llevaran puesta la ropa interior debida—que incluían capas de camisetas, refajos a mitad de la pierna y enaguas—antes de que comenzaran a preocuparse por su selección de atuendo. El refajo podía llegar hasta el muslo o ser más largo, dependiendo del vestido. Llamado a veces la cubierta del corsé, o el corpiño de la enagua, el refajo coquetón era la pieza interior preferida del momento.

De todas las piezas que estaban en la cama de mi madre, la que más me gustaba era el corsé de terciopelo rojo, el cual se veía muy complicado, pero a la vez, muy llamativo. Estaba tan fascinada con aquel chaleco apretado que le pasé los dedos por las varillas.

Entre las fajas hay una que se llama la vasca, que tiene una parte del corpiño que cae bajo la cintura para darle forma a las caderas. También están el ajustador largo, la faja sencilla, la cual es un corsé ligero que se extiende de la cintura a la parte alta del muslo; y el corselete, una pieza tubular que combina el ajustador y la faja, y que también tiene tirantes para los hombros, con el que se mejora la silueta femenina hasta cambiarla por completo.

Si bien el objeto principal de la pieza de encaje apretada era asegurar una cintura perfecta (algunas veces hasta dos o tres pulgadas menor que la cintura natural), su misión verdadera, según Mami, era realzar la fantasía y el erotismo al atraer la atención a los senos. El empuje hacia arriba que lograba producía en los hombres pensamientos muy poco inmaculados. Supongo que debe ser considerado como un milagro que cualquier mujer haya podido salir alguna vez del dormitorio si llevaba puesto tan seductor y llamativo corsé.

La naturaleza ulterior del *cotte,* por sí misma, se prestaba fácilmente a diseños apasionados y telas transparentes. Algún tiempo después, justamente antes de la boda de Constanza, fuimos a comprar su ajuar de novia. Le dije que se comprara un corsé con un diseño que atrajo mi interés y que me pareció divertido. ¡A los catorce, me imaginé que iba a poder divertirme con él! Mi madre, siempre elegante, me explicó en voz baja que "lucir como una prostituta francesa no debía ser la forma de divertirse en el cuarto."

En total contraste con la bata corta y chillona a su lado, el inocente camisón de dormir color azul cielo era el colmo los detalles femeninos. El camisón de dormir debe ser usado para dormir, y aunque no tiene el peso de un corsé, es sin lugar a dudas un poderoso ejemplo de feminidad.

Cuando Mami estaba a punto de hablarnos del atractivo juego de bata corta, oímos un golpe en la puerta del cuarto. Era mi padre, preguntándole si podía ir al despacho a verlo en unos minutos.

"Por supuesto que sí, Mario," fue su respuesta.

Como si hubiera sido convocada por la Santa Sede, mi madre recogió inmediatamente toda la ropa interior de la cama, colocó cada pieza dentro de su caja, y nos dijo que la lección de ese día había terminado.

"Niñas, cuando su esposo las llame, no importa lo que estén haciendo, su respuesta debe ser siempre, 'Por supuesto que sí.' Los maridos siempre vienen primero."

En su apuro, mi madre dejó la bata corta sobre la cama. Mientras la contemplaba, hipnotizada por sus intrincados dibujos de encaje, cuerdas y ballenas, yo soñaba con el día que un hombre me librara el cuerpo cariñosamente de una confección similar.

seis: EL CORTEJO

Cuando cumplí quince años, tuve el honor de participar en una de las ceremonias más emocionantes a la que pueda aspirar una joven de nuestra sociedad. Estaba ya en edad del noviazgo.

Desde no sé cuándo, la transición de la niñez a la pubertad ha sido uno de los pasos más importantes para las adolescentes suramericanas. A todo lo largo de nuestra propia patria, este cambio está señalado por el baile de la quinceañera, o la fiesta de los quince años. Esta ocasión es una manera de reconocer que una joven ha alcanzado la madurez sexual y, por lo tanto, está lista para contraer matrimonio.

Como parte de este rito, una joven debe saber cómo ser cortejada. El noviazgo, a su vez, es una parte esencial de ser tratada como mujer mientras se continúa siendo señorita. La señorita puede recibir y contestar cartas, aceptar visitas de los pretendientes y asistir a fiestas con chaperonas, pero nunca sola. Éste es el momento en la vida de una joven cuando su reputación y su integridad física deben ser resguardadas con gran celo. Estar sola con alguien del género opuesto, por cualquier razón, es considerado de tan poco gusto que merece una fuerte recriminación social. Antes del noviazgo, los jóvenes suelen comunicarse con las señoritas para quedar en visitarlas a ellas y a sus padres. Durante dicha visita, se espera que el joven exprese su deseo de convertirse en un enamorado formal una vez la señorita haya sido presentada en sociedad en su fiesta de quinceañera.

ASÍ ES COMO DEBE SUCEDER: TAN PRONTO COMO la joven comunique su deseo de pasar más tiempo con el candidato, sus padres deberán hacer cualquier esfuerzo para arreglar un encuentro entre las dos familias y discutir la unión.

En este primer encuentro, ella debe comportarse de la mejor manera posible. No importa que se sienta con deseos de reír constantemente; es esencial que no tenga risitas tontas ni haga tonterías infantiles que puedan dar la impresión a la futura familia, o a su futuro esposo, de que ella carece de lo que se necesita para ser una esposa ideal.

UN MES ANTES DE MI PROPIA FIESTA DE QUIN-ceañera, Jorge Armando Caballero, el hermano de mi mejor amiga, Carmela, se comunicó con mis padres para hacernos la visita. Mami y Papi estuvieron de acuerdo en que viniera, pero con desgano, lo que me extrañó, ya que yo suponía que estarían encantados ante la posibilidad de recibir a mi primer pretendiente formal. En el día señalado, yo abrigaba secretamente el deseo que él les gustara a mis padres, porque en mis rezos le había pedido a Dios que permitiera, no sólo que Jorge Armando fuera mi primer compañero de fiesta, sino que fuera también mi primer amor. Mis oraciones iban a ser oídas, pero concedidas sólo en parte.

A pesar de la actitud fría de mis padres hacia él, me fue difícil disimular mi alegría, ya que estaba consciente que la visita era el primer paso antes de mi fiesta de quinceañera en el Country Club de Caracas. Y, además, yo soñaba con mi primer beso.

La idea de ser una quinceañera había estado en mi mente desde que vi el álbum de recortes de mi madre de esa época de su vida. Tomándola a ella como la mejor modelo, decidí que una de las metas de mi vida sería tener experiencias magníficas que me trajeran recuerdos maravillosos. Al final de cuentas, lo único que nos queda son esos recuerdos.

Para prepararme para el acontecimiento, la principal preocupación de mamá era vestirme exquisitamente para que me viera bien delante de la mayor cantidad posible de pretendientes. De acuerdo con esto, el proceso de hacerme el vestido de quinceañera fue para nosotros una de las experiencias más importantes, aunque por razones diferentes. Yo quería impresionar a un solo joven.

Cuando te llega el turno de pasar por esta ceremonia de iniciación, deberás tener como meta vestir el traje más hermoso que puedas encontrar, ya que lo que no esté bien decorado no atrae a ningún comprador. El hombre primero se enamora por los ojos, y después es labor de la mujer capturar sus otros sentidos.

Yo recuerdo ir a casa de la costurera de mi madre en la avenida Urdaneta para las pruebas. El lugar decididamente tenía un ambiente de alta costura francesa, con dos enormes probadores, cada cerrado uno con una cortina roja de terciopelo. Era como ir de compras por un vestido de novia, excepto que aquí no había novio alguno.

Después de inspeccionar varios vestidos, mi madre y yo nos decidimos por un elegante vestido largo dorado con pedrería cosida a mano que ponía énfasis en mi naciente busto.

El segundo paso era decidir cuándo y dónde yo iba a ser presentada. Yo no tenía voz ni voto en la decisión, ya que mis padres habían escogido el baile anual del Country Club.

Cuando se le dice que sí a un posible enamorado, ya sea sí a un baile o sí a la visita que viene después, uno tiene que recordar—sí, hasta en el presente—los cinco pilares que conservan el matrimonio. Sin integridad física, buena familia, un deseo compartido de tener hijos, buena posición económica o la misma religión, a la mejor de las uniones le costará trabajo tener éxito.

En realidad, estos elementos son tan importantes que desde el mismo momento en que se descubre que un enamorado carece de dichos criterios, éste debe ser rápidamente descartado. No estaría tan segura de esto si le hubiera hecho caso a mi propio consejo, ya que me casé por todas las razones equivocadas, y por lo tanto, era inevitable que yo encontrara mi gran amor por otras partes.

Debes comprender que no es fácil para mí dar estos consejos, especialmente porque a través de mi vida yo misma encontré algunos de ellos difíciles de seguir. Pero con el transcurrir del tiempo y por haber aprendido de mis errores, estoy ahora mejor preparada para darlos.

En lo que se refiere a la pura disciplina, sin embargo, estos dogmas han sido mi mayor salvación. Me sirvieron bien cuando me falló el buen juicio y cuando no pude encontrar en el corazón cómo hacer lo indicado por cuenta propia. En esos momentos yo solía preguntarme cómo iba a honrar los tesoros que me habían sido confiados.

De todas maneras, después de aquel encuentro inicial, entendí mejor mi interés en Jorge Armando, y también supe, para mi satisfacción, que mis sentimientos eran correspondidos. Pero cuando le confesé todo esto a mi madre, ella le hizo caso omiso a mi revelación por razones que no entendí. Mi curiosidad respecto a su respuesta más tarde se convertiría en preocupación, y más tarde aún, en desesperación.

Antes de contarte los acontecimientos de los meses que siguieron a mi fiesta de quinceañera, quiero hacerte comprender la importancia que debe ser tu prerrogativa—igual que la de tu supuesto enamorado—de casarte por amor, siempre que los demás factores coincidan. Teniendo en cuenta que la conexión entre dos personas es primordial y espontánea, y que nadie sabe mejor que ellos si es fantasía o realidad, lo ideal es casarse con alguien de quien estés enamorada y que esté dentro de tu círculo. Aunque esto es lo ideal, no fue mi propia experiencia.

Por la manera como las cosas resultaron para mí, aprendí en cambio que la pasión sola no es lo suficiente para mantener una unión que, por otra parte, es inadecuada. También aprendí, para mi asombro, que con tiempo, paciencia y determinación, es posible, sin lugar a dudas, que una unión arreglada meticulosamente pueda dar frutos—por suerte o por desgracia—dependiendo del punto de vista. Yo aprendí, además, a comprender que hay una diferencia notable en gustos entre los frutos de matrimonios arreglados y los que resultan del amor verdadero. Pero idealmente, como he dicho, el amor y el matrimonio deben ser uno solo.

Según trates de decidir con quién quieres compartir el resto de tu vida, tus padres, sin lugar a dudas, te alentarán a entrar en un matrimonio de igualdad en el que el amor nacerá con el tiempo. Esto es exactamente lo que mis padres hicieron conmigo, pero en el momento de su decisión era imposible que ninguno de nosotros pudiera decir lo que el destino nos traería. Las acciones arbitrarias a veces pueden crear un caos en nuestras vidas, y las consecuencias pueden perseguirnos hasta la tumba.

Yo no sentía nada más que alegría en la noche de la fiesta de mis quince. Cuando entré al gran salón, las arañas de luces estaban encendidas, la orquesta tocaba, las copas tintineaban en señal de brindis, y mi padre me escoltaba, sus brazos entrelazados con los míos. Las otras quinceañeras y yo, algunas de las cuales eran mis buenas amigas del Colegio San José de Tarbes, iban a ser presentadas en sociedad después de la cena.

Cuando llegó mi turno, una voz masculina dijo:

"Gabriela Grenales, descendiente de Carlos Alberto Grenales, oriundo de España."

En ese momento comprendí que la sangre aristocrática fluía por mis venas. Según se mencionaban los nombres, a cada quinceañera se le recordaba su deber de preservar su herencia, asegurándose que su línea ancestral y su honor fueran mantenidos. Qué poco sospechaba yo esa noche el gran desafío que eso iba a resultar para mí.

Tristemente, ni siquiera las riquezas del amor que más tarde iba a encontrar podrían ameliorar la vergüenza que me produciría deshonrar el buen nombre de mi familia. Tan poderosamente inscrito en mi mente estaba el concepto del honor, que aun en medio de la pasión más devastadora, imaginaría más tarde las caras de mis padres en la mesa a la hora de la cena: sus risas y complacencia del uno con el otro y conmigo convertirse en desilusión. Por mi mente pasarían destellos de mi madre, Ana Amelia Contreras de Grenales, quien con gran orgullo contaba historias de la familia Contreras de Trujillo.

El hurto de mi corazón fue la tragedia más cruel de mi vida. Pero ese robo nunca podría ser comparado con la tragedia de manchar el honor de mi familia, porque el ser desafortunada carece de importancia ante la pérdida del buen nombre. El nombre Grenales aún corre por mis venas, su sangre caliente y su flujo arrollador.

Yo sonreí e hice una profunda reverencia hacia los patrocinadores de la fiesta. Justamente en ese momento, la música co-

menzó a sonar. Mi padre, el doctor Mario Grenales, sin ánimo alguno le ofreció mi brazo a Jorge Armando Caballero, el joven de
quien mi corazón ya se había prendado, y en cuyos brazos bailé
el primer baile de mi vida.

siete: MI PRIMER BESO

Unos días después de mi fiesta de quinceañera recibí mi esperado primer beso bajo la sombra de la mata de mango.

En Venezuela, las matas de mango crecen como espejismos
bajo el fuerte calor ecuatorial que hace esto posible.

Quizá como una defensa contra el calor que le da vida, el
dulce y jugoso mango encierra sus riquezas dentro de su cáscara
gruesa y pulida que puede ir del verde oscuro a un vivo rojo
amarillento. Y después que su curvas incitan a comerlo, se encuentra una sorpresa aún más suculenta en su interior. Pelar un
mango es como pelar el mismo sol, el brillante amarillo anaran-
jado de su pulpa es un cuerdo de que sólo un sol tropical puede
alimentar tales frutos.

No importa de qué manera uno se acerque al lujurioso
mango, su pulpa resbalosa siempre se derrama en gotas dulces e
interminables que son imposibles de atrapar con la boca; las
manos tienen que acudir en ayuda, haciendo de la ingestión del
mango una tarea muy complicada, de la cual pocos escapan sin
mancha Para mi deleite, cada pedacito de mi primera experiencia con la fruta, resultó ser tan placenter como prometía.

Yo solía caminar todas las tardes hacia el puesto de frutas
cerca de mi casa para comprarle a Constanza una pequeña bolsa
de torontos, un tipo de chocolate irresistible con avellana en el

centro. (Una delicia de la localidad, estas nueces se desprenden espontáneamente de los árboles). Como sabía que a mí me gustaban las aventuras, mi hermana mayor siempre estaba dispuesta a persuadirme de que fuera, alegremente, en busca de cualquier cosa para satisfacer mis antojos.

No obstante, en esta ocasión, mientras regresaba a casa del puesto de frutas, vi con el rabo del ojo a un joven que caminaba en mi misma dirección. Me aturdí y apreté el paso, sin voltearme a mirarlo. Un minuto después, cuando me alcanzó, pude ver que era Jorge Armando. Llevaba en la mano un saco de yute lleno de algo que no podía identificar. Tratando de ocultar mi emoción, le pregunté con fingida impaciencia:

"¿Qué llevas en el saco?"

"Frutas maduras, listas para comer. ¿Puedo ofrecerte una, muñeca?"

Sacó un mango y me lo entregó con una sonrisa invitadora. A pesar de que no debía haberlo aceptado, no pude resistirme. Yo sabía que hablarle significaba una terrible violación de las costumbres: si alguien me encontraba a solas con un hombre, ciertamente que merecía ser castigada.

De todas maneras, sentí que la temperatura me comenzaba a subir, mientras una inexplicable sensación desconcertante se me extendía por los labios. Se me acercó aún más, y un sonrojo momentáneo pareció invadirme la cara. La mente trató de prevenirme contra lo que iba a pasar, pero yo estaba débil, lista a entregarme al deseo. Nos escondimos detrás de un árbol, yo rezando todo el tiempo que Constanza no viniera a buscarme.

Mientras me llevaba el mango a la boca, el jugo comenzó a rodar por mi cuello, mientras sus labios alcanzaban cada gota. Quedé parada frente a él, perpleja, luchando por no entregarme. Seguí mordiendo la dulce pulpa del mango, como en un trance, sorprendida ante el sabor tan conocido y preguntándome por qué tenía tanto antojo de esa fruta. Aunque parezca extraño, cada bocado tenía un sabor diferente al anterior. Y, ensimismada con la experiencia y en silencio, le di la bienvenida a la promesa que ofrecía cada mordida y al calor del aliento de Jorge Armando, con un incontrolable deseo que me llevó a un sitio insospechado, donde desaparecieron los rigores de la vida diaria como por arte de magia. Sus ojos, buscando ansiosamente los míos, me hicieron olvidar dónde estaba, y me invitaron a un lugar prohibido que solamente conocería en otra época de mi vida y sólo en su presencia.

Esa noche, acostada en la cama pero aún despierta, deshecha en arrepentimiento, me preguntaba si debería contarle a Constanza lo que había sucedido bajo la mata de mango. Pero como había flotado en el estupor soñoliento de una niña de quince años unas pocas horas después de haber recibido su primer beso, decidí que para que los momentos mágicos puedan mantener su encanto, se debe resistir la tentación de encontrarles explicación.

Prometí verlo cada tarde después del colegio, de modo que Jorge Armando y yo, sin que nadie más lo supiera, nos robaríamos muchos más besos.

ocho: LAS CLASES DE PIANO

El año de mi primer beso fue también el año en que caí enferma de amor.

Una noche, poco después de mi debut, cuando mi familia entera estaba sentada en la mesa del comedor, comenté con alegría que no pasaría mucho tiempo antes de que mi pretendiente viniera a visitarme.

Mamá pareció sorprenderse.

"¿Quién será este joven tan dichoso?" preguntó.

"Pues, es Jorge Armando, por supuesto, el hermano de Carmela. ¿No te acuerdas que él te pidió permiso a y a Papi para venir a cortejarme?"

Al oír su nombre, Mami buscó los ojos de mi padre y se puso tan pálida que pensé que se había puesto enterma. Cuando al fin pudo hablar, su tono era frío como el hielo:

"Me temo que tal noviazgo no puede ser posible, Gabriela. Yo espero que comprendas por qué."

Pero yo no lo comprendía, ni un poquito siquiera. No obstante, estaba muy claro que en lo que la atañía a ella, no había más que hablar del asunto. Mi padre, también tenía una expresión muy seria en la cara, y sacudía lentamente la cabeza. Hice lo posible para no romper en llanto.

Mi hermana Jacinta me dirigió una mirada de compasión, y mi hermano, Antonio, con su don para sentirse apenado, miró en mi dirección como reconociendo que en ese momento mis sueños estaban desapareciendo ante mis propios ojos.

No se dijo nada más esa noche durante la cena, ni se tocó ningún otro tema.

Fue únicamente al hablar con Constanza más tarde esa noche, que supe por qué mis padres nunca permitirían que Jorge Armando me enamorara.

"¿No entiendes?" preguntó mi hermana. "Nosotros somos criollos, pero él es casi mestizo. No puedes casarte con él. ¿Qué diría la gente?"

En la opinión de mis padres, Jorge Armando era tan merecedor de mi mano como un sirviente. Aunque su padre, don Manolo, era dueño de un negocio lucrativo de importación, cuyas ganancias le permitían a la familia vivir en La Lagunita, la gente de nuestra clase social desechaba la noción de que un inmigrante, sin ningún antecedente, por muy rico que fuera, pudiera ser admitido en el mundo privilegiado de los mantuanos.

"Todo el mundo sabe que don Manolo compró su entrada en el Country Club," me confió Constanza.

He ahí la realidad: el padre de Jorge Armando podía haber hecho grandes contribuciones de dinero al Country Club para que la familia fuera invitada a varios actos sociales, pero eso no quería decir que la presencia de los Caballero fuera aceptada en la alta sociedad.

Yo estaba desesperada por poder refutar la explicación irracional de mi hermana, pero con tanta evidencia mostrando lo contrario, ¿qué podía hacer? Por lo tanto, opté por protestar:

"No me importa lo que diga la gente. Los dos nos gustamos."

"A ti no te importarán los chismes, pero a nuestros padres sí les importa. Olvídalo, hermana mía. Será mejor para todos."

Me quedé de pie ahí en su cuarto y contemplé cómo se trenzaba el cabello y se preparaba para acostarse, como si nada hubiera sucedido, como si el mundo no se estuviera acabando. Entonces, muy casualmente, pero con un tono que eliminaba cualquier posibilidad de la esperanza a la que yo me aferraba todavía, añadió:

"Además, ¿quién dice que depende de ti? Tú te casarás con el hombre que nuestros padres permitan que te cases."

Después de mi conversación con Constanza, regresé a mi cuarto, sintiéndome desolada. Esa soledad continuaría atormentándome durante muchos años.

Sin deseos de dormir, estuve despierta casi toda la noche, tratando de encontrar una solución para mi conflicto, hasta que finalmente una estratagema comenzó a tomar forma en mi mente.

Delirante con la fiebre de lo prohibido, decidí que Jorge Armando y yo, en lo sucesivo, tomaríamos cualquier oportunidad que encontráramos para hablarnos o vernos. Esto no iba a ser fácil, porque en esos días las jóvenes estaban bajo la supervisión de un adulto en todo momento. En la escuela, las monjas que nos espiaban no nos quitaban los ojos de encima, y en el hogar, si Yamila no estaba conmigo estaba Mayra, aunque casi siempre estaba bajo el cuidado vigilante de mi madre hasta la hora de la cena. No es necesario aclarar que tal vida permitía pocas distracciones a una jovencita de quince años.

A la mañana siguiente puse en acción la primera parte de mi plan. Pretendí estar tomando notas en la clase de ciencia pero, por el contrario, le escribí una misiva a Jorge Armando en mi cuaderno de notas, exponiéndole la naturaleza de la situación, y mis ideas de cómo burlarla. Durante el receso, doblé el papel, le expliqué mi problema y mi plan a Carmela, y le supliqué que le diera la carta a su hermano después que saliera del colegio.

Si Carmela aún ignoraba lo que significaba estar enamorada, ella, no obstante, siempre había tenido una inclinación hacia la intriga, y, además, adoraba a su hermano. Ni ella ni yo podíamos imaginar nada mejor que ser cuñadas algún día. Desde que éramos pequeñas, yo había estado haciendo planes en mi mente para que se casara con mi hermano Antonio, y ella hacía lo mismo conmigo y con Jorge Armando.

A la semana siguiente, con el pretexto de estar ocupada en cosas mejores, le dije a mi madre que quería comenzar a tomar clases de piano.

"¡No podía haberme imaginado algo mejor, Gabriela!" exclamó Mami. "Una señorita a carta cabal debe saber tocar el piano."

Desde ese momento, Carmela y yo pasábamos la tarde del jueves, de las cuatro hasta las seis, aprendiendo a tocar el piano en la residencia de Isabel Valladares, una solterona de la urbanización que vivía con siete gatos y tres hermanas que tampoco se habían casado nunca. La señorita Valladares había sido una pianista famosa en su juventud, y se decía que era una magnífica profesora. Pero según resultó ser, mi encuentro con ella me daría una lección que no estaba en mis planes aprender.

Cada semana, Jorge Armando acompañaba a su hermana a casa de la señorita Valladares, unos quince minutos antes de que nuestra lección comenzara, para que de esa manera yo pudiera tener oportunidad de estar a solas con él. Como una cómplice perfecta, Carmela le ofrecía a nuestra maestra la más persuasiva de las excusas como explicación de llegar a la clase demasiado temprano:

"Señorita Valladares, necesito más tiempo para practicar mis octavas."

Al menos por un tiempo, nuestro plan tuvo éxito.

Fue durante un breve período de idilio total que me enamoré de la manera de expresarse de Jorge Armando. Durante casi un año habíamos intercambiado semanalmente cartas en secreto. De regreso a mi casa, después de la clase de piano, solía encerrarme en mi habitación y perderme leyendo lo que me había escrito.

Al pasar tan poco tiempo juntos, nuestra mutua pasión—como resulta ser el caso en tales situaciones—se intensificó, y nuestra correspondencia clandestina se volvió cada vez más impaciente. Nuestras cartas se transformaron en promesas de amor eterno, hasta que una memorable tarde del jueves, Jorge Armando me entregó una nota, pidiéndome que me casara con él algún día. Aunque yo sabía en el fondo de mi corazón que mis padres nunca lo permitirían, en ese instante, yo no sé en que estaba pensando, o a dónde ese infantil intercambio nos llevaría, pero me entusiasmé tanto que rasgué un pequeño pedazo de la hoja de música, y garabateé en ella las siguientes palabras: *Sí, Jorge Armando, me casaré contigo algún día. La única condición es que no me hagas tomar sopa de lentejas.* Salí de la casa de la señorita Valladares, doblé el papel precipitadamente, lo amarré con la cinta roja que me ataba el cabello, y le entregué el asentimiento de una joven de quince años a su declaración de matrimonio.

ENTONCES, ESA NOCHE, SIN NINGÚN AVISO, MI padre entró en mi cuarto y comenzó una búsqueda frenética. Yo sentía que la sangre me abandonaba las mejillas y me embargaba el corazón, porque por la expresión de su cara, comprendí que tenía un gran problema. Yo rezaba para que él no se diera cuenta que temblaba, o del miedo que había en mis ojos. No quería confirmar la sospecha que él abrigaba.

"¿Dónde están, Gabriela?"

"¿Dónde están, *qué*, Papi?" le supliqué.

"Las cartas, por Dios. ¡Dime en este instante dónde están!"

Aterrorizada por su furia, señalé con un dedo a la gaveta más baja de mi cómoda, dónde guardaba mis medias del colegio. Y ahí estaban escondidas todas las inocentes promesas de amor eterno de mi enamorado, dentro de una caja de brocado blanca, organizadas según las fechas, y amorosamente atadas con un hilo de lino blanco. Yo sabía que cuando mi padre las encontrara, nunca más volvería a ver las cartas de Jorge Armando. También sabía que nunca le perdonaría haberme robado, tan cruelmente, los tesoros de mi corazón. Después de aquella noche, nunca más quise ser su reina.

Apretando el montón de cartas tan duramente entre las manos que los nudillos se le pusieron blancos, mi padre dijo:

"Lo peor que puede suceder en una familia, después de la muerte de un familiar, es tener una hija de baja moral."

No me atreví a decir ni una palabra. Tenía valor suficiente para hacerlo, pero sabía de sobra que perdería cualquier discusión con él.

"Gabriela, no vas a verlo más nunca. ¿Me entiendes?"

Sentí deseos de vomitar, pero no podía ceder todavía. Traté de suplicarle:

"Pero, Papi . . ."

"Ni una palabra más. Ni tu mamá ni yo vamos a permitir que sigas con un joven que no tiene el suficiente buen concepto de ti como para proteger tu honor. Especialmente, después que te hemos dicho que él no es apropiado para ti."

Traté de hablar de nuevo, pero mi padre levantó su mano derecha con tanta rapidez que pensé que me iba a pegar.

"Y la mayor tragedia de todas no es que seas desobediente; sino que tengas tan mal concepto de ti misma que permites que esta desgracia suceda."

Con eso, abandonó la habitación antes de que yo tuviera oportunidad de responder.

Mamá nunca vino a darme las buenas noches.

LA ÚNICA CARTA QUE LOGRÉ SALVAR FUE LA QUE Jorge Armando me había escrito hacía un año, después de un viaje a Macuto, sobre la fruta de la chirimoya. Por su contenido comprometedor la había escondido en el fondo de mi cuaderno de notas de ciencia.

Más tarde supe por Yamila lo que había pasado, ya que esa noche ella contestó el teléfono y pudo oír la conversación de mis padres.

Isabel Valladares había llamado a mi mamá para decirle que no podía continuar dándole clases a una estudiante que demostraba claramente que no le interesaba aprender a tocar el piano.

"Gabriela está muy ocupada arrancando pedazos de sus hojas de música para intercambiar notas con el hermano de otra alumna," le informó.

Mi madre tenía que haber llegado a la conclusión—como

cualquier otra mujer—que yo había guardado esos mensajes. (Una de las lecciones mayores de esa noche resultó ser cuán ingenua yo había sido al creer que podía esconder tal cosa de mis padres para siempre. En ese momento, sin embargo, recuerdo haber estado convencida de que ellos debían ser magos o espías, porque yo no le había hablado a nadie de las cartas).

En las semanas que siguieron, Yamila se enteró por Rosa, la sirvienta de casa de Carmela, que mi padre había visitado a la familia Caballero. Yo nunca me enteré a quién fue a ver allí, o cuál fue su propósito, pero recuerdo haber sentido como una punzada en el estómago por no haberle avisado a Jorge Armando que habíamos sido descubiertos.

POCO DESPUÉS QUE NUESTRO AMOR FUE PROHIbido, Jorge Armando me envió con Yamila un pequeño dije envuelto con gran cuidado en el papel que usan los vendedores ambulantes.

Estos regalos de especial significado son a veces conocidos como *exvotos,* lo que quiere decir "de los votos." Pero cuando son ofrecidos como regalos de la moda imperante, son llamados simplemente dijes. Pero pude discernir, tan pronto abrí el paquete, que el regalo de Jorge Armando no era simplemente un dije: dentro del papel arrugado había una imagen representando a la Virgen del Valle, y cuando le di la vuelta, vi que tenía una inscripción al dorso.

Puse la medalla en una cadena y me la colgué alrededor del cuello desde ese día en adelante. Pero no fue hasta muchos años después que comprendí la astucia que había detrás de ese regalo. Primeramente, por ser una medalla de la Virgen, podía llevarla colgada del cuello sin despertar las sospechas de mis padres, porque todas las jóvenes católicas de la época debían demostrar devoción de esa manera. En segundo lugar, en el lenguaje de

nuestro amor perdido, significaba un voto y un milagro. Y finalmente, estaba la inscripción: "Descubre la música." Cuando la leí
por vez primera vez, pensé que tenía algo que ver con las lecciones de piano. Estaba en lo cierto solamente a medias.

En las semanas siguientes a que mi padre confiscara las cartas
de Jorge Armando, poco a poco se me fue el apetito y todo deseo
de hacer algo que no fuera llorar. Cuando no estaba encerrada
en el cuarto de baño llorando, me pasaba las noches enteras mirando al techo o dando vueltas en la cama. Muy pronto comencé
a tener desmayos por la falta de alimento, y me desorienté de tal
manera que no podía asistir a la escuela.

Frustrado ante su inhabilidad para diagnosticar mi mal, mi
padre llamó a uno de sus colegas del hospital Algodonal, y después a otro. Pero ninguno de los médicos que mi padre trajo a
verme encontró nada malo en lo que se refería a la salud de mi
cuerpo. Después de someterme a varias pruebas y hacerme una
serie de preguntas pesadas y entrometidas, sólo pudieron decir lo
obvio: No tenía fiebre, aunque mi pulso estaba débil; tenía pali-
dez, pero no parecía tener ningún dolor. Atinaron en todo excepto en lo último, porque el dolor de mi corazón era tal que las
únicas dos cosas que yo anhelaba eran un lugar solitario para llorar y un desesperado deseo de morir.

Sin tener nada más que perder, di un paso en esa dirección.

nueve: EL ARTE DE LA CONVERSACIÓN

En la época en que empecé a tomar clases de piano, mis padres
dieron un cóctel en la casa, que resultó ser la única oportunidad
que tuve de practicar el arte de la conversación.

De cada señorita se espera que, detrás del atractivo de su belleza, el hombre pueda encontrar que existe una mujer que sabe expresarse con facilidad, que sabe de literatura y que posee una formación exquisita. A través del arte de la conversación, tu mente ingeniosa debe hacer que otros anhelen conocer tus pensamientos sobre asuntos de poca o mucha importancia. Puedes asegurarte de esto estudiando y cultivando la manera de hablar como si fuera un arte. La combinación de belleza femenina y una mente cultivada es lo que vuelve totalmente locos a los hombres.

Cuando el hombre logra penetrar en la mente de la mujer bien formada en el arte del diálogo, debe sentirse intrigado de explorar un territorio desconocido, que junto con su belleza física la convierte en un misterio y en un reto para él.

Debes siempre recordar que la verdadera destreza en conversar exige una especie de audacia, la habilidad de mantener balance en el afilado borde del ingenio. No tengas miedo de ella; puede que sea una tarea emocionante.

Aprendí en parte de las divertidas comedias dramáticas de Molière a defenderme en una conversación, ya que mi padre era muy adicto a ellas, y en parte también gracias a mis siempre tentadoras tardes de los jueves con Jorge Armando.

"Un verdadero caballero, piel de canela," él me dijo una vez, puede manejar a la persona más ofensiva sin ofender."

"Me alegro de no ser hombre, porque entonces seguramente fallaría esa prueba, cariño," le contesté coquetamente.

"Tonterías, muñeca, tú nunca podrías ofender a nadie. Lo que yo quiero decir es que la prueba verdadera de un caballero no es si él sabe cómo comportarse propiamente en presencia de una dama, cualquier hombre puede hacer eso, sino cómo se comporta ante una grosería."

Nunca supe con certeza dónde había adquirido Jorge Armando la manera gentil de su trato, porque su padre siempre estaba viajando y era de modales bruscos. Si tuviera que adivinar, diría que lo adquirió de su madre, Marina, quien, sin ser una gran dama, tenía aplomo y elegancia; o bien eso, o de los Jesuitas del San Ignacio de Loyola, donde fue educado.

De Jorge Armando aprendí que un caballero siempre le abre la puerta a los demás, tanto física como simbólicamente. Y llegué a la conclusión de que la misma cualidad no debe ser menos importante para una dama, ya que lo uno no puede existir sin lo otro.

De la misma manera, debe existir cierta gentileza, podría decirse que un protocolo, en la conversación.

En aquellos tiempos las mujeres jóvenes eran animadas a frecuentar las reuniones sociales con sus padres, y a participar activamente en discusiones con otros adultos, particularmente los del género opuesto, para de esa manera adquirir destreza, tanto en conversar como en la habilidad del flirteo, o el juego entre hombre y mujer. Tales intercambios eran como torneos de esgrima, en los que se fomentaba un buen quite como medio de defender el honor de la familia.

En la noche del cóctel en nuestra casa—mi introducción formal al torneo—mi padre me presentó a un caballero a quien él conocía. Yo todavía tenía quince años, y mi congoja por Jorge Armando era cosa del futuro. Estaba ansiosa por interesar a ese hombre, impresionarlo, y por lo tanto, hacer que mi padre se sintiera orgulloso de mí.

"Esta es mi hija Gabriela," le dijo Papi a su invitado, señalándome con una sonrisa confiada. "Mi reina, ¿conoces al señor Rodolfo Betancourt?"

Desde muy temprano, las mujeres jóvenes suramericanas aprenden a ser tratadas, por los hombres especialmente, con una red de expresiones cariñosas cuidadosamente tejida. Mi padre era muy dado al uso de tales expresiones. Yo era su reina, Constanza era su preciosa y Jacinta su encanto. Mi hermana mayor era, sin lugar a dudas, extremadamente bella, y mi hermana menor podía hechizar a cualquiera.

Incliné la cabeza ligeramente como respeto a la edad y al prestigio del señor Betancourt. Entonces sostuve su mirada por un momento antes de saludarlo.

"Encantada de conocerlo, señor Betancourt," dije, y en un gesto atrevido, levanté el mentón.

Sostener la mirada de un hombre es un truco que nunca falla si el deseo es desarmarlo. Además, establece un balance de poder en la conversación que está a punto de comenzar.

"Encantado, señorita Grenales."

Cuando uno se dirige por primera vez a un conocido, debe siempre usar su apellido. Se puede insinuar cierta familiaridad con el movimiento del cuerpo, pero nunca con las palabras. Tal informalidad es considerada poco cortés e impertinente.

El corazón me latía con fuerza ante la expectativa del desafío que se aproximaba, aunque yo deseara momentáneamente arrancármelo del pecho y colocarlo en la mesa contigua, mientras conversaba con el señor Betancourt. De momento comprendí que este súbito arrebato era parte del entusiasmo que me producía poder hurgarle la mente a otra persona, por lo que comencé:

"¿Cómo ha podido usted crearse esta situación?" le pregunté en son de flirteo.

"¿A qué situación se refiere usted, señorita?"

"Que se metió en una situación peligrosa por conversar con la hija favorita de mi papá."

"¿Es cierto? Es usted una joven muy confiada para su edad."

De vez en cuando a mí siempre me había gustado probar los límites de la cortesía para poder calibrar los valores y las reacciones de un hombre. Con eso en mente, lo próximo fue preparar mi próxima respuesta, haciendo lo posible por evitar que me apareciera una mueca traviesa en los labios que hubiera traicionado mi verdadera intención.

"A pesar de las diferencias en nuestras edades, señor Betancourt, creo que esta noche usted, se encuentra en desventaja."

Mi insolencia pareció hacerlo retroceder, pero no obstante sonrió galantemente, como un caballero siempre debe hacer. Hasta ese momento, él había pasado la prueba.

"Bueno, en este caso, me considero afortunado de haberla conocido, aunque haya sido por tan breves momentos," dijo.

Cuando me di cuenta que él estaba a punto de terminar la conversación, lo que significaría que yo había perdido el torneo, traté de atraer su atención otra vez, llevando mi flirteo a otro nivel más alto. Le hice una pregunta casi indecorosa, tanto para medir su reacción como para ver cuán lejos me permitiría llegar. Los caballeros deben llevar los comentarios de ese tipo de mujer lo suficientemente lejos como para reconocer su agudeza, pero no tan lejos como para ofenderla o hacerla sentirse incómoda.

"¿Se da por vencido tan pronto, señor Betancourt? ¿Qué pensaría mi padre de su falta de resistencia?"

Obviamente, sin saber qué contestar, y tratando de ganar tiempo, respondió a mi pregunta con una suya:

"¿Y qué opina usted que un hombre deba hacer, cuando se encuentra, como usted dice, 'en desventaja,' señorita Grenales?"

"¿No es esa la obligación de todo hombre? ¿Luchar hasta el final? Pero me imagino que eso depende del hombre, ¿no es así?"

Antes de continuar, dejé por un momento que mis palabras se le grabaran en la mente.

"El truco para aprender a mantenerse en alto, o así me han dicho, es tratar de discernir qué es lo que la otra persona desea."

"Y me imagino que usted tiene ese conocimiento, señorita."

Pronunció estas palabras con tanta certeza que me hizo pensar que me estaba metiendo en aguas muy profundas. Sintiéndome algo intranquila, retrocedí un poco, llevando la conversación al asunto que de hecho nos ocupaba, yéndome lejos de lo metafórico.

"Mi mamá dice que la labor de una buena anfitriona es conocer siempre qué motiva a cada uno de sus invitados," dije.

Sin darle ninguna otra oportunidad, corté la conversación, como siempre debe hacer la mujer si quiere dejar al hombre deseando más.

"Ha sido un verdadero placer, señor Betancourt. Si usted fuera tan amable de perdonarme, ahorita debo ir a saludar a los otros invitados. Espero que nos encontremos de nuevo."

Dije las últimas palabras con mi sonrisa de anfitriona, la clase de sonrisa—entre atractiva y determinada—que debe descansar permanentemente en los labios de la mujer para así evitar que un invitado se mantenga a su lado y para no excluir a todos los demás.

"Como usted desee, señorita," contestó mi primer contrincante de torneo de esgrima.

Sonrió, me hizo una ligera reverencia, y pareció algo perdido por un momento, hasta que notó la sonrisa satisfecha de mi padre.

Cuando Papi me guiñó un ojo, yo comprendí que había ganado el torneo.

Después que el último invitado se había marchado, repasé en mi mente mi triunfo para identificar lo que había hecho bien, y asegurar que podría repetirlo la próxima vez. Comprendí que además de los tesoros que tenía en mi mente, de la ventaja de estar en mi propio hogar y mi pujanza juvenil, yo tenía un arma secreta: saber que los hombres siempre quieren ser los que comienzan y terminan cada intercambio. Cuando la mujer lleva la voz cantante, su oponente masculino inevitablemente buscará una segunda oportunidad para establecerse como el vencedor.

El señor Betancourt no lo sabía todavía, pero le esperaba un desquite.

ENTRAR EN LA CABEZA DE UN HOMBRE Y JUGAR dentro de ella es solamente la mitad de la batalla. Como en cualquier otro deporte, para ganar una discusión siempre, uno debe familiarizarse con las reglas del juego.

Antes de poder embelesar al hombre con una disertación, la mujer debe, primero, aceptar el hecho de que una buena conversación es un intercambio recíproco, durante el cual ambas partes deben tomar turnos para hablar y escuchar.

El enlace de dos mentes comienza con las técnicas del buen oyente. De la misma manera que aprendemos a escribir leyendo, aprendemos a hablar escuchando. Pero la realidad es que la mayoría de la gente no sabe cómo oír. La impaciencia siempre los llama para alejarlos de la conversación, ya sea que estén tratando de mejorar sus ideas, u ocupados preparando la entrada que van a hacer cuando la otra persona se retire del escenario. Esto es lo que yo sé: más que cualquier otra cosa, la mayoría de la gente quiere contárselo todo a otra persona, por lo que cuando encuentran alguien dispuesto a escuchar, se sienten muy agradecidos. Ser escuchado es simplemente un honor mayor de lo que uno puede imaginarse.

¿Cómo puede uno, entonces, ser un buen oyente a la vez que un buen conversador?

Ser buen oyente significa poder extraer la verdad del otro, sin fisgonear; ser comprensivo y bondadoso; no dar consejos a menos que sean pedidos, y ser capaz de inspirar una respuesta a nuestros propios pensamientos. Todo diálogo está compuesto de dos elementos: temas irritantes que pueden poner coto a la conversación, y talentos específicos que la realzan. El truco es evitar los temas irritantes, como interrumpir a otros en mitad de una frase o hablar cuando no hay nada que decir, mientras se ponen en práctica las habilidades que en realidad pueden mejorar la conversación.

Si tomas el trabajo que se requiere para convertirte en buen oyente, los demás buscarán tu compañía. Y si puedes cumplir con los siguientes requisitos de la buena conversadora, todo el mundo estará ansioso de escuchar lo que tengas que decir. Para lograr esto debes:

1. tener muchos conocimientos;
2. aprender a captar el interés del otro;
3. y poseer en partes iguales el deseo y la determinación de agradar.

El primero de estos requisitos es de base intelectual, y podrás cumplir con él por medio de una buena formación, buenas relaciones sociales, y leer siempre. Tus padres y maestros te darán muchísimos conocimientos, muchos más de los que tú crees que el cerebro pueda retener. Es tu deber absorber esta información con gran disposición mental. Por cada conocimiento que adquieras, pregúntate a ti misma: ¿Qué aspecto de esto podría ser de interés para los demás? Tu objetivo debe ser la aplicación del conocimiento, más que el conocimiento en sí mismo.

Aprende mucho, juzga tus conocimientos cabalmente, y forma opiniones concretas para que puedas conversar con elegante simplicidad, para que cuando la gente te hable, sienta que está leyendo el más fascinante de los libros. Sin un gran propósito que te guíe la erudición, no serás más que una enciclopedia ambulante, y los demás pronto prescindirán de tu compañía cuando aprendan de ti lo que consideren necesario.

La erudición requiere, entre otras cosas, que leas la literatura clásica—incluyendo las obras de Sófocles, Eurípides, Locke,

Rousseau, y Chateaubriand—y que memorices mucha poesía. Tienes que conocer *La vida es sueño* de Pedro Calderón de la Barca, y *La divina comedia* de Dante Alighieri. *El principito* de Antoine de Saint–Exupéry también te interesará, ya que invita al análisis y a la introspección. Maquiavelo, Ariosto, y Tasso deben estar también en tu lista de literatura preferida. Conocer a estos gigantes de la literatura, sus puntos de vista y las contradicciones entre ellos, te enseñará el significado de la disertación intelectual y el cómo adquirir un equilibrio sano en tus propias opiniones.

Además de leer los clásicos, debes familiarizarte íntimamente con varios autores españoles y latinoamericanos. Nuestra herencia se ha enriquecido por la sabiduría de muchos hombres magníficos, entre ellos el escritor venezolano Rómulo Gallegos, los españoles Calderón de la Barca y Lope de Vega, y el poeta chileno Ricardo Eliécer Neftalí Reyes Basoalto, mejor conocido mundialmente como Pablo Neruda.

Los poemas de Neruda están llenos de sus homenajes al mundo, al amor y a su esencia. Él fue un orfebre de la poesía, construyendo poemas amorosos y sonetos que parecían hechos de oro.

Por haber experimentado amor, éxtasis, tristeza y nostalgia en came propia, yo llegué a apreciar la poesía como uno de los medios más mágicos para transmitir las emociones que inevitablemente asedian al ser humano.

He copiado uno de mis poemas favoritos, uno de los muchos que Jorge Armando me escribió, y te pido que lo guardes con amor, porque tiene un significado especial para mí. Cada vez que leo *Tu ausencia a la luz de luna*, los rescoldos entre las líneas me ofrecen un calor tierno:

Sólo alcanzo a ver una estrella
En esta noche sin luna.

¿Por qué? me pregunto ¿Estás tan lejos?
Y ya no tengo duda alguna.
De una lágrima brota un reflejo
En esta noche de ausencia.
Es una estrella sin luna
Que recuerda tu presencia.

Cuando leas poesía, trata de enfrascarte en su ritmo lírico, y el significado escondido que hay detrás de sus palabras. Espero que durante tu vida seas bendecida con verdadero amor, como yo una vez lo fui: apasionado, amor desesperado, la clase de amor que parece explotar en tus venas, la clase de llama que quema como si fuera una obsesión, cuando finalmente conoces a esa persona, sin la cual—llegas a comprender tristemente—tu propia vida no merece vivirla.

Penetrar en la mente de un hombre no es asunto de poca importancia, pero permanecer ahí por la fuerza del deseo que nunca cesa es mucho más sugestivo y mucho más erótico que nada de lo que puedas expresar en una conversación.

Encontrar las palabras apropiadas es solamente un aspecto de la charla. La negativa de la mujer de entregarse también incrementará el deseo del enamorado interesado. A veces debes dar la impresión de que ya ganaste el torneo, aunque no debes parecer demasiado confiada o hacer alarde de ello. Tu propósito es hechizar la mente inquisitiva del hombre, convirtiendo un diálogo informal en una gran aventura.

Si observas con cuidado, notarás que en una conversación los hombres rara vez necesitan hacer alarde de sus logros. Como si fuera su derecho de nacimiento, ellos se adueñan de la tierra que pisan, aun cuando caminan sobre terreno movedizo. Las mujeres cautivadoras saben encontrar esta misma cualidad.

Finalmente, para poder reclamar victoria sobre la mente de

otro, tienes que estar decidida a agradarle, pero sin parecer sumisa. El placer debe ser regulado a través de un interés genuino por el sujeto. ¿Qué hombre puede resistir tal devoción? Al tierno ego masculino pocas cosas le parecen más embriagantes que una mujer encaprichada. El descubrimiento metódico de los tesoros escondidos en tu mente, combinados con tu seductor respeto hacia él, despertarán en un hombre deseos desesperados de apoderarse de tu mente con sus propias manos, como si fueras un trozo de tierra que tiene que ser conquistado.

Tan indomable, tan feroz y tan bien enterada de las exigencias de la conversación debes estar, si deseas asuzar a un hombre precisamente con aquello que más desea.

El secreto de una buena conversación se encuentra en sostener un espejo frente a la cara del hombre, como si fueras una hechicera, y permitir que él vea solamente un reflejo: la mejor imagen de sí mismo.

diez: LA NOVIA VIRGEN

Por medio de la desgracia de otra, yo aprendí que ni la mejor conversación puede salvar a la mujer de una mala reputación.

En las misas de los viernes del San José de Tarbes, el padre Alfonso solía decirles a las señoritas que igual que la bondad básica, la integridad física era un ejemplo de la excelencia moral de la mujer. En sus sermones, el padre Alfonso insistía apasionadamente que uno de los modelos de la integridad era mantenerse señorita, sin haber sido tocada ni manchada por ningún hombre. Deberíamos habernos dado cuenta en ese momento de qué quería decir el cura, ya que, ¿qué sabía de la integridad de la mujer un hombre que nunca se había casado? Pero no teníamos más que doce o trece años en ese tiempo, por lo que aceptábamos ciegamente su definición. Por fuera estábamos tan orgullosas de nuestra inocencia que nos decíamos con orgullo las unas a las otras durante los recreos: "Yo soy señorita."

Los detalles de mi formación católica te darán una idea de ciertos aspectos de mi carácter, que yo más tarde pude reconocer con completa sinceridad de mente y corazón, resultando de los efectos buenos, o malos, de la formación religiosa. Como resultado de este escepticismo, yo nunca me volví absolutamente piadosa, sino que siempre traté de mantener una ortodoxia saludable, que me permitía reconocer la posibilidad de la santidad, aunque yo misma no hubiese sido directamente afectada por esa experiencia. Durante el tiempo que pasé en la escuela, poco a poco comencé a aceptar que algunas características de la religión son esencialmente irreconciliables.

A través de los años me puse a pensar mucho en el tema de la integridad de la mujer, y llegué a la conclusión de que no estaba de acuerdo en principio con el padre Alfonso. Tal inconformidad con la palabra de un miembro del clero no es un asunto insignificante, pero para evitar la aniquilación del intelecto, la mujer debe aprender a sostener su propio criterio.

Según la definición del padre Alfonso, cualquier mujer sería manchada después del matrimonio; o sea, después de perder la virginidad. Esto quería decir que mi propia madre, mis tías y mis abuelas, no eran mujeres virtuosas. ¿Cómo podía ser eso, cuando a mis ojos eran modelos de buen comportamiento y carácter irreprochables?

Más tarde en la vida, yo pensaría largamente en aquellas características que equivocadamente son confundidas con la virtud, y llegaría a dos conclusiones: de una parte, la mujer puede mantener su estado físico de virginidad sin ser necesariamente pura; y de otra, la mujer puede ser considerada casta por todo el tiempo que se mantenga pura de corazón. La virginidad, por lo tanto, se convierte en la condición física de no ser tocada por un hombre, y no tiene nada que ver con la excelencia moral o con la bondad de una mujer.

En nuestra cultura, la rara cualidad de pureza de corazón, acompañada en principio por la condición física de virginidad, es llamada "pudor." Es por eso que los comportamientos tímidos, hacen que el hombre desee ferozmente unirse a la mujer que los posea. Es posible que la mujer mantenga su pudor a través de toda su vida, aún cuando ya no sea señorita.

Nunca olvidaré el día en que me precipité al cuarto de baño cuando mi madre estaba arreglándose para salir a una comida. Yo era muy joven y necesitaba ir al baño, por lo que no toqué la puerta antes de entrar. Mi madre, que estaba de pie en su hermoso refajo de seda, faja y medias, tomó una toalla apresuradamente para cubrirse con ella. Me sonrió resignadamente, pero yo podía ver en su rubor involuntario que había algo que no estaba del todo bien. Fue años después, cuando ella me sermoneó sobre lo necesario que es preservar el pudor que pude entender acerca de aquel día en el baño, cuando ella por un momento se sintió avergonzada por haber expuesto su cuerpo innecesariamente ante otra persona.

El concepto de la luna de miel está atado muy de cerca al de la virginidad. El término es derivado de la noción de que es en el primer mes de matrimonio cuando se le permite al hombre probar la miel de la mujer, su agradable néctar que por primera vez va a ser derramado para su disfrute durante ese período.

Una chocante historieta que yo escuché durante mi niñez ayudó a solidificar en mi mente la necesidad de que la mujer se mantuviera casta hasta el matrimonio. Consuelo Moreno, una bella joven que vivía en la misma calle que nosotros, fue devuelta a casa de sus padres después de que el nuevo esposo descubrió, durante la luna de miel, que no era señorita. Tan pronto como mi madre escuchó la historia de la desgracia de Consuelo, nos llamó a las tres a la sala y la compartió con nosotras para darnos un ejemplo de lo que nos sucedería si no salvaguardábamos el don sagrado.

Según nos contó Mami, Juan Alberto Guzmán, el novio, arrastró a su mujer a casa de sus padres por los pelos, lo cual ocasionó un espectáculo público. Esto fue sumamente humillante para el padre y los tres hermanos de la novia, ya que ponía de manifiesto que en primer lugar no habían sido lo suficientemente hombres como para proteger su honor.

Después de que su hija desprestigiara el buen nombre de la familia, lo único que le quedó al padre por hacer fue tratar de salvar su ya dañada reputación, y sacarla fuera de circulación. Aunque Consuelo era bien nacida, bella y muy versada en la literatura, no se casaría por segunda vez, porque ningún hombre querría compartir su cama con una mujer que había permitido ser tan mal tratada.

El objetivo de mamá al contarnos este incidente era grabar en nuestras tiernas mentes la noción de que una vez la integridad de la mujer ha sido manchada, no hay nada que pueda hacer para recuperarse de la pobreza de corazón que se le avecina.

¿Cómo debe prepararse una futura novia para su luna de miel?

Durante tu primera noche junto a él, el hombre con quien te cases debe, hasta un punto, aplazar su propio placer. Gracias a su experiencia en burdeles, nuestros hombres generalmente saben que si son pacientes en este momento crítico, la recompensa merecerá la espera, ya que todas las novias, eventualmente, se despertarán a los verdaderos placeres eróticos naturales. El secreto es éste: una vez que la mujer haya sido amada por un hombre que sepa cómo darle placer, nunca abandonará su cama, siempre y cuando él pueda desatar la pasión de ella cada vez.

Tú, mientras tanto, debes ser amable contigo misma. Recuerda, ésta será tu primera noche lejos del hogar, y solamente eso puede ponerte nerviosa y de mal humor. Seguramente que extrañarás a tu familia.

Por mi parte, el recuerdo de la noche de mi propia boda todavía me trae lágrimas a los ojos. Yo no estaba bien preparada para lo que sucedió, y no fue hasta muchos años después que comprendí a fondo que el primer encuentro de la mujer con el hombre tiene consecuencias para su identidad que van más allá de lo físico.

Según lo escuché de mi propia madre, durante las tres o cuatro primeras noches que siguen a la boda deberías pasar la mayor parte del tiempo hablando, fortaleciendo los lazos que te unen a él, y relajándose juntos. Tu esposo debe saber que una acción de su parte que sea demasiado brusca puede causar que te alejes y reacciones negativamente a cualquier cosa que esté conectada con él. Para la mujer sensible, tales avances prematuros pueden significar lo mismo que un asalto. Él debe tratar de ganarte con juegos tiernos del amor, tocarte cariñosamente y decirte palabras dulces. La mayoría de los hombres de nuestra cultura han cultivado cuidadosamente el arte de la seducción, e instintivamente saben que sus novias son frágiles en ese momento y necesitan un soporte que las ayude a superar la ansiedad.

El primer abrazo verdadero debe tener lugar después de algunos días. Las noches anteriores deben haber sido pasadas con la pareja durmiendo lado a lado, sin insistir en tocarse constantemente. Para poder evitar ofenderte, tu nuevo esposo sólo debe abrazarte la parte alta del cuerpo, y solamente hacerlo en la oscuridad o a media luz. Aunque te sientas ansiosa, deja que él lleve la voz cantante, reconociendo que tiene más experiencia que tú.

Durante sus intentos de darte un abrazo completo, trata de mantener la calma y ser agradable con él. Si a ti te gusta algo en particular que él esté haciendo, asiente con la cabeza para darle una indicación que disfrutas del contacto de sus manos. Esto incrementará su confianza, y lo invitará a proseguir. Un amante bien entrenado comprenderá tu reacción a su caricia, y comprenderá cuándo ha llegado el momento de abrir tiernamente tus piernas. Él comenzará por darte masaje en el área entre los muslos, quitándote la ropa interior, y luego continuará acariciándote tu parte más íntima. Si te resistes, él comprenderá que es natural, que simplemente quiere decir que necesita hacer más para ayudarte a vencer la timidez. Nuestros hombres saben que para tener éxito con nosotras, no deben acceder a cada uno de nuestros caprichos, como tampoco deben oponerse a ellos completamente. También saben que la mujer puede enamorarse del hombre sólo después que adquiera confianza y respete su habilidad como amante. Si tu esposo llegara a cometer la falta de darte por imposible porque eres muy tímida en la alcoba, el precio será que llegarás a odiarlo, o terminarás entregándote a un amante más comprensivo.

Cerca del décimo día de la luna de miel, tu rápido consentimiento a que te toque le dará la señal de que ya estás lista para recibirlo dentro de tu cuerpo. Al principio te sentirás intranquila, según él te penetra; eso es natural. Abre las manos, relaja tus pies y escucha el sonido de tu propio aliento en vez del suyo. Este momento parecerá como un robo, a menos que él haya hecho primero el esfuerzo de explorar tu mundo interior, tocándote ligeramente y suavizándote la mente con palabras dulces, diciéndote lo mucho que te quiere.

Ahora estás lista para aprender que hay dos tipos de hombres, los que toman poco tiempo, y los que necesitan mucho tiempo para conseguir su propia satisfacción sexual. Esto significa que no siempre será posible que el hombre y la mujer alcancen el orgasmo a la misma vez. El orgasmo es un espasmo que proviene de una consecuencia del placer que surge de lo más interno de nuestro ser. Un espasmo fuerte, aunque no sea algo que sucede comúnmente durante la primera experiencia de la mujer al hacer el amor, puede cegar momentáneamente, según las ondas de energía se mueven a través de todo el cuerpo. Por tomarle más tiempo a la mayoría de las mujeres alcanzar este estado, el hombre que sea lento para llegar al clímax será ampliamente recompensado por su paciencia. Quien se aproveche de este placer con prontitud privará a la esposa de su propio deleite, y ella tendrá razón para rechazarlo hasta que él aprenda a tratarla como ella se merece.

El hombre digno de tu cama comprenderá que tu deseo no termina con esto. Si es un amante cuidadoso, también sabrá que aunque la fricción de su cuerpo contra el tuyo te dará placer, son sus besos y sus caricias lo que te calmarán el corazón y harán que te enamores de él.

Cuando celebres la unión con tu marido, recuerda que el objetivo mutuo debe ser siempre el mismo: estar unidos sexualmente para dar y recibir. Una vez que la unión esté consumada, ambos deben sentirse completos en todo sentido.

A través de largas noches de insomnio en años posteriores, yo reflexionaría cómo fue que estos dogmas fueron violados con tanto descuido en mi propia cámara nupcial.

Pero de las tres hijas de mis padres, la primera que entró en la cámara nupcial fue mi hermana mayor, Constanza.

once: LAS BODAS DE CONSTANZA

Diariamente, el eco del repique de la campana de la torre más vieja del país llama a los caraqueños y los invita a que se detengan en sus rutinas y escuchen. Simón Bolívar, el héroe nacional de Venezuela, fue proclamado *Libertador* dentro de los confines de este monumento histórico.

Edificada en la segunda mitad del siglo diecisiete, la catedral de Caracas está erigida orgullosamente frente a la Plaza Bolívar, en la curia obispal, situada de Monjas a Gradillas.

Éste fue el sitio donde, tres años antes de que yo caminara la senda nupcial, mi hermana mayor, Constanza, llevó a cabo su matrimonio.

El Primer Registro de Bautizos, que data de 1583, los Registros de Matrimonios de 1615, y los Registros de Defunciones de 1625, están todos archivados ahí. Curiosamente, en estos archivos también se encuentran los certificados originales de nacimiento y matrimonio de indígenas de la localidad, entremezclados con personas de otros orígenes sociales. Podrías pensar que soy anticuada por sugerir esto, mi amor, pero si alguna vez puedes pasarte una tarde visitando este impresionante monumento nacional, te alegrarás de haberlo hecho.

La *Parábola de los panes y los peces,* de tamaño natural, pintada por el célebre pintor venezolano Arturo Michelena, cubre la pared de la entrada principal. Creo que estarás de acuerdo conmigo en que es algo impresionante. Sobre el altar mayor dorado, y extendiéndose a través de nueve crujías, hay frescos llamativos que adornan la cúpula y el techo de la capilla, y que parecen como si hubieran sido pintados sólo días atrás y no hace siglos. Y alrededor del perímetro están pintados los relatos del libro del

Génesis—como la separación de la luz y la oscuridad y la embria-guez de Noé—en ventanas de cristales ahumados cortados a mano de llamativos colores. Durante el día, la luz natural brilla suavemente a través de los cristales, haciendo que las figuras bí-blicas parezcan tomar vida. Animado de esa manera, el rico sur-tido de colores folclóricos azules, rojos, verdes y amarillos esparcen un montón de sombras distorsionadas dentro de la igle-sia, ofreciendo una gracia divina que contrasta con la arquitec-tura gótica.

En las paredes laterales, cinco profetas alternan con el mismo número de sibilas, para que cada profeta esté emparejado con una sibila de la pared opuesta. Unidos al otro grupo de pinturas y figuras solitarias, todo junto representa las cuarenta genera-ciones de los antecesores de Jesucristo tal como aparecen en la Biblia.

Mi hermana Constanza Grenales, una ferviente católica, obsesionada con la sociedad caraqueña y decidida a observar ri-gurosamente cada uno de los siete sacramentos, contrajo matri-monio con Mauricio Cisneros en esta sagrada catedral el 30 de julio de 1940.

Ese día, Constanza y Mauricio se pararon juntos frente al altar mayor. Momentos antes que mi hermana caminara por la senda nupcial, las luces se encendieron para iluminarla, y rayos de luces cayeron diagonalmente sobre las figuras del altar, exquisitamente doradas, sobre las columnas talladas a mano y la escultura de la Virgen con sus brazos extendidos que había allí, y sobre el tabernáculo que guardaba la hostia y el vino eucarísticos—la comunión con el Cuerpo de Cristo, el sacra-mento más venerado.

Una vez que la pareja pronunció sus votos y declaró su amor mutuo, de acuerdo con la liturgia católica Mauricio juntó las manos para recibir de mi hermana siete monedas de oro como símbolo de su dote. Los dos se arrodillaron ante el altar, y se persignaron "en el nombre del Padre, del Hijo, y del Espíritu Santo": una última bendición antes de que la poderosa divinidad de su unión los llevara a través de la capilla y fuera de la catedral, al mundo exterior.

Después de la ceremonia, que había sido conducida personalmente por el arzobispo de Caracas, una fiesta tradicional de bodas venezolana tuvo lugar en el Country Club, ofrecida por los dos pares de padres a trescientos de sus amigos y conocidos.

La familia Cisneros estaba muy bien conectada, y había sido dueña de la tierra que rodeaba el Country Club por varias generaciones. Ese hecho no dejaba de tener importancia en la decisión de mi hermana de casarse con Mauricio, y cuando el padre de éste insistió en que los recién casados tenían que vivir en una de las casas adyacentes que él poseía, Constanza se alegró. Porque si la pareja compraba una casa propia, significaría no solamente una falta de etiqueta y un insulto a los padres, sino que reduciría la fortuna de la familia.

Si este matrimonio no había sido concertado—en el sentido normal de la palabra—no hay duda que sí fue "estimulado." Desde una muy temprana edad, mi hermana ya estaba consciente de que la vida se les hacía mucho más feliz a aquellos que siguen y no guían. Al fin de cuentas, todas sus aspiraciones se circunscribían a vivir en un paraíso de banalidades, donde la gente pudiera dirigirse a ella como Constanza Grenales de Cisneros, y rendir homenaje a la trampa de frivolidades que traía consigo el vivir en el sitio apropiado.

Pero a pesar de las promesas de amor eterno que todos escuchamos en la catedral ese día, cuando pienso en la boda de mi hermana y en las acciones cuidadosamente arregladas de los que la rodeaban, la mente me divaga hacia una muy inquietante verdad: lo que algunas novias toman por amor, es en realidad, según mi parecer, nada más que un deseo ilusorio de bienestar mundano. Y la sociedad rinde tributo a los falsos méritos de tal arreglo, insistiendo que en un matrimonio el apellido del hombre es un intercambio justo por la mano de una mujer, con la inmoral garantía de que el amor vendrá después.

Mi propia experiencia matrimonial me traería más desilusiones, con sus inválidas nociones de felicidad obligada, y con la equivocada sabiduría de dirigir una casa que nunca resultó ser un hogar. Eventualmente, llegaría a resentir algunas de las tradiciones que me ataron, y concluiría que al fin de cuentas, debe ser la ilusión de sentirse segura a lo que las mujeres dan valor cuando entran en un matrimonio por conveniencia. Esa ilusión resultó ser muy poco cuando fue retada por el amor verdadero.

Te digo esto con tanta certeza, pues yo fui la próxima en contraer matrimonio.

doce: MIS NUPCIAS

Mi decisión de contraer matrimonio fue producto de un montón de sentimientos complicados que competían entre sí: los vestigios de desilusiones causadas por haber roto súbitamente mi relación con Jorge Armando; un deseo tonto de cambiar mi inocencia por experiencia y mi remordimiento por el desastre más reciente: intento fallido de entrar en un convento. Pero el lujo de la introspección suele ser retrospectivo.

Para cuando cumplí los dieciocho años, mi recta formación católica en el San José de Tarbes ya había establecido de antemano mi opinión sobre la castidad, igualmente respaldada por los valores de la integridad física. Me habían enseñado a creer que la entrega de la virginidad sólo se puede lograr sin mayor peligro a través del sacramento del matrimonio. Nunca imaginé que con mi fervoroso deseo de explorar y medir actuales vivencias contra las ideas intelectuales me estaba jugando la vida.

También fui imprudente unos meses atrás, cuando resolví tomar mis votos de monja. Yo era consciente de que mi refugio temporal en la vocación era sencillamente un esfuerzo de mi parte por olvidar que tenía el corazón destrozado. Mis padres, por su parte, se sentían contentos de respaldarme en lo que yo había dicho ser mi "vocación." Pero, ¿creían ellos que esto podía ser cierto? Quizá simplemente esperaban que el transcurrir del tiempo mitigaría mi capricho por el joven que ellos juzgaban estar muy por debajo de mí.

Cada minuto de los cinco meses y veinte días que pasé en la Abadía de Santa Teresa fue dedicado a pasar el tiempo.

A pesar de que yo había imaginado que lo opuesto hubiera ocurrido, el régimen que me impusieron dentro de las paredes del convento era tan estricto como el de mi casa. Las comidas eran prescritas, las horas de lectura en la biblioteca del convento eran prescritas, la hora de los rezos era prescrita, la enseñanza de la música era prescrita, hasta los estudios bíblicos eran prescritos. No tardé mucho en darme cuenta que yo simplemente había cambiado un grupo de limitaciones por otro.

Detestaba el agonizante aburrimiento de la misa diaria, la falsa servidumbre de mis compañeras novicias, y el mando imperioso de la madre Francisca, la madre superiora de la Abadía. Lo que más me asustaba, no obstante, era el escalofriante desespero que no podía escucharse, pero que sí se podía percibir a través del silencio de las paredes. Yo sabía que esto debía ser una experiencia espiritualmente enriquecedora, pero después de un tiempo comenzó a parecerme que no podía haber nada más manchado de pobreza espiritual que las existencias poco sinceras y distorsionadas de estas jóvenes, quienes por voluntad propia se habían resignado a pasar su vida entera en prisión.

Por un breve intervalo, la Abadía me ofreció el lugar solitario para llorar que yo tanto había deseado, después de cortar abruptamente los lazos que me unían a Jorge Armando, pero después de varios meses de soledad inaguantable no pude soportarlo más.

Arrepentida de mi error, deseaba a través de mi acto de contrición lograr el derecho a una segunda oportunidad, y poco a poco me convencí a mí misma de que Dios no me había dado la vida para permitir que la desperdiciara en un lugar donde no debería estar. Prometí que si me era permitido abandonar el convento me dispondría a proseguir un camino provechoso y gratificante, apartándome de cualquier comportamiento que pareciera impetuoso e irresponsable.

Así dispuesta, cuatro días antes de las pascuas le expresé a la madre Francisca mi deseo de regresar a casa. Yo me quedé sorprendida de que estuviera completamente de acuerdo con mi cambio de planes: enseguida me dijo que lo comprendía y que yo no debía permanecer en la Abadía, a menos que mi corazón lo deseara de verdad.

En ese momento no conté con un factor que ahora creo jugó una parte importante en mi decisión: sin darme cuenta de ello, las fuerzas de la tradición me arrastraban inevitablemente hacia los elevados ideales del matrimonio, la maternidad y el hogar.

En esta crucial coyuntura de mi vida, mi deseo subconsciente fue alimentado por los esfuerzos diligentes de mis padres por casarme con un hombre a quien ellos consideraban el enlace perfecto para una señorita venezolana bien formada en todos los aspectos, una dama según los cánones de los mejores modales.

Ese año pasé las pascuas en casa. Curiosamente, a mi regreso de Santa Teresa, toda la familia me dio la bienvenida después de mi locura momentánea como si mi pronto regreso fuera algo muy normal.

El día de año nuevo, mi padre tocó la puerta de mi cuarto, entró luciendo una de sus invencibles sonrisas, y me entregó una carta. Sin poder reconocer la letra del sobre, le pregunté de quién era.

"Mi reina, hay un caballero esperándote en la sala que quiere verte. Tienes mi permiso de aceptar la visita."

Intrigada por la noticia, sobre todo porque venía de mi padre, coloqué la carta en la mesita de noche. Mientras Papi estaba ahí, de pie, sonriendo con impaciencia, noté lo falso que era para él suponer que podía servir de mensajero del amor, después de haber destrozado las cartas de Jorge Armando con tanta ligereza y tan recientemente. Entonces yo hice lo inesperado: le hablé irrespetuosamente y de tal manera que ninguno de los dos reconocimos a la mujer detrás de mi sarcasmo.

"Me imagino que las cartas sólo cuentan cuando vienen escritas en papel timbrado, Papi. Por favor, dile al señor que no puedo recibirlo porque me encuentro 'indispuesta.' ¿Eso no es eso lo que una vez me enseñaste tú?"

Mi padre soportó mi impertinencia sin pestañear siquiera, y pasó a hablar de lo buen hombre que era el visitante.

"No te entiendo," dijo. "Cualquier mujer con una pizca de sentido común se sentiría honrada de ganar el afecto de Jonathan Knowles. Estás cometiendo un error, Gabriela."

Después que salió de mi cuarto, tomé la carta de la mesa de noche y examiné el blasón dorado al dorso del sobre almidonado y la letra perfecta hecha a pluma en el frente del sobre. Entonces la llevé al cuarto de costura de mi mamá y la corté en pedazos con sus tijeras. Ni por un momento había tenido la intención de leerla.

Mis padres habían conocido al señor Knowles en una reunión

sobre la guerra ofrecida en la embajada americana por el embajador, Frank P. Corrigan. En nuestra casa, el embajador era simplemente conocido como Francis Patrick, ya que él y mi padre eran buenos amigos. En las pocas ocasiones cuando su horario de trabajo lo permitía, no era nada anómalo encontrarlo en el despacho de mi padre, discutiendo con él sus temas favoritos: la política y la medicina.

Diferente a otros en su posición, el embajador Corrigan no era un diplomático de carrera, sino un médico eminente, como lo era mi padre. Incluso, el embajador participó—a principios del siglo veinte—en la primera transfusión de sangre llevada a cabo en los Estados Unidos. Había sido nombrado embajador en Venezuela al comienzo de la guerra en Europa, y sostendría esa posición hasta dos años después de terminadas las acciones bélicas.

En aquel momento, nuestro país era el primer productor de petróleo del mundo, aunque la industria no estaba ni en manos privadas ni estatales venezolanas. Esto quería decir que la fuente principal nacional era explotada por empresas extranjeras. Y como el petróleo era el producto principal que mantenía la contienda militar, puedes imaginarte la atención frenética que los gobiernos extranjeros nos dedicaban. Parecía como si Venezuela fuera la última mujer soltera del Caribe, con docenas de ricos pretendientes viniendo de todas partes del mundo a pedirnos la mano.

Como mi padre era un médico respetado y un baluarte de la sociedad, muy poco sucedía en Caracas a lo que no fuera invitado. Además de servir como cirujano principal en el hospital Algodonal de Caracas, era el presidente vitalicio del colegio médico, y uno de los fundadores del Museo de Bellas Artes. A veces yo oía a la gente decir que el doctor Mario Grenales era tan dedicado a sus deberes de líder cívico como lo era a la atención de los enfermos. Su participación en innumerables causas significaba que era muy común para nosotras tener, a cualquier hora del día, un número de invitados en nuestra casa de varios países y puestos diplomáticos.

Como casi todas las guerras, esta "guerra razonable."—llamada así por Inglaterra y Francia, los vencedores de la Primera Guerra Mundial—se combatía igualmente en la prensa que en el campo de batalla. Debido al papel que jugó Venezuela como principal proveedora de combustible, la prensa extranjera mantenía una vigilia estrecha sobre el gobierno del presidente Isaías Medina Angarita, y sobre su posición acerca de la guerra en Europa. Así fue como Jonathan Knowles llegó a estar presente en la reunión del embajador Corrigan, cuando mis padres lo conocieron como corresponsal del *Times* de Londres en el extranjero.

Jonathan Knowles visitó la casa por segunda vez dos semanas después, a mediados de enero, después de las pascuas. Esta vez, en vez de esperar, simplemente dejó una carta con Yamila, quien la subió a mi cuarto en la pequeña bandeja que siempre se usaba para entregarle la correspondencia a cualquiera de la casa.

Esta segunda misiva, como la primera, no fue leída ni contestada.

Entonces, el 13 de febrero, recibí una visita y una carta. Esta vez, Yamila vino a mi cuarto y me dijo:

"Señorita Gabriela, allá abajo hay un caballero que la quiere ver. Me dijo que le dijera que esperaría su respuesta."

Enseguida, me entregó una pequeña tarjeta con el nombre y apellido "Jonathan R. Knowles" grabado en letras negras.

No podía imaginarme cómo alguien podía tener tan malos modales o ser tan vanidoso como para imponérsele a una persona que no conocía de esa manera, pero como él era conocido de mi padre, me resigné a su presencia inoportuna.

Aun sin ser anunciado, yo lo hubiera reconocido en un instante. Sus ojos eran azules como cristales, y en ellos pude leer muchísimo. Sus gestos eran precisos y refinados, al igual que los tres botones al frente de su chaleco de brocado plateado, las manos de su reloj de bolsillo de oro y las letras del regalo que ahora me presentaba, atado con una cinta de seda color violeta, con el nombre "Harrod's" bordado en hilo dorado.

"Yo no he sido bien informado," fueron sus primeras palabras, al verme bajar las escaleras.

Ignorando la formalidad de la ocasión, le pregunté la primera cosa impertinente que se me ocurrió:

"¿Sobre qué?"

No se inmutó, como si hubiera estado esperando tal respuesta.

"Yo iba a decir que se trataba de su belleza, pero quizá deba decir que se trata de su carácter, señorita."

De repente tuve curiosidad de saber qué le habían dicho de cualquiera de las dos cosas, pero no quise mostrarle mi interés. En cambio, dije:

"Tampoco yo he sido bien informada, señor Knowles. Yo tampoco."

"¿Y puedo preguntarle a qué aspecto de mi persona se está refiriendo?"

"A sus modales, señor Knowles. ¿Cómo espera usted ganar el afecto de una mujer si insiste en insultarla en su primer encuentro?"

"Bueno, eso es cuestión de opinión, señorita. En lo que se refiere a mi encanto, otras pueden no estar de acuerdo con usted."

¿Estaba yo equivocada, o él estaba haciendo alarde de sus otras conquistas? ¡Qué arrogancia! En el tono más frío que pude, le contesté:

"Estoy segura que un hombre de su estatura moral debe ser consciente del efecto que una opinión puede tener sobre la repu-

tación. Y en lo que se refiere a la reputación, señor Knowles . . .
existen solamente dos clases."

Divertido e intrigado por mi innata altivez—o tal vez picado por ella; nunca adiviné por cuál fue—sonrió, y se mantuvo sin ceder su puesto, obviamente esperando ser invitado a
pasar.

Después de mirarlo fijamente por unos minutos sin decir una
palabra, finalmente cedí, pero sólo parcialmente.

"Le invitaría a pasar y a sentarse, señor Knowles, pero mis
padres no están en casa. Sin embargo, le prometo leer su carta, y
le anticipo las gracias por su regalo."

Entonces le hice una pequeña reverencia y le extendí la mano
sin haberme quitado el mitón de encaje. Ambos gestos eran una
indicación de que nuestro encuentro se mantenía en términos
formales. Aunque no se lo admití—ni a él ni a nadie más—su
sangre fría me pareció muy intrigante.

Después que se marchó, subí a mi cuarto, y con cuidado le
quité el envoltorio al regalo, que resultó ser una pequeña y delicada botella de perfume de lavanda. Entonces abrí la carta, tal
como le había prometido.

Si no lo hubiera conocido con anterioridad, me hubiera sorprendido el lenguaje de su propuesta de noviazgo:

> *13 de febrero de 1943*
> *Estimada señorita Grenales:*
>   *Como posiblemente usted sabe, nuestros países son aliados*
> *en esta "guerra razonable." Por lo tanto encuentro su indiferen-*
> *cia a mis súplicas difícil de comprender.*
>
> *Muy atentamente,*
Jonathan R. Knowles
>
> *P.D.: Pero yo tengo mis teorías sobre el asunto, si desea discutir-*
> *las conmigo.*

Después de leer la carta sonreí ante su agudeza, y me imaginé a mí misma teniendo un juego de palabras con este hombre por el resto de mi vida. ¿Quién podía resistir una mente tan ferozmente inteligente, o desechar su atrevida invitación?

Inmediatamente envié a Yamila a comprar papel de carta elegante, tinta y cera, y mientras esperaba su regreso, comencé a componer en la mente mi respuesta.

Antes de bajar a cenar con mis padres, fui al despacho de mi papá para esbozar la carta. No resistía hacerlo en mi cuarto, porque en mi mente ése era el lugar sagrado donde una vez había suscrito mi corazón a Jorge Armando.

Cuando me sentí satisfecha con lo que había escrito, doblé la carta, la coloqué dentro de un sobre, lo sellé con cera azul oscuro, y escribí el nombre y apellido del señor Knowles en el frente con tinta negra sobre el papel color crema.

Le entregué el sobre a mi papá en el comedor, quien lo tomó, agradeciéndolo con una sonrisa comprensiva al sospechar el contenido. Al fin lograron cansarme.

13 de febrero de 1943

Estimado señor Knowles:

Es usted quien parece indiferente al hecho de que corteja el peligro. Pero si insiste, podemos arreglar un encuentro entre ambos países, para que así pueda discutir con mi padre acerca de un tratado de paz.

Me doy por vencida.

Gabriela Grenales

P.D.: Estoy dispuesta a discutir sus teorías cuando nos volvamos a ver.

A la semana siguiente, tuvo lugar una conversación entre mi padre y Jonathan Knowles. A esto siguió, meses después, una cena formal en nuestra casa, para celebrar nuestro compromiso y anunciar que contraeríamos matrimonio en agosto.

Nuestro noviazgo de seis meses era considerado corto en esos tiempos, pero mis padres estuvieron de acuerdo con esto, y no insistieron en la chaperona. Para mi sorpresa, el señor Knowles me visitaba casi todos los días durante ese período, sin lograr una sola queja de mi padre o de mi madre.

Durante esos cortos meses mis dudas comenzaron a disiparse, y empecé a conocer mejor al hombre con quien me iba a casar.

JONATHAN KNOWLES HABÍA PASADO LOS PRIMEROS treinta y cinco años de su vida en pleno aislamiento, preparándose para lo que más quería en el mundo: ocupar un día los más altos peldaños de la jerarquía del *Times*. Al fin lograría su ambición en 1957.

Nacido en Oxford, Inglaterra, en el seno de una buena familia que le aseguró ser educado en tres lenguas, tu abuelo había sido criado con un pundonor tan extremo, que resultaba ser un excelente complemento a mi formación como dama suramericana. Tan pronto como lo conocí supe que el lograría hacer cosas importantes. Su envidiable seguridad en sí mismo le daba a otros la impresión inmediata de que su destino ya estaba trazado, y que a través de su vida se mantendría, ante todo, fiel a sí mismo. Para la mujer que deseaba un esposo de fiar, no podía haber un candidato mejor. Durante nuestras largas conversaciones también aprendí que tomaba su trabajo muy en serio. En el *Times* era apreciado como un periodista superior poseedor de un impecable juicio noticioso y una inteligencia brillante.

A medida que nuestro noviazgo aproximaba su fin, yo estaba completamente convencida de que me estaba casando con un hombre digno (que casi me doblaba la edad), de gran integridad, y quien sería un marido fiel y un padre ejemplar. Pero lo que no pude predecir fue que el precio que iba a tener que pagar por la tan anhelada paz de un buen matrimonio sería mi propia vida.

AL FIN LLEGÓ EL MES DE AGOSTO. Tres días antes de mi boda, con el pretexto de buscar ropa de cama de mi gusto, le pedí a mi mamá que le permitiera a Yamila acompañarme a ir de compras. Después que ella asintió, le di instrucciones al chofer de mi padre que nos llevara a una joyería en el distrito comercial de Sabana Grande, donde compré un pequeño dije casi exacto al que todavía llevaba colgado del cuello. Entonces esperé dentro de la tienda a que el joyero, según yo le había pedido, grabara al dorso de la medalla dos palabras: "En silencio."

Cuando terminó le pagué, y el joyero me entregó el dije, cuidadosamente colocado dentro de una caja mínima de terciopelo rojo. Cuando llegamos a casa, envolví la caja en papel de periódico, se la di a Yamila, y le supliqué que la guardara en su cuarto hasta que se la volviera a pedir.

Nuestra boda fue un evento fastuoso de champán y rosas.

Llevé puesto un traje de organza con una larga cola y una tiara de perlas muy elaborada. (Le dejé todos los detalles a mi mamá y a Constanza, quienes organizaron el acto con la exactitud que dos generales despliegan en la planificación de sus campañas bélicas).

Fue con determinación mental y el corazón partido en dos que caminé la senda nupcial de la Catedral, del brazo de mi padre, quien lucía tan confiado y poseído de sí mismo como jamás lo había visto antes. Hacia el final de la ceremonia, la cual fue presidida conjuntamente por un obispo auxiliar y el señor Arzobispo, fue cuando comencé a preocuparme de que cuando mi futuro esposo me levantara el velo, iba a ver en mis ojos la tristeza oculta que me embargaba. Pero cuando llegó el momento, la frágil sonrisa de alabastro que había plantado sobre mis labios engañó a todos; o sea, a todos menos a mí.

Después, durante la fiesta, pensar en la noche que me esperaba me dolía aún más que las ballenas apretadas del corsé. No podía dejar de pensar que después que los quinientos invitados se marcharan a sus casas, la cama matrimonial brindaría escaso refugio a la virginal novia, quien se había casado con un hombre del cual no estaba enamorada.

LO QUE NADIE JAMÁS SUPO FUE QUE EN LA MAñana de mi boda, yo mandé a Yamila en una misión que muy bien me hubiera costado mi futuro.

La llamé y le pedí que se estacionara en la puerta de mi cuarto en caso de que alguien tratara de entrar en él. Yo no creía que nadie lo fuera a hacer, ya que todo el mundo estaba muy ocupado dando carreras y recibiendo las flores y los regalos que continuaban llegando a la casa, pero no podía descuidarme.

Todavía puedo imaginármela a ella, parada frente a la puerta, esperando pacientemente a que yo terminara la nota que estaba escribiendo, con aquella mirada comprensiva en sus ojos, que aseguraban su callada fidelidad y amistad.

Cuando terminé, cerré el sobre y le pedí a Yamila que fuera a depositarla, en secreto absoluto, únicamente en las manos de Jorge Armando, junto con la pequeña caja que le había pedido que guardara en su cuarto.

Mi viejo querido:

Hoy es el día de mi matrimonio. Pero mi corazón te pertenece a ti.

Ahora que comprendo lo que quisiste decir, trataré de Encontrar música, en el silencio de tu ausencia. Al menos creo

*que eso es lo que estoy haciendo, pero de todos modos . . . espero
que puedas perdonarme.*

*Tu regalo me adornará el cuello hasta el día que me muera,
porque aunque hemos sido separados, nuestro amor es el milagro más mágico de todos.*

Siempre, tuya
Piel de canela

Después que Yamila se marchó de mi cuarto esa mañana, recuerdo haber pensado—mientras las lágrimas me corrían por las
mejillas—que no había crimen peor en el mundo que romper un
corazón.

A fin de cuentas, yo fui la joya radiante cuya labor fue adornar una boda que había sido cuidadosamente arreglada, y cuyo
más alto propósito no fue la felicidad de la novia, sino la confir-
mación sacramental de la tradición.

trece: MI HERMANA JACINTA

A mi hermanita Jacinta, finalmente le llegó el turno.

Ese día le había pedido a Constanza y a mi mamá que espe-
raran afuera mientras yo hablaba con Jacinta. Antonio y mi
papá ya estaban en la sacristía con el padre Ferro, el confesor de
la familia.

Desde muy temprano, mi misión secreta había sido disuadir a
Jacinta de cometer lo que a mí me parecía un grave error. Me
había convencido a mí misma, tres años después de mi propio
paso inseguro por la senda nupcial, que mi hermana menor tal
vez no querría seguir por el rumbo en que iba a embarcarse.

Pero ahora, en su habitación, no tuve el valor de decirle lo que pensaba. La felicidad de mi hermana me importaba grandemente, y de repente me percaté de que tan egoísta podían parecer mis palabras.

Mientras observaba cómo se preparaba para su día especial, sentí en ella la tranquilidad que emana de aquellos que gozan de paz en el corazón.

LA CEREMONIA TUVO LUGAR EN LA MAGNÍFICA capilla de Santa Teresa, dentro de la centenaria iglesia de Santander.

Su Eminencia, el Arzobispo, estaba ataviado totalmente con las vestiduras de la Iglesia llevando mitra, capa, sotana y cruz. Su presencia me impuso silencio. Aún hoy en día, me siento incapaz de describir el esplendor del atuendo del Arzobispo que presidió la ceremonia.

En ese momento, traté de ponerme en el lugar de Jacinta, y esto me hizo pensar que mi hermana padecía de algo parecido al pánico. Pero yo estaba equivocada.

Cuando las novicias se postraron ante Su Señoría, casi sin forma humana por los paños de terciopelo negro que las cubrían, sentí que Jacinta muy pronto moriría para el mundo. Tener una monja en la familia es motivo de gran orgullo para muchos católicos, pero yo no podía dejar de pensar que éste era el día en el cual perdía a mi querida hermanita para siempre. Le pedí perdón a Dios por mis pensamientos irreverentes.

Mientras Jacinta esperaba para tomar sus votos perpetuos, cada uno de los meses que pasé en el convento desfilaron ante mí, y temblé ante el recuerdo de haber sido una postulanta. Si yo volviera a vivir otra vez una vida entera, nunca podría deshacer la vergüenza y la humillación que le causé a mi devota familia, por haber entrado y salido de mi vocación con tanta impetuosidad. Después de mi matrimonio, reconocí—al menos a mí misma—que mi vocación nunca había sido genuina, pero jamás compartí esa verdad tan dura con nadie, ni con mis padres ni con mis hermanas.

Ese día, más temprano, creyendo que me había llegado la hora de hacer un tipo de confesión, abordé el tema con Jacinta. Ver su piadosa devoción me hizo sentir mucho más culpable por haber promovido tal engaño, y traté de decírselo. Pero ella no aceptó mi disculpa. Me dijo que me quería, y me suplicó:

"Por favor, ten paz y serenidad, querida hermana. Dios nos ama a todos, sea como sea."

Yo admiraba mucho a mi hermana menor, quien siempre se veía bien puesta, en calma evidente, y con el extraño don de encontrar siempre las palabras adecuadas. Por eso era que Papi la llamaba "Encanto." Supongo que estas cualidades eran requisitos para alguien que pretendía renunciar para siempre a los placeres carnales.

Me sentí avergonzada de que, ante jóvenes tan bondadosas y reverentes que estaban a punto de celebrar el día más feliz de sus vidas, las únicas emociones que yo sentía eran remordimiento y pesar.

Una vez en el interior de la iglesia, angustiada por mi propia inquietud, me asaltó de pronto el deseo de escapar. Y yo quizá no era la única: una de las novicias se desmayó, y otra gritó cuando comprendió lo que significaba ser novia de Cristo para siempre. Jacinta, sin embargo, se veía firme.

Se arrodilló ante el altar, juntó las manos y con la obediencia que siempre mostró durante su niñez, repitió con vehemencia sus votos ante el arzobispo:

*Virgen María, guíame, protégeme para que un día pueda presén-
tarme ante vuestro Jesús, no con las manos vacías, sino con un*

*corazón rebosante. Yo, hermana Jacinta, hago votos de honrar
tu nombre en este día de mis votos perpetuos, y cada día, de hoy
en adelante, hasta el día de mi muerte, cuando me una a la Gloria eterna de Nuestro Señor Jesucristo.*

A medida que el manto negro de cada una de las novicias se
fue levantando—en señal de que había nacido de nuevo en
Cristo—la campana de la iglesia comenzó a sonar. Las novicias,
con los rostros anegados en llanto, al fin recibieron sus nuevos
nombres ante Jesucristo, dados por el arzobispo.

La directora de la abadía, la madre Francisca, ya les había
cortado los cabellos a las postulantes en preparación para la ceremonia. Ahora les sonreía, animándolas, posiblemente en un esfuerzo para tranquilizarles los nervios. Les dio sus nuevas ropas
y las confió al cuidado de otra monja, quien las llevaría a otro
cuarto para rasurarles completamente la cabeza.

Su Santidad bendijo a las monjas, ya vestidas con sus nuevos
hábitos, y la ceremonia llegó a su fin.

Ésta era la noche de bodas de la hermana Jacinta. Por dentro,
yo me preguntaba cómo se sentiría. ¿Sería un abrazo celestial tan
caluroso como uno humano?

Tan pronto como la última novicia tomó el velo, traté de
marcharme silenciosamente con el resto de mi familia, pero no
pude: la madre Francisca encontró mi furtiva mirada y clavó sus
ojos en los míos. Ella conocía mis costumbres demasiado bien,
ya que yo había estado a su cuidado durante mi breve carrera religiosa. Entonces me hizo señas de que la siguiera.

Mientras caminábamos juntas hacia la abadía, en un silencio
aplastante, me di cuenta que no sabía lo que me esperaba. Pero
una vez que estuvimos en su oficina, encendió una vela y me invitó cariñosamente a que me sentara.

Sin siquiera habérmelo preguntado, le informé que había encontrado felicidad fuera de las paredes del convento. Le hablé de mi marido magnífico e inteligente y de mi hija Cristina, pero podía ver en su cara que no me creía. Ella simplemente me contemplaba, mientras yo continuaba hablando hasta por los codos.

En la penumbra de su celda, la madre Francisca se esforzó por mirarme, y me dijo dulcemente:

"Mi pobre hija, si tú crees lo que me estás diciendo, ¿por qué tratas con tanto afán de convencerme? Hay algo que no debes hacer, Gabriela, y es engañarte a ti misma."

"Madre," le dije, sintiendo que las lágrimas se me asomaban a los ojos, "¿por qué me dice eso?"

"Mi hija, un resplandor agradable siempre ilumina la cara de la mujer que es feliz en su matrimonio."

"Con todo respeto, Madre Francisca, ¿cómo puede usted saber eso?"

"Vivir en un convento no hace que las monjas seamos ciegas al mundo. Tu corazón no encontrará la paz hasta que encuentre su lugar."

Consideré sus palabras por un momento, y me pregunté a mí misma qué era lo próximo que debía hacer.

Cuando estaba a punto de separarme de ella, la madre Francisca cerró los ojos piadosamente y con su mano derecha sostuvo el rosario, una figura de Cristo labrada en madreperla, y me bendijo con la cruz.

Con su bendición en mi corazón, y una oración en mis labios, me fui de la abadía de Santa Teresa por última vez, repitiéndome a mí misma, fervorosamente, las últimas líneas del Padre Nuestro:

Venga a nosotros Tu reino, hágase Tu voluntad, así en la tierra como en el cielo. Danos hoy el pan nuestro de cada día. Per-

*dónanos nuestras ofensas, así como nosotros perdonamos a los
que nos ofenden. No nos dejes caer en la tentación; y líbranos
del mal . . .*

En el fondo de mi corazón, yo tenía la esperanza de que esta
oración fuera lo suficientemente poderosa para protegerme de
los pecados que más tarde habría de cometer.

catorce: LA AMA DE CASA

Durante otra época de mi vida, tuve el privilegio de aprender—
por medio del buen ejemplo de mi madre—que mi único deber
en la vida era satisfacer a un solo hombre en todo sentido y
que mi gran ambición como mujer debería ser convertirme en la
perfecta ama de casa.

En aquellos tiempos se esperaba que una señorita joven,
antes de casarse, aún yendo en pos de su desarrollo intelectual,
adquiriera el conocimiento práctico sobre cómo manejar su casa
y ser una buena esposa y anfitriona, capaz de llenar de orgullo a
su marido. Cualquier desviación de este ideal tenía que evitarse,
y cualquier asunto desagradable había que soportarlo con una
sonrisa. Un esposo nunca debe poder detectar cualquier deber
que se interponga entre las obligaciones de la esposa a su matrimonio, y su pasado.

Este conocimiento me dió la certeza de que mi papel en la
vida había sido predeterminado, y que vivir para dedicarme a mi
esposo, aún corriendo el riesgo de mi propia inmolación, sería la
expresión más pura de mi posición como esposa.

Mi formación estaba basada en el principio de que por ser

los hombres incapaces de moldear el matrimonio, era total responsabilidad de la mujer guiarlos a través de él, usualmente doblegándose a su voluntad. A mi madre le gustaba decir que los hombres eran como bebés. "Por eso debemos aprender a adivinar cada una de sus necesidades, y satisfacerlas. Es así de sencillo . . ."

Esta dinámica nunca fue más evidente que cuando una mañana, muy temprano, mi papá llamó a mi mamá:

"Ana Amelia, ¿dónde está mi café?"

Esta pregunta que parecía tan directa, no podía, de hecho, haber sido menos directa.

Primero que todo, quería decir que mi padre se había despertado más temprano que de costumbre, pero que Mayra no lo había anticipado, y por lo tanto, no le tenía el café en su despacho. Revelaba, aún más, que mi padre no tenía la más ligera idea de dónde se guardaba nada en su casa, especialmente en la cocina, y que por lo tanto, no podía hacer su propio café. Un marido deambulando por la cocina significaba solamente una cosa: su esposa le había fallado miserablemente en sus deberes. Y aunque nos parezca ridículo ahora, de todas maneras ningún hombre hubiera podido saber a quién hacer semejante petición. Es casi seguro que mi padre nunca tuvo ni idea de cuáles eran los deberes de cada una de nuestras sirvientas en la casa. Si le hubiera pedido el café a Yamila, sin querer hubiera ofendido a Mayra, cuya competencia era la cocina, y de esa manera desataría una cascada irreversible de acontecimientos que terminarían con una de las miradas enfadadas de mi mamá. Porque mientras mi papá estaba de acuerdo en que él no tenía por qué meterse en la enrevesada cadena de los deberes domésticos (para las cuales tampoco tenía ninguna habilidad), él, aún así, le recordó a mi mamá que ése era su único deber:

"Ana Amelia, ¿por qué no está listo mi café con leche cuando me levanto? No puedo entenderlo."

Pero esto no se trataba del café; se trataba de que estuviera a tiempo, en el lugar indicado, a la temperatura deseada, y servido por la persona correcta. No había nada más desconcertante para mi mamá que encontrar la taza de café de mi papá sin tocar, porque esto podía ser interpretado de una sola manera: si el café no estaba perfecto, ella tendría que arreglárselo de alguna manera, sin tener que preguntar qué era lo que estaba mal. En una ocasión cuando ella sí se lo preguntó, mi padre simplemente dijo:

"No sé. No me sabe igual."

En ese momento, sin disgustarse, mi mamá tranquilamente levantó la taza en cuestión, la llevó a la cocina, y le dijo a Mayra que comenzara de nuevo.

En mi matrimonio, yo sentí orgullo con el solo hecho de que, justamente como mi madre había hecho, nuestro hogar era un castillo en el que mi marido era el rey. Yo me sentía orgullosa, y continúo siéndolo, de que aunque el fuego de la pasión nunca ardió en nuestro dormitorio, pude, sin embargo, mantener mi categoría de ama de la casa, aceptando las costumbres que me habían enseñado, al menos la mayor parte de las veces.

Cuando por una razón u otra, mantener esa categoría se convirtió en una amenaza, yo repasé en mi mente las experiencias de mi niñez que respaldaban esta conducta. Pero fue en vano.

Una de las experiencias más vívidas era la rutina diaria de la llegada de mi papá a casa después del trabajo. Tan pronto como mi mamá escuchaba su voz, se apresuraba a recibirlo, siempre radiante y sonriente, siempre vestida elegantemente, siempre lista con la misma pregunta:

"¿Qué se te ofrece, Mario?"

Esto le demostraba a él que no solamente era el monarca, sino también que ella se alegraba de verlo, y estaba ansiosa, de ese momento en adelante, en satisfacer cualquiera de sus deseos. Entonces ella tomaba de sus manos el maletín de médico y lo ponía en el despacho, mientras él subía a refrescarse antes de la cena.

Lo que mi papá nunca supo, ni siquiera sospechó, fue la casa de locos que precedía a estos momentos vespertinos de tranquilidad en el hogar.

Cada día, a media mañana, toda decisión que tuviera que ver con el manejo equilibrado de la casa tenía que estar tomada, incluyendo la coordinación de las comidas del día, la limpieza de la casa, el arreglo de las camas, la pulida del piso y la composición de mesa de acuerdo con las reglas de la más estricta etiqueta. Pero después de planear el día tan cuidadosamente, la mayoría de las tardes mi mamá corría de un lado a otro, dando órdenes todavía con anticipación frenética de la llegada del esposo. Mayra tenía que tener la cena lista exactamente a las seis y media. Yamila tenía que habernos bañado y vestido a nosotros cuatro—Constanza, Jacinta, Antonio y yo—y teníamos que estar contentos, pero callados, después que Papi llegara a casa, o ¡pobres de nosotros! Éstas eran las únicas ocasiones—que yo recuerde—que mi madre abandonaba su acostumbrada gracia y su serenidad. Ella nunca alzaba la voz ni se enfadaba, pero podía indicar claramente, con una simple mirada amenazante, que la llegada de mi padre era un asunto serio, y tenía que desarrollarse según había sido planeada.

Uno de los ritos más importantes del día era colocar una elaborada cena sobre la mesa. Mi mamá solía decir que servirle a mi papá una comida deliciosa era darle a entender que ella había estado pensando en él todo el día.

"No hay nada que le sea más halagador a un hombre," decía.

Esto no quería decir, por supuesto, que ella misma cocinara. Simplemente quería decir que planeaba cada detalle, incluyendo el menú y las indicaciones a Mayra sobre qué comprar, las flores que serían puestas en jarrones alrededor de la casa y los productos agrícolas que prefería comprar de los vendedores de frutas y vegetales, quienes venían a nuestra puerta desde el amanecer hasta la noche.

Aunque Mami supervisaba a Mayra mientras terminaba con todas las labores de la cocina, también tenía que asegurarse de que Yamila cuidara de nosotros cuatro e hiciera otras faenas, incluyendo planchar y doblar las piezas de hilo, pulir la plata y regar las plantas.

Cerca de la hora en que mi papá estaba por llegar, después de asegurarse que nada había quedado sin hacer, Mami subía a su cuarto a retocarse la cara, cepillarse el cabello y colocarse sobre los labios una sonrisa agradable. Solía decirnos que cuando el hombre regresa a su casa, "debe ser recibido nada más que con sonrisas y buenas noticias": su justa recompensa por un día largo de trabajo. Como última tarea, inspeccionaba a cada uno de los niños, al estilo militar, para asegurarse que estuviéramos listos para darle la bienvenida a Papi.

Uno podría imaginarse que por el hecho de ser varón, Antonio no tenía que recibir estas lecciones, pero en realidad, su participación en ellas era una lección en sí: Mami insistía que él prestara atención a lo que ella les decía a las niñas para que aprendiera sobre lo que debía esperar de su mujer una vez contrajera matrimonio.

Antes de la cena, nosotros los niños permanecíamos generalmente en nuestros cuartos hasta que nos ordenaban presentarnos en la mesa; se nos prohibía estrictamente que saliéramos a jugar después de habernos bañado. En algunas ocasiones especiales, Mami nos invitaba a sentarnos obedientemente en un sofá de la sala, mientras ella y Papi conversaban.

Apenas mi padre se sentaba, solía hablar de cómo le había ido en el día, y Mami parecía estar contenta simplemente con mantenerse sentada ahí, escuchándolo hablar y hablar. A medida que fui creciendo, me di cuenta que él no compartía ninguna información específica con ella. En verdad, lo único que hacía era aclarar sus propios pensamientos, tal como uno hace con un armario lleno de ropa que no sirve más. Por lo tanto, mi madre escuchaba con interés, pero no sus palabras: ella nos explicó una vez que una esposa debe prestar gran atención "a lo que el esposo *no* está diciendo, y al tono de su voz," porque de esas dos cosas, "cualquier mujer inteligente puede deducir lo que su hombre necesita en realidad, y lo que de verdad está tratando de decir."

Como si fuera la adivinadora de un oráculo, Mami sabía que tan pronto como el tono de Papi se dulcificaba, quería decir que ya estaba tranquilo, y por lo tanto, estaba listo para cenar. Si nosotros estábamos en la sala, ella nos hacía un gesto con la cabeza, un ligero movimiento hacia arriba del mentón, dándonos la señal para que camináramos hacia el comedor, y a Mayra que ya era hora de que la cena fuera servida.

Mientras papá se dirigía a tomar su asiento en la cabeza de la mesa, Mami le retiraba la silla y permanecía de pie a su lado por unos segundos, contemplándolo con sus ojos pardos con una admiración y un beneplácito que ningún hombre podría resistir.

No hubo un solo día en la vida adulta de mi mamá en que ella no antepusiera su esposo e hijos a todo. Estaba entregada en cuerpo y alma a la difícil e ingrata tarea de ser esposa y madre, y, además, a manejar la casa. Hacer bien—mejor dicho, perfectamente—lo último, era para ella la única manera de evitar que el esposo tomara caminos equivocados. "Tu meta para ser una buena ama de casa es adivinar y satisfacer todas las necesidades de tu hombre," le aconsejaba a las hijas. "Nunca le debes dar ningún motivo para buscar comodidad en otro lugar."

Observando como mi madre trabajaba, aprendí que ser ama de casa era mucho más que un título vano; era un símbolo de honor. El mejor cumplido que un hombre podía dedicarle a su mujer era—en sentido alegórico—entregarle las llaves de su casa. Pero aun eso era solamente la mitad del trabajo que le tocaba a la mujer.

Además de la administración del hogar, Mami también nos enseñó lo importante que era el papel que la mujer debía desempeñar en la vida pública de su marido. De ella aprendí cómo entretener a los amigos y colegas de mi futuro esposo, y qué ropa ponerme en cada ocasión para lograr que una impresión favorable se reflejara sobre él cuando estuviera en compañía de otros.

Por supuesto que para ser una dama se necesitaba algo más que buenos trajes y habilidades caseras. "Por más rutinas de belleza del mundo, y por más fácilmente que manejes tu hogar, nada te ayudará si no te las arreglas para poseer el raro dote del aplomo," mi madre solía decir. Antes de ser considerada una dama, la mujer tenía que adquirir los modales que la hicieran portarse en público de una forma tan previsible y precisa como el movimiento del péndulo de un reloj.

En este sentido, he encontrado que una de las mejores cosas que la mujer puede hacer es aprender a alimentar su confianza en sí misma. Sólo esto le dará la seguridad que cautivará al hombre en repetidas ocasiones; el porte que hará que otros anhelen su amistad, y la inquebrantable fortaleza de carácter que la hará merecedora de ser la esposa de un caballero.

Además de sus otros deberes, una esposa debe hacer todo lo que esté en su poder para proteger el buen nombre de su esposo, pues su propia reputación nunca será ni mejor ni peor que el cuidado que ella a ésta ofrezca. Ya que tú lo representas, y eres, en un sentido, la cara pública de tu esposo, cuando estés en compañía de otros, o sola con tus sirvientes, tu comportamiento y tus modales deben ser intachables. Ninguna virtud ni riqueza valdrán la pena si no posees una conducta ejemplar.

Si bien la opinión es una noción flexible que tiene múltiples variantes la reputación no lo es. Por ejemplo, lo que la sociedad llama escándalo, en algunos casos no se trata de ninguna manera de un escándalo, sino solamente de la opinión de alguien basada en convencionalismos arbitrarios que suelen cambiar de tiempo en tiempo y de un lugar a otro. Pero aun cuando ese sea el caso, tú siempre debes tener como objetivo respetar las convenciones predominantes, para no dar pábulo al escándalo y manchar tu reputación, en cuyo caso no puede haber más que dos: buena y mala.

Las recompensas por tu comportamiento decoroso serán el orgullo que tu esposo sienta por ti, su devoción y su apoyo. Tal lealtad de tu parte se convertirá, a su debido tiempo, en que nunca tengas que preocuparte de que él tenga una querida.

Un comportamiento irreprochable requiere modales corteses bajo cualquier circunstancia. Entre otras cosas, debes mostrar interés genuino en el trabajo de tu esposo, y aprender a ser graciosamente tolerante de sus puntos de vista, para que él busque tu consejo y le dé valor a tu sano juicio.

En casi todos los matrimonios, las amistades son una influencia importante, ya sea para bien o para mal. Aunque las antiguas amistades sean las que apreciamos más y las más duraderas, nuevos vínculos pueden formarse a través de tu vida. Procura siempre conservar esos vínculos que le den estímulo a tus ambiciones más altas, y te ayuden a comprender el significado del desinterés, uno de los distintivos de una dama.

Para cultivar amistades, tienes que poner gran esfuerzo en hacerte de buenos amigos. La habilidad de saber mezclarte con otras personas es un arte admirable y una característica envidiable, igualmente como es la capacidad de reconocer tus propios defectos, igualmente que los de los otros, y ser tolerante en ambos casos.

Más decisivo aún que la habilidad de adherirse a las reglas de comportamiento en la presencia de tu esposo es la agudeza de hacerlo en su *ausencia*. Por muy difícil que sea, cuando él esté lejos (de viaje, o simplemente fuera de la casa) tú tienes que emplear tu tiempo en atender tu propia casa, mantenerte ocupada con los niños, ir a misa, y visitar a la familia; estas dos últimas cosas constituyen la única razón válida para salir de tu casa. Además, cuando él regrese, debes llevar puesta ropa de color negro para que él no tenga ninguna razón de preocuparse o sentir celos, dos emociones que tú nunca debes cultivar intencionalmente.

Cuando yo contemplo mi vida, a veces deseo haberle prestado más atención a estas reglas en cada ocasión. Cada vez que me sentía abrumada por las exigencias del matrimonio, trataba de recordarme a mí misma de los estándares existentes que le dieron a la mujer el derecho de ser llamada la ama de la casa. Para mi consternación, todos mis esfuerzos fueron en vano: cuando mi corazón se encaminó hacia otros rumbos; lo único que pude hacer fue seguirlo.

quince: LAS TENTACIONES

El llegar a mis treinta años lo sentí como un asalto. El deseo me agitaba con tal violencia que a pesar de yo reconocerlo, no podía pensar en casi nada más.

Cada noche me mantenía despierta mirando al techo, deseando desesperadamente recibir alguna revelación, alguna señal luminosa. Estaba totalmente confundida. Yo disfrutaba de una buena vida, ya que durante doce años había tenido un esposo que era bueno y apegado, y tenía, además, una hija de diez años de edad. A pesar de todo esto, sacudidas de desesperanza me embargaban el corazón.

A pesar de mi buena fortuna, me sentía irritable y ansiosa. Y, como si alguien me vigilara constantemente, yo dudaba de los motivos de todo el mundo, hasta de los de mis seres queridos. Tenía una sed constante e insaciable, y comencé a padecer de constantes pesadillas en las que me estaba ahogando en arena seca.

En las últimas horas del día de mi cumpleaños, el mundo pareció caerme encima. Mirando a través de la ventana de mi cuarto, me entristeció ver la savia que escapaba del tronco de la mata de mangos al fondo de la casa, y resentía el sol poniente, porque trataba de borrar las nubes que daban la sensación de volutas blancas.

No quería que llegara la noche. Mi familia había insistido que una fiesta era justamente lo que me levantaría el espíritu, a pesar de mis protestas. También habían decidido, sin que yo lo supiera, invitar a mi mejor amiga, Carmela Caballero, con la cual yo no había hablado durante años. Y Carmela, sin preguntárselo a nadie—su familia nunca había entendido mucho de protocolo— le pidió a su hermano que la acompañara.

En el mismo momento en que yo bajaba la escalera y los vi a la entrada del pasillo, comprendí que mi depresión reciente debía haber dado mucha preocupación a mis padres, porque de otra manera ellos nunca hubieran buscado a Carmela de nuevo. Si alguien más demostró estar sorprendido por la presencia de Jorge Armando, yo estaba demasiado anonadada para darme cuenta. Quizá todos pensaron que después de catorce años, doce de los cuales yo había estado casada, él no podría representar una amenaza para mi vida.

Después de intercambiar saludos, nos trasladamos a la sala, donde tomamos cócteles, antes de los cuales Jonathan y mi padre hicieron un brindis en mi honor. Jorge Armando debió haberse percatado de mi incomodidad, porque en la primera oportunidad que tuvo, me tomó por el codo y me dijo en voz baja:

"¿Qué tristes pensamientos pueden estar preocupando a una cara tan bella?"

Sintiendo que las mejillas se me enrojecían de pudor, sugerí en voz alta que todos pasáramos a cenar.

Ya yo había hablado aparte con la criada para que colocara puestos adicionales para los inesperados invitados. Cuando entramos en el comedor, me di cuenta con horror que los únicos dos puestos sin tarjetas estaban colocados a mi derecha e izquierda. A través de toda la cena, hice esfuerzos para no mirar a Jorge Armando, a pesar de sus repetidos afanes por hacerme conversación. Lo único que yo quería era separarme de él, antes de que mis acciones o la expresión de la cara traicionaran el deseo que hasta ese momento sólo me había parecido un murmullo sordo que venía de una tierra lejana.

Pero yo había olvidado cuán encantador podía ser él. Las cualidades que me habían hecho sonrojar cuando era niña, habían aumentado con los años: su carisma natural, su andar irresistible y su seductora y hechizante voz, un instrumento de alcance extraordinario que era imposible de olvidar, un instrumento que él usaba para dirigirse a mí, íntimamente, directamente, llamándome por mi propio nombre.

Carmela, a mi derecha, no podía dejar de sonreír con complicidad cada vez que él movía su cabeza para colocarla más cerca de la mía.

Enseguida Jorge Armando me susurró al oído, con un aliento tan cálido que me provocó tirarme sobre él, como si fuera una cualquiera:

"He esperado durante todos estos años para poder ver cómo te convertías en mujer. Eres más linda de lo que me imaginaba, Gabriela."

Mi compostura debió haber dado muestras de aflojarse, porque él comenzó a flirtear más abiertamente conmigo, a medida que los diferentes platos de la cena eran traídos a la mesa, sin percatarse, al parecer, de los otros diez comensales presentes, y de que yo estaba casada con el hombre sentado a la cabecera de la mesa.

"Perdóname la impertinencia, pero me siento intrigado," me dijo en voz baja.

Esperé que continuara.

"¿Cómo puede una mujer como tú soportar estar casada con un hombre que indiscutiblemente está preocupado por todo, menos por ella?"

Este comentario me sorprendió de tal manera que me sentí dividida entre el deseo de abofetearlo por su atrevida familiaridad, y correr hacia él para abrazarlo al mismo tiempo. Mi formación impecable, sin embargo, me impidió tomar ese último camino, mientras los recuerdos dulces de los momentos robados cuando éramos adolescentes desechaban el primero. En vez de eso, contesté frímente que aunque no se podía dudar que un buen número de hombres eran merecedores de ocupar su cama, la señora de la casa tenía otras cosas importantes en las cuales ocupar su tiempo y mantenerse altamente complacida.

Pero bien adentro me sentía sofocada, por lo que recibí confirmacion de lo que sabía desde hacía tiempos, que el hombre sentado a la cabeza de la mesa no era el amor de mi vida. Lo único que yo pedía al cielo era haber engañado a Jorge Armando, porque ya no podía engañarme a mí misma. Y con eso, encontré la mirada de mi marido y me excusé por el resto de la noche, con la excusa de un imperdonable dolor de cabeza.

Arriba, en mi cuarto, luché con la tentación y la lección que yo sabía debía aprender de esto. ¿Por qué—me pregunté a mí misma—había vuelto a aparecer en mi vida mi antiguo amor?

Mientras sospechaba que mi intento por obtener serenidad

tal vez iba a resultar ser en vano, yo también estaba segura de que entregarme al deseo significaría que un día mi corazón no solamente sería roto, sino destrozado. Por un momento vi mi vida abrirse de par en par, como si fuera una puerta a través de la cual el amor, la decepción, el remordimiento y el pesar tendrían que pasar.

A la mañana siguiente, después de una noche en vela, llena de confusión, deseo y ansiedad, bajé las escaleras hacia la sala, dispuesta a encontrar una manera de tranquilizarme. Pero estaba sola: después de mi fiesta de cumpleaños, Jonathan había partido hacia Londres, y, además, de ninguna manera le hubiera hablado de esto.

Sintiendo que mi agitación iba en aumento, llamé a mi hermana mayor y le supliqué que viniera a verme, aunque yo dudaba que ella comprendiera algo tan ostensiblemente irracional como era mi deseo de tener una aventura loca e ilícita. Tan pronto como ella traspasó el umbral, le conté la historia atropelladamente, sin siquiera detenerme para respirar.

"¿Él trató de seducirte?" preguntó Constanza incrédula y tan criticona como solamente ella podía ser.

Dispuesta a escandalizarla, aunque sólo fuera por un momento, y tratando de escapar de mi insoportable situación, le dije en son de burla:

"¿Quién soy yo para negármele a un hombre que está dispuesto a rescatarme de esta situación?"

Igual que cuando era niña, sentía que tenía una inmunidad temporal al peligro, y una licencia permanente para evitar todo comportamiento responsable. Resoplé impacientemente como si hubiera sido una niña que sabe que no se saldrá con la suya, y le recordé a mi hermana que en mi casa el reloj había marcado la hora treinta, una edad en la cual las mujeres están listas para el amor. Quizá yo estaba demasiado lista.

No en balde Constanza quedó sorprendida. Estaba horrorizada de que yo tratara de desechar la ofensa de Jorge Armando con lo que ella calificó de "represible indiferencia," e insistió en que debería aprender a ejercitar las limitaciones que mi posición me exigían.

UNAS POCAS SEMANAS DESPUÉS, MORTIFICADOS por el aumento de mi depresión, el doctor de la familia me ordenó un descanso. Mis padres, preocupados, me ofrecieron su residencia de vacaciones en Macuto, el paraíso de mi niñez. Mi mamá y Constanza se ocuparían de la pequeña Cristina durante mi ausencia.

Yo sabía que mi agobio era profundo, y tenía miedo de que mi deseo, al fin de cuentas, pudiera más que mi buen sentido común. También sabía que tenía que aprender a controlarme, pero no creía que me fuera a ser fácil.

Cuando afronté la gravedad de la situación, las órdenes del doctor Castellanos resultaron ser lo indicado para mi corazón atormentado. Y fue así cómo llegué a pasar un tiempo en mi adorado Macuto.

La voz de Nana era como una sombra. A través de los relatos de su abuela, la realidad de lo que tarde o temprano Pilar tendría que confrontar se hizo obvia. Ella sabía que en algún momento tendría que enfrentarse a su lucha interior, y que cuando esa hora llegara, no habría ningún modo de que pudiera esconderse de la verdad.

Pensó de nuevo en la carta de Nana: "No importa lo que hagas. Debes hacer lo que te conviene . . . porque si no. . . ."

Exactamente una semana después del entierro de su abuela, Rafael recogió a Pilar en casa de su madre para llevarla al aeropuerto. Pilar se imaginó que Cristina había hecho estos arreglos, o, al menos, estaba de acuerdo con que la llevara. Eso era algo típico de Cristina.

Durante el camino, hablaron libremente sobre tiempos pasados, y cautelosamente sobre el futuro. Era como un baile de tiempos pasados, Rafael tratando de hacer que ella pensara como él, y Pilar tratando de apartarse, mientras todavía le tenía la mano agarrada. Y a veces, cuando había silencio en la conversación, ella pensaba para dónde encajaría o si lograría encajar alguna vez.

Escudriñándola con la mirada, Rafael le preguntó:

"Mi vida, ¿tú crees de verdad que podrías vivir en un país que no conoces por todo el resto de tu vida? ¿Sin tu familia?"

Uno de los muchos talentos de Rafael era la habilidad de precisar—con una certeza fuera de lo común, y sin que nadie se lo hubiera dicho—lo que ella tenía en mente. Pilar creía que esta habilidad tenía algo que a ver con sus estudios de derecho. Ella se maravilló que con sólo dos preguntas él pudiera exponer su problema, y admiró su diestro intento de presionarla sobre los mismos asuntos que ella estaba enfrentando. Pilar estaba consciente de que había cosas peores que la incertidumbre, pero así y todo, el interrogatorio de Rafael le hizo eco a sus propios deseos de resolución.

Pilar no podía decidir quién, entre su madre y Rafael, era el más dotado en el arte de la persuasión. Pilar pensaba en las convicciones invencibles de su madre, y en la aduladora insistencia de Rafael, y le preocupaba que de la misma manera como se usaban con gran efectividad las pequeñas gotas en la tortura china del agua para obtener la confesión de un prisionero, sus razonamientos podrían vencerla al final. Durante toda la semana, Cristina se había ocupado de sembrar las semillas de la duda en la mente de su hija. Y había tenido resultado. Pilar estaba ahora más confundida que nunca.

Cuando llegó el momento de despachar su equipaje, Pilar estaba segura de que no había un soltero en toda Caracas más deseable, más atento o más elegible que Rafael Uslar. Ella sabía que había muchas mujeres que hubieran hecho cualquier cosa por conseguirlo, pero, de alguna manera él siempre había logrado mantenerse fuera de su alcance. Rafael era como un pedazo de torta de chocolate que uno puede ver en la vidriera de una dulcería pero que no puede tocar.

Mientras caminaban hacia la puerta de entrada al avión, Pilar pensaba otra vez sobre las preguntas de Rafael. ¿Era Chicago su lugar? ¿O era Caracas? ¿Encontraré algún día mi lugar?

Cuando estuvo a punto de subir al avión, Rafael la cogió una vez más fuera de guardia.

"Voy a Chicago en viaje de negocios a fin de mes," le dijo. "Te llamo y te invito a cenar, como hacíamos antes, ¿está bien?"

Cuando le dio el beso de despedida, Pilar se sorprendió de ver que en realidad lo iba a echar de menos. Tratando de mantener la compostura, se apretó los labios y asintió con la cabeza. No estaba segura si verlo en Chicago iba a ser una buena idea.

Cuando llegó a su asiento en el avión, ya se sentía como una traidora. ¿Eran solamente necesarios unos cuantos besos para que su vida cambiara totalmente?

Mientras todos los pasajeros se acomodaban para el vuelo, Pilar contemplaba, por la centésima vez, el enigma punzante en que se había convertido su vida amorosa.

Por un lado, estaba completamente segura que no podía haber felicidad más pura que pasear por las orillas del lago Michigan de la mano de Patrick, riéndose de sus chistes tontos y perdiéndose en sus besos. Cuando estaba en su compañía, se sentía ligera y etérea, como si le fuera posible volar.

Por otra parte, a través de los años, Rafael y todo lo que representaba, habían echado raíces dentro de ella como si fueran un roble. En su presencia, Pilar se sentía como si estuviera parada sobre tierra firme y que no daría un traspié, y que si tropezara, él estaría ahí para recogerla. Pero ella sabía que este sentido de seguridad, por más tranquilizante que fuera era una sensación falsa que nunca podía pasar por amor verdadero. ¿Cómo era que lo había clasificado Nana? Como una "ilusión de seguridad."

Sus pensamientos fueron interrumpidos por la presentación de seguridad de la azafata:

"Damas y caballeros, les rogamos que nos presten atención por unos minutos . . ."

Finalmente, Pilar prendió su computadora portátil para tratar de hacer algún trabajo antes de regresar al periódico el miércoles. Se alegraba de tener los próximos dos días libres para poder relajarse después de su viaje agotador y emocionante.

Si bien *la idea* de trabajar parecía buena, Pilar sabía que era solamente un juego que ella estaba jugando consigo misma. Contemplando la pantalla de la computadora, se preguntó a sí misma: ¿Seré feliz alguna vez? Ciertamente que quería serlo. El problema era que cada vez que pensaba sobre esto, un torrente de miedo la anegaba: el temor de no tener hijos, el temor de no pertenecer nunca a nadie ni a nada.

Durante el día, Pilar siempre lograba mantener su mente ocupada en el trabajo, pero a veces, de noche, especialmente cuando Patrick se quedaba en su propia casa, ella se acurrucaba en la cama y sentía como si estuviera sola en el mundo.

Pilar había hecho bien sus estudios y en el presente tenía éxito en su carrera. Era una buena hermana y trataba de ser también buena hija. Pero lo más importante para ella era tener una vida feliz, algo que hasta ahora no había logrado.

"¿Desea algo de tomar, señorita?"

La voz estridente de la azafata le recordó dónde se encontraba en ese momento.

"¿Tiene jugo de manzana?"

"Sí tengo," fue su respuesta.

Pilar tomó un sorbo del jugo, se recostó en su asiento, y se trasladó mentalmente a la época en que se había mudado a Chicago.

Ambos Estaban cursando el segundo año de estudios universitarios cuando Rafael comenzó a cortejarla en serio. Él estaba estudiando derecho, y ella estudiaba periodismo. A menudo, después de las clases, ambos solían ir a una tiendita de helados cerca de la casa de su abuela en Los Rosales.

Sabiendo, como buen hombre latino, que la mejor manera de ganarle el corazón a una señorita era cortejar a todos los miembros femeninos de su familia, Rafael solía decir que quería visitar a Gabriela—"sólo para saludarla, muñeca, la casa está en el camino," decía—y su manera tan natural de persuadir lograba vencer a la exhausta Pilar, y pasaban por casa de Nana aunque sólo fuera para darle un corto saludo.

Como él se había ocupado de anotar en su mente cuánto le gustaban las gardenias a doña Gabriela—la clase de observación cariñosa que probaba que había sido criado para ser considerado con los demás—Rafael siempre se las arreglaba para arrancar unos capullos de la mata de su casa, y tan pronto como ella les daba la bienvenida, con un "Adelante, mi'jos," él le entregaba las flores con tanta exageración que cualquiera podía pensar que era un gran ramo de flores. Entonces Rafael movía la cabeza, sonreía de manera encantadora, y decía con un aire muy formal, "Para usted, doña Gabriela." Toda esta pompa constituía una fórmula para cualquier hombre que deseara engatusar a su novia. La abuela de Pilar se sentía impresionada, como era natural, y Pilar también reaccionaba de la manera que se esperaba que lo hiciera, sintiéndose orgullosa de ser la novia de "un hombre tan encantador y considerado," según las palabras de la propia Nana.

Algunas noches ellos iban a casa de Pilar, donde distribuían los libros sobre el piso de la sala, y estudiaban para los próximos exámenes. Cristina, igual que su madre, casi se volvía aniñada en presencia de Rafael: Pilar se maravillaba de cuán solícita se volvía, preguntándole por sus padres, hablando con él acerca de sus cursos de estudio, hasta trayéndole ella misma un vaso de agua en vez de hacer que la sirvienta lo hiciera.

Después que él se marchaba, Cristina a veces decía algo como, "¡Ese muchacho tiene muchas ambiciones! ¡Y es muy bien educado!" Por más que Pilar no estaba en desacuerdo con eso, dudaba de los motivos de su madre, por lo que se reservaba su opinión.

En una oportunidad, Cristina se enredó con Rafael en una discusión acerca de leyes y lo que él quería hacer después de graduarse. De una manera amistosa, casi como si estuviera haciendo un pronunciamiento, ella le dijo:

"No hay nada en tu camino que te impida hacer lo que desees, muchacho. Puedes hacer lo que quieras; el único inconveniente será decidir exactamente lo que quieras hacer. Con tu talento, puedes triunfar en cualquier carrera en que te empeñes."

Esos comentarios enfurecieron a Pilar. ¿Por qué su madre nunca le había dicho a *ella* que no había nada en *su* camino?

Afablemente, Rafael aceptó el comentario de Cristina: "Quizá usted tenga razón, señora Castillo."

Aunque nunca le comentó nada a Rafael sobre el tema, la falta de modestia de su parte siempre mortificó a Pilar, y la visita de esa semana confirmó que muy poco había cambiado sobre ese particular durante su ausencia. Era la arrogancia típica de los hombres latinos; todos suponen que pueden triunfar en cualquier cosa, como si fuera un derecho propio. Se ponía furiosa con sólo pensar en ello ahora.

De vez en cuando, como si fuera para inculcarle en la mente a Rafael la idea de que él debería casarse con su hija, Cristina traía a colación algún proyecto fundamental en el cual ella y la madre de él, Carolina, estaban trabajando. Si alguna vez detectó ansiedad en la voz de ella, era demasiado caballeroso para dar ninguna indicación.

"Por favor, dale mis mejores saludos, a tu mamá" Cristina decía algunas veces cuando él se marchaba," y dile que la veré en la próxima reunión de la Junta Directiva la semana que viene."

Con una correcta inclinación de cabeza, Rafael siempre contestaba:

"Sí, señora Castillo, asegúrese que sus saludos están en buenas manos."

Pilar había pensado a menudo sobre esas conversaciones de su novio con su madre. Parecía como si cada uno de ellos poseyera una sorpresiva y detallada apariencia de familiaridad, sin ningún interés verdadero en la vida o actividades del otro. Ella solía preguntarse cómo un hombre de la edad de Rafael podía sentirse fascinado por el trabajo caritativo de la madre de ella.

Rafael también a veces se interesaba en la niñez de la señora Castillo:

"¿Cómo se sintió ser criada como la hija venezolana de un inglés?" le preguntó a Cristina una noche.

No era cuestión de que Pilar creyera que el mutuo interés era fingido; era simplemente que le parecía como si el interés procediera de un motivo ulterior.

Más de una vez, ella presintió que Rafael Uslar no estaba enamorando a la señorita Pilar Castillo, sino a la futura señora Castillo de Uslar. Y por más que esto significara para ella motivo de halago, ahora que contemplaba una vez más la posibilidad de compartir la vida con Rafael, se preguntaba a sí misma. ¿No debe el amor importar aquí para *algo*? Totalmente confundida, pensó en el consejo de Nana, que el punto clave del noviazgo es precisamente comenzar a probar el papel que se ha de jugar. Si eso era cierto, pues todo iba de acuerdo al plan.

Después que Pilar se graduó de la universidad, el padre de Rafael le ofreció un puesto en *El Nacional*. Con eso, tanto Cristina como Carolina se imaginaron que una boda de su hija e hijo debía ser cosa inminente. Ambas estaban equivocadas: aunque la pareja había hablado de matrimonio, Pilar llegó a la concusión de que eran aún demasiado jóvenes.

"¿Por qué tanto apuro?" le preguntó a Rafael.

Así como su hermana, Ana Carla, siempre vivía en el presente, Pilar prefería mirar al futuro. Ella había encontrado que era casi siempre una mala idea entrar precipitadamente en cualquier asunto sin antes pensarlo con cuidado. Tenía una visión más amplia de lo que quería hacer de su vida, y el matrimonio a una edad temprana no formaba parte de su plan.

Cristina se sintió aplastada cuando escuchó de labios de su hija más joven que el trabajo, no el matrimonio, era su primera prioridad.

"¿Es que no quieres casarte?" preguntó con autoridad.

"Por supuesto que sí, Mamá. Algún día. Por el momento, sólo quiero triunfar."

"Hija, ¿tú no crees que el matrimonio sea en sí un triunfo?"

"¿No se te ha ocurrido a ti alguna vez que quizá yo podría ser más feliz con una carrera que casada? Además, yo no he dicho que nunca me voy a casar."

"Bueno, vamos a decir solamente que a mí me parece que serías más feliz si tu futuro estuviera garantizado."

"Mamá, lo que tú quieres decir es que *tú* serías más feliz."

La semana anterior a que Pilar empezara en su nuevo trabajo en *El Nacional*, cuando bajaba las escaleras, en camino a encontrarse con Rafael para salir a cenar con él, lo oyó conversando con Cristina en la sala. El intercambio entre ellos la convenció—una vez y por todas—que dependía solamente de ella, de ella solamente, cuidar de sus propios intereses, ya que no se podía confiar ni en su madre ni en su novio sobre esto.

"Quisiera que pudieras razonar con ella, Rafael. ¿No te molesta la idea de que ella trabaje?"

"No se preocupe, señora Castillo. No es más que un puesto de asistente a la redacción de la página de sociedad. No es nada para preocuparse," le aseguró.

Cristina insistió en el tema y, al mismo tiempo, trajo a colación el tema del matrimonio:

"De todas maneras, ¿no resultaría extraño para un joven y ambicioso abogado, tener una esposa trabajando en un periódico? ¿No parecería como si no pudiera mantener a su familia?"

Furiosa de que ellos dos estuvieran planeando su vida, Pilar siguió bajando la escalera, pretendiendo no haber escuchado nada, y decidió poner la conversación en lo más recóndito de su mente hasta un día futuro.

Tan pronto como ellos la vieron en el último escalón, Rafael y Cristina sonrieron. Rafael nunca tuvo la oportunidad de contestarle la última pregunta a Cristina, aunque a Pilar le hubiera gustado saber su respuesta.

En camino a cenar, Pilar se sintió intrigada. Rafael había estado acreditándose el hecho de que su padre le hubiera ofrecido un trabajo en el periódico. ¿Por qué iba a mostrar desprecio por ese puesto? En resumidas cuentas, la verdad de la historia era muy diferente. Cuando Pilar mencionó la posibilidad de mudarse para los Estados Unidos para continuar sus estudios superiores, Rafael acudió a su madre solicitando ayuda. Fue *Carolina* quien habló con el señor Uslar para encontrarle un trabajo a Pilar en el periódico, y no su hijo. Y lo que hizo que Pilar se disgustara aún más cuando lo supo, fue saber que todo había sido un plan para impedir que ella hiciera lo que de verdad quería.

Esa noche, durante la cita, en un arrebato de honestidad amorosa, Rafael por fin le contó la verdadera historia. Pilar escuchó pacientemente mientras él le explicaba que era su madre la que había intervenido para conseguirle el trabajo, porque eso significaba que cuando ella no estuviera con él, estaría bajo el ojo atento de su padre. Aunque era Rafael quien pronunciaba estas palabras, Pilar escuchaba la voz de Carolina en su lugar.

"Tú eres un buen partido, Pilar. Necesito vigilarte de cerca," le dijo en son de broma.

Si bien ella se sentía bastante molesta de pensar que había sido manipulada muy hábilmente, la confesión de Rafael la hizo sonreír en ese momento, y comenzó a trabajar como asistente del editor de la columna de sociedad una semana después. Dos años más tarde, no obstante, todo el mundo se sorprendería cuando ella anunciara su irrevocable resolución de trasladarse a los Estados Unidos para conseguir una maestría. Fue entonces cuando, para consternación de ambas familias, ella rompió con la tradición y con el apoyo incondicional de su abuela, puso punto final a su compromiso con

Rafael, acabando así con las esperanzas que todos tenían puestas en ella.

Pero ésa no era la única razón para que abandonara Venezuela.

*Por más que tuviera la esperanza de conseguir una posi-*ción de periodista de finanzas, Pilar se había resignado a escribir solamente sobre compromisos, bodas y fiestas sociales. Al menos eso le permitía tener un pie dentro de la puerta, hasta que se le presentara la oportunidad de encontrar su camino a la sección de finazas y trabajar en proyectos de más sustancia.

Había estado trabajando en *El Nacional* alrededor de un año cuando vio llegar su primera oportunidad.

Le asignaron que cubriera una celebración quinceañera de una joven perteneciente a la alta sociedad caraqueña. Como había disfrutado de una serie de éxitos en sus reportajes de otras historias similares, Pilar se imaginó que la prominencia de la familia de la muchacha le permitiría escribir un artículo más detallado sobre la tradición de las fiestas de los quince años y cómo se habían desarrollado a través de los años. Quería escribir sobre algo de más consecuencia que los viajes de las debutantes a Europa, sus trajes tan elaborados, la igualmente elaborada lista de invitados y el tamaño de las arañas de luces en el Country Club.

Un día después del almuerzo, le explicó la idea que tenía a Rafael:

"Yo creo que la gente debe estar cansada de todo este énfasis que se pone en la alta sociedad. Yo me imagino escribiendo un artículo que se refiera a los temas importantes que preocupan a las mujeres de nuestra generación, algo mas interesante que la ansiedad que significa tratar de encontrar el vestido perfecto. ¿Qué crees tú de esto?"

Pilar sabía de sobra lo que él iba a contestar.

Rafael la elogió por su "idea genial," pero tuvo que modificar aún más su respuesta:

"Me suena muy bien. No veo por qué no puedas hacerlo. Pero le preguntaría a mi mamá lo que ella opina."

Era una cuestión de jerarquía y protocolo, algo a lo que ella se tenía que acostumbrar si quería casarse algún día con Rafael Uslar. Tenía que actuar de acuerdo con estas reglas que nunca habían sido escritas, pero siempre estaban presentes. Hasta ese momento, Pilar no había tenido ningún problema en negociar los intrincados manejos de la rígida sociedad en la cual había crecido, pero sabía que un día cualquiera, si empujaba los límites demasiado, todo eso podía cambiar. Era mejor seguir ahora el protocolo desde el principio, porque una vez fuera la esposa de Rafael, así era como iba a tener que navegar a través de cada decisión que tomara, hasta en su propia casa. En algunos asuntos, solamente su esposo iba a ser consultado, y en otros, solamente su suegra, pero en los más importantes, el patriarca de la familia, su suegro, tendría que entrar en el cuadro también.

Pilar comenzó esa misma tarde a investigar su artículo. Solicitó que pusieran a su disposición el mejor fotógrafo del periódico para trabajar con ella y preparar una entrevista con María Corina Cisneros Ayala, la quinceañera en cuestión, esperando conseguir sus opiniones sobre los cambiantes papeles que las mujeres estaban desempeñando. Su plan consistía en incluir algunas referencias a la familia Cisneros, así como fotos, lo cual sería mejor que publicar un simple retrato formal de la jovencita tomado la noche del baile en el Country Club.

Unos pocos días después, Pilar recibió una llamada de Carolina, invitándola a almorzar.

"Rafael me ha contado de tu historia, Pilar," dijo la señora Uslar tan pronto como se sentaron en la terraza del Country Club. "Y estoy ansiosa por saber más sobre esto."

Pilar describió su idea:

"El artículo será sobre evolución y tradiciones, señora Uslar, y el poder que ambas cosas tienen sobre nuestra sociedad. Quiero hacer pensar a mis lectores. Es decir, ¿qué razón puede existir en el presente, de ofrecer una comida para quinientas personas, simplemente para presentar a una joven a los amigos más allegados a la familia?"

"Si quieres mi opinión," contestó Carolina, lo cual significaba que más le valía a Pilar oír lo que se le iba a decir, o ¡prepárate!, "debes seguir escribiendo los artículos de las quinceañeras como siempre han sido escritos."

Pero Pilar insistió:

"Pero en realidad, doña Carolina, ¿no cree usted que es un rito totalmente anticuado? Ya no tiene nada que ver con el mundo en que vivimos. No es nada más que una costumbre diseñada para mantener en su lugar la antigua estructura del poder."

"Ése es un punto de vista que podríamos llamar radical, querida. Tú vas a darte cuenta que las cosas van a resultar mejor para cuando cambies tu opinión sobre ese particular."

Pilar estudió a la mujer que estaba sentada frente a ella, y se sobrecogió ante la idea de que, dentro de unos pocos años, si ella no se paraba fuertemente sobre sus pies, se iba a convertir en una versión joven de la señora Uslar. La idea le produjo escalofríos.

Antes de contestar al comentario de Carolina, Pilar se preguntó cómo era posible que las mujeres pensaran que ellas estaban a cargo. A pesar de lo que se dijera, la sociedad venezolana era cualquier cosa menos matriarcal. A pesar de traer todas aquellas dotes enormes al matrimonio, como había sido el caso de Carolina Mancera, las esposas como ella se contentaban con entregarla a los esposos a cambio de los privilegios de administrar la casa y criar los hijos. Pilar sintió una rara sensación de piedad por la señora Uslar, y juró que nunca se convertiría en alguien como ella.

"Discúlpeme, señora Uslar, ¿pero puede darme usted alguna razón para que yo cambie de opinión?" preguntó, dejando entrever, sin querer, cierta impaciencia en sus palabras.

"Puedo darte más de una, pero esto que te voy a decir bastará." Entonces, hablando de su esposo, como si él fuera un desconocido por completo, Carolina dio comienzo a la siguiente disertación:

"El señor Uslar es de la opinión que ya hay demasiadas inquietudes sociales en nuestro país, y que publicar fotos del hogar de los Cisneros en el periódico serviría para despertar la envidia del público. Él cree que tu artículo sería irresponsable de tu parte."

"Pero, señora Uslar, el punto principal del periodismo es decir la verdad y hacer que la gente piense. ¿Qué clase de reportera sería yo, si no cuestionara las cosas que creo que no tienen sentido?"

Comprendiendo que no estaba ganando terreno con Pilar, la señora Uslar de repente cambió de táctica.

"Querida, no creo que tu esperes que Fernando esté de acuerdo en que tus pobres aspiraciones de periodista sean más importantes que preservar una tradición que existe desde antes de que tú nacieras."

Pilar abandonó el Country Club frustrada. Esa noche le pidió a Rafael reunirse con él para tomar unos tragos en el restaurante que los dos preferían, y así conversar sobre el veto de su futura suegra.

"Trata de comprender, vida mía," dijo. "Ese fotógrafo estúpido fue a casa de los Cisneros a tomar algunas fotos exteriores para tu artículo, y antes de que te lo pudieras imaginar, mi padre recibió una llamada del propio Ernesto Cisneros. ¿Por qué no olvidas ese asunto, preciosa?"

Cuando Pilar le preguntó a Rafael si de alguna manera podía interceder ante su padre en su favor, él le dirigió una mirada irritada y cambió el tema, preguntándole a donde le gustaría ir a pasar la luna de miel. Pilar se imaginó que ésta era otra de las sugerencias de su madre. Casi podía oír a Carolina, sugiriéndole:

"Entretenla con algo que le haga pensar en otra cosa, como los detalles de la boda. Eso la hará olvidarse por completo de este artículo absurdo."

Cuando Pilar llegó a su casa, ni siquiera se molestó en mencionarle el incidente a Cristina. Por el contrario, comenzó a hacer planes. Llamó a su Nana para que la ayudara, rompió el compromiso con Rafael al día siguiente, y unos meses después, largo tiempo después que el artículo sobre las quinceañeras había sido asignado a otro periodista, Pilar presentó su renuncia al señor Uslar en persona, ofreciendo como razón su inmediato traslado a Chicago, en donde iba a obtener una maestría en comercio.

Darle la noticia al marido primero, sin haberle ofrecido la más leve advertencia a la esposa—la correcta intermediaria a través de quien se debería ofrecer cualquier "información de naturaleza delicada"—fue el incumplimiento más serio del protocolo que pudo cometer. Pero Pilar tenía plena confianza en su decisión, sobre todo porque tenía el apoyo de su Nana.

Poco tiempo después de su conversación con el señor Uslar, Pilar se encontraba en los Estados Unidos, un país que siempre le había intrigado, y que le había capturado el corazón desde que era muy pequeña.

El primer año que Pilar pasó en los Estados Unidos no fue nada fácil, por no decir otra cosa.

Gracias a su abuelo materno inglés, y la formación bilingüe que recibió en la Academia Santa María en Caracas, Pilar hablaba un inglés casi perfecto, pero nada podía haberla preparado para la velocidad con que las cosas se movían en los Estados Unidos.

El proceso de matricularse en la Universidad Northwestern requería más papeleo y cartas de recomendación que si hubiera solicitado el puesto de presidente de los Estados Unidos. Pudo lograrlo todo con la ayuda de una consejera de matrículas llamada Tracy, cuyo apellido nunca supo.

Una vez que aquel obstáculo y las igualmente complicadas visitas al Departamento de Inmigración para conseguir la visa de estudiante fueron vencidos, pudo finalmente esperar con agrado su primer día de clases. Pero cuando ese día llegó al fin, no resultó ser lo que ella estaba esperando; la primera semana fue dedicada a un retiro de iniciación para los nuevos alumnos llamado "Cómo sobrevivir la aventura."

El programa incluía una variedad de ejercicios al aire libre, dedicados a enseñarles a los estudiantes cómo confiar los unos en los otros. En un ejercicio en particular, cada uno de los participantes era suspendido en el aire por un grupo de desconocidos—sus futuros compañeros o compañeras de clase—y entonces pasados de mano en mano, a través de algo que parecía como una red, que no podían tocar para nada. Esto no fue fácil para Pilar, quien no solamente estaba muy consciente de estar frente a otros, sino también resultaba ser muy torpe para ejecutar cualquier ejercicio que exigiera el menor grado de habilidad física. Y por añadidura, consideraba la menor noción de "aventura" como una cosa ridícula, y por un momento se le ocurrió que tal vez su traslado a los Estados Unidos había sido un error.

Durante el curso de esa difícil semana, ella, no obstante, hizo amistad con varios compañeros, algunos de los cuales serían sus buenos amigos en el futuro. Aun así, Pilar sintió un gran descanso cuando el ritual de la iniciación llegó a su fin. Tan pronto las clases comenzaron, pudo darse cuenta que sus acostumbrados zapatos de tacón alto iban a ser un peligro y un problema para caminar por la enormidad del recinto universitario, por lo que muy a pesar suyo tuvo que comprarse su primer par de zapatos tenis.

Una de las cosas que más le sorprendían era que la cultura americana estuviera dirigida totalmente hacia la comodidad, tanto dentro del recinto universitario como fuera de él. Podía contar con los dedos de una mano las mujeres que había visto calzando tacones, y algunas de ellas parecían ser gente que pasaban por ahí pero que no eran de la universidad. (Aun así, cuando Cristina vino a visitarla, se sintió horrorizada cuando vio a Pilar ir al supermercado calzando zapatos tenis. "¿Vas a salir de compras al supermercado, o vas a hacer la limpieza, Pilar?" preguntó Cristina en tono de regaño.)

Durante aquel primer año en la universidad, Pilar tomó cursos intensivos de la cultura americana a través de la televisión. Los anuncios comerciales la fascinaban sobre todo porque eran tan distintos a sus equivalentes de la televisión venezolana. Por ejemplo, no parecía haber ninguna familia en los anuncios americanos; éstos, por el contrario, estaban dedicados a individuos a quienes sólo les interesaba su mejoramiento y el consumo personal.

Según lo que pudo aprender a través de investigaciones informales, la mitad de la población estadounidense hacía dieta y la otra mitad ingería comida rápida a medianoche cuando estaban solos. No podía dejar de notar cuánta comida aparecía en la televisión, como si los televidentes fueran alentados a comer o a parar de hacerlo. Al fin también se obsesionó con la comida y con cuánto pesaba.

Como a veces sucede, este cambio sucedió poco a poco. No fue hasta después de haber transcurrido un año de estar mirando a las famélicas modelos en las portadas de las revistas, y de observar sus cuerpos "perfectos" en vídeos de ejercicios, que comenzó a pensar—por primera vez en su vida—que sus amplias caderas eran en realidad gruesas y tenían que ser rebajadas, según como decían en la televisión.

Después de ver unas cuantas horas de programas televisados, no necesitaba ser un genio para llegar a la conclusión que los americanos eran un grupo de gente que poseía gran eficiencia, que por un lado se negaban a sí mismos la comida, y por el otro exigían que estuviera a su alcance durante las veinticuatro horas del día.

Cuando Pilar al fin comenzó a tratar a otras personas, se dio cuenta de cuán preciso era todo el mundo en los Estados Unidos. Al principio, la puntualidad en lo referente al horario le parecía un disparate; no podía creer que la gente hablaba en serio cuando decía, por ejemplo, "Te veo a las doce y cuarto." Pero llegó el día que comenzó a respetar el horario de los demás, y se enseñó a sí misma a ajustarse a un itinerario, comprándose un reloj–calendario, y más tarde un Palm Pilot (sin los cuales ahorita no podría vivir).

Muy pronto aprendió a amar la libertad de locomoción y la comodidad que le proporcionaban los zapatos tenis. Por lo tanto, un día—ante la insistencia de una compañera de clases que le había dicho que no podía creer que no hiciera ejercicios—Pilar se inscribió a un gimnasio. Al principio, los ejercicios le resultaban raros, pero poco a poco comenzaron a agradarle. Antes que se diera cuenta de lo que había pasado, e igual que la mayoría de sus amistades, Pilar se había vuelto una adicta a los ejercicios—tres veces por semana— en la escalera mecánica de ejercicios.

Por lo general, la sociedad estadounidense era mucho más informal que la venezolana, pero en lo que se refería a la puntualidad, era lo contrario, lo cual le parecía a Pilar como una obsesión más. Aun así, a ella le agradaban estas dos cualidades de esta sociedad. Le gustaba que todo fuera tan práctico e informal, el hecho de que uno no tenía que consultar con toda la familia para invitar a uno de sus miembros a cenar, y también le parecía que estar consciente de la hora en que uno vivía era la mejor representación de la responsabilidad personal.

Durante su primer año de estudios, alquiló un apartamento en el suburbio cercano de Evanston. Aunque las llaves de su propio apartamento le habían abierto la puerta de la libertad, no era una libertad para la cual se sintiera lista o entendiera. Que tantos americanos abandonaran la casa de los padres antes de contraer matrimonio le parecía extraño, y no estaba bien preparada para hacerle frente a la cruel soledad de vivir de esa manera.

Igualmente poco familiar para Pilar resultaba el concepto de tener citas informales con diversidad de hombres. Ella había sido criada con la expectativa de convertirse algún día en esposa de alguien, no la pareja de muchos. Por ese motivo tomaba demasiado en serio las pocas relaciones masculinas que tenía, cuando no eran en fin de cuentas más que parejas informales. Más que cualquier otra cosa en el mundo, ella deseaba que el próximo hombre que conociera fuera "el correcto," para no tener que pasar por las desilusiones que siempre van unidas al lento y a menudo doloroso proceso de eliminación amorosa.

A través del tiempo, aprendió a apreciar ciertos aspectos de su recién adquirida libertad, y a sentir orgullo de la responsabilidad que traía consigo ser dueña de sí misma y tomar sus propias decisiones. Aun así, de vez en cuando sentía nostalgia por algún detalle de su cultura latina. También echaba de menos a su Nana y a su hermana de una manera terrible: tan pronto como se mudó a los Estados Unidos, llamaba a Ana Carla por teléfono todos los sábados, hasta que el gasto de las llamadas fue demasiado alto. Para su dolor, no pudo asistir al bautizo de Luis Guillermo, el hijo menor de Ana Carla, y su sobrino favorito, que, además, era su ahijado. Después de eso, siempre recordaba lo importante que era la familia, y pudo convencerse de lo pronto que cambian las prioridades cuando uno se halla en un entorno nuevo. Algunas veces el cambio sucede para empeorar. A veces ella se miraba al espejo y no reconocía a la persona que le devolvía la mirada.

En Kellogg, la facultad de comercio de la Universidad Northwestern, hizo algunas amigas, todas ellas mujeres sumamente brillantes que se tomaban el tiempo de educarla acerca de la historia del movimiento feminista. Con el tiempo, comenzó a entender y pudo profundizar los principios que lo formaban. Sentía que necesitaba vivir una vida entera—muchas vidas—para ponerse al corriente: su crianza latina, su cultura, al menos en ese sentido, la habían traicionado.

Una de las primeras experiencias que Pilar tuvo en expresar su propia opinión sucedió en una clase titulada "Administración de cambios," del doctor Thomas Mueller. El profesor le asignó escribir a la clase una monografía sobre el tema de cambios de organización, y por lo tanto, Pilar investigó a profundidad los pensamientos de todas las grandes mentes sobre el asunto, para luego enterarse—para su desdicha—que todo su esfuerzo y noches sin dormir sólo valieron, a juicio del doctor Mueller, una calificación de *B–minus*. Cuando se le acercó para preguntarle qué era lo que no estaba bien en su monografía, el doctor Mueller le contestó:

"No tenía nada de malo. Lo único que quiero es que arriesgues el pescuezo un poco más."

"¿Qué arriesgue el pescuezo? ¿Qué me quiere decir con eso?"

Su respuesta fue para Pilar una instrucción instantánea, tanto en lo que se refiere al argot americano (Pilar se vio estirando el pescuezo como si fuera un pollo), como en la forma en que se trataba a las mujeres en su nuevo país.

"Me parece que te has tomado mucho trabajo en documentar lo que todo el mundo parece haber escrito sobre el asunto. Lo que a mí me interesa es lo que *tú*, piensas, le dijo el profesor.

Pilar, atónita, repitió:

"¿Lo que pienso *yo*? ¿Qué importa lo que piense *yo*?"

A ambos les había sorprendido el intercambio por la misma razón: A Tom Mueller porque quería saber lo que ella opinaba, y a Pilar, porque al doctor Mueller le interesara su opinión. ¿Le había pedido él de verdad su opinión? Luego recordaría haber pensado en ese momento que quizá se trataba de un chiste.

Como estudiante universitaria venezolana aún no graduada, Pilar tenía la impresión de que las mujeres estudiaban para aprender, pero no para discutir sus puntos de vista. Debían ser educadas, y nada más. Ésta le parecía una de las diferencias fundamentales que existían entre los dos países, diferencias que estaban bajo la superficie y de las cuales nadie se podía percatar si sólo miraba la televisión.

Su aceptación del feminismo como una fuerza social poderosa y positiva sucedió poco a poco. Primero se dio cuenta de lo primordial que es el derecho del individuo en los Estados Unidos, y después le sumó a esta noción el énfasis que este país le ponía a los derechos garantizados por la Primera Enmienda de la Constitución. Cuando se le añadía la libertad de prensa y el derecho de la libre expresión política a estos ideales, pues ahí estaba para Pilar una vista simplificada de la causa de la mujer. Para ella, todo empezó a tener mucho sentido, todo le parecía como *debería ser*.

Después de conversar un poco, Pilar le preguntó al doctor Mueller si le permitiría hacer una nueva monografía en la cual incluiría sus propios puntos de vista y opiniones, ya que quería presentarle un mejor trabajo. El profesor asintió, y cuando ella le entregó la nueva monografía, notó que el profesor estaba impresionado de verdad, no solamente por su determinación de hacerlo bien y trabajar el doble que el resto de la clase, sino también por su habilidad como escritora y su agudo ojo periodístico. Al final Pilar consiguió que le diera un *A-plus*. Casi lloró de alegría cuando vio la nota, y fue en aquel momento que se enamoró de ese ideal tan netamente americano conocido como la meritocracia.

Poco antes de su graduación, el doctor Mueller le dijo que llamara a Dan Grossman en el *Chicago Tribune*. Los dos eran viejos amigos, y ambos habían pertenecido a las juntas directivas de varias sociedades benéficas.

"No tengas pena de mencionarle mi nombre. Creo que enseguida se van a llevar bien. De todas maneras, merece la pena que hagas el esfuerzo," dijo.

El doctor Mueller tenía razón: Dan Grossman y Pilar Castillo simpatizaron de inmediato. En resumen, eran una pareja perfecta. Él era tan exigente como un juez de la Corte Suprema, y podía romper fácilmente el metrónomo de la ansiedad. Ella era igualmente trabajadora, pero tan ecuánime como la mano de un cirujano. A Dan le

gustaban los artículos bien escritos, y era obsesivo con los plazos pre-
vistos y los artículos bien investigados: Pilar sentía pasión por las palabras, era irrefrenable cuando se trataba de entregar el trabajo a
tiempo, y se regodeaba en las minucias de una buena investigación.
Mientras no tuviera que presentarse delante de un grupo de gente y
dar una charla, ella florecía.

Ya que su visa de estudiante se le vencía, las leyes de inmigración
americana le prohibían ganar un sueldo. Por eso, cuando Pilar conoció a Dan y éste le ofreció un puesto de periodista, ella tuvo que encontrar la manera de aceptarlo sin que los dos se metieran en un lío.
Un compañero estudiante le dijo que quizá podría convertir su oferta
de trabajo en un entrenamiento práctico de un año, uno de los pocos
programas bajo los cuales los extranjeros pueden trabajar en los Estados Unidos.

A pesar del enorme y extensivo papeleo que la burocracia requería
para que este entrenamiento práctico fuera aprobado, Pilar estaba
decidida a triunfar. Cuando le llegó la aprobación, se sintió entu-
siasmada. Lo mejor de todo era que lo consiguió con su propio esfuerzo sin que ningún don Fernando le hiciera sentir que le estaban
haciendo un gran favor al darle un puesto para el cual ella era la más
capacitada. El único problema con el permiso de entrenamiento práctico era que después de un año tendría que regresar a su país de ori-
gen. Pero en ese momento no quería preocuparse por eso; lo único
que sí le preocupaba era desempeñar bien el trabajo que se merecía.

Después de estar sólo unos días el *Chicago Tribune*, le dio por pensar que sería mejor si se quedaba y hacía de los Estados Unidos su
país adoptivo. Pero cuando se lo mencionó a su madre en una conversación telefónica, Cristina se horrorizó:

"No sabes lo que estás diciendo, hija mía. ¿Quieres vivir en otro
país, y quedarte ahí para siempre? ¿Y tu familia qué?

Entonces se montó en el próximo avión para Chicago, decidida a
inculcarle sentido común a la cabeza de su hija incorregible.

Para estar más cerca de las oficinas del *Chicago Tribune*, Pilar se mudó en esos días de su apartamento en Evanston a un rascacielos de cincuenta plantas en la exclusiva "Costa Dorada" de Chicago la cual está ubicada casi en el centro de la ciudad. El rascacielos tenía la ventaja secundaria de que estaba cerca del lago Michigan, el cual le parecía un océano.

A Pilar le gustaba todo lo referente al *Chicago Tribune*, desde la arquitectura casi barroca del edificio—la cual le recordaba un poco a Caracas—y la manera en que parecía que el edificio reposaba como si fuera una nave espacial encima del río Chicago. Sin embargo, la gente que había dentro del edificio era lo que más le gustaba.

Los otros periodistas que había conocido se parecían mucho a ella: tenían muchos conocimientos, y eran muy dedicados sin ser demasiado dinámicos. A veces tenían opiniones fuertes, aunque se sentían obligados a ofrecerles a los lectores una perspectiva equilibrada de los temas. La mayoría tenía pasiones que los dominaban, y como los de ella, dichos apasionamientos sólo llegaban al punto de estallido cuando eran desafiados arbitrariamente.

El atractivo de su trabajo en el *Chicago Tribune* se hizo aún mayor el día que conoció a Patrick Russo.

Él la *tomó totalmente por sorpresa.*

"Debes estar escribiendo un artículo buenísimo. Has estado encadenada a tu escritorio desde hoy por la mañana."

Ésas fueron las primeras palabras que Patrick le dirigió a Pilar. Aún antes de que ella levantara la vista, él colocó una manzana de color rojo vivo sobre su escritorio y añadió:

"Seguro que estás muerta de hambre."

Y sonrió con una sonrisa infantil y traviesa.

Era su segunda semana en el trabajo, y aunque ella había notado a Patrick yendo y viniendo con cámaras en la mano, ocupado con lo que parecían ser varios trabajos, nunca se le había ocurrido que se iba a interesar en ella. Con sólo verlo andar por ahí hacía que el pulso se le acelerara.

En ese momento, al contemplar el color de sus ojos, la respiración también se le aceleró.

"Vamos, Hoyuelos, cómetela. Tú sabes bien que te la quieres comer."

Se refería a la manzana, desde luego, pero su burlona manera de darle ánimo la hizo pensar en otra cosa.

"¿Hoyuelos?" fue todo lo que Pilar pudo responder.

"Sí, Hoyuelos, para que te acuerdes de sonreír. Y, a propósito, yo soy Patrick. Patrick Russo. Yo soy fotógrafo del periódico. Me alegra mucho conocerte."

"¿Patrick?"

Como si estuviera soñando, Pilar fijó la vista en los dientes perfectamente cuadrados de Patrick mientras pensaba que seguro le fueron cortados así, a la orden. Y mientras más le sonreía él, menos quería ella decir nada más.

"Lo voy a tomar muy a pecho si no te comes la manzana," dijo, guiñándole el ojo, y haciéndola sonrojar.

Cuando Patrick se alejó, Pilar quedó erizada. Tan distraída quedó que tuvo que poner a un lado el artículo que estaba escribiendo, hasta que fue capaz de volver a concentrarse en lo que estaba haciendo.

De pronto se dio cuenta, para su vergüenza, que no se había presentado, ni siquiera le había dicho, "Oye, me llamo Pilar." Pero como se presentó súbitamente ante ella, y colocó aquella manzana en su escritorio como si fuera una ofrenda, se le había olvidado cómo se llamaba. "¿Qué hice?" pensó para sí, "ni siquiera le di las gracias por la manzana. Seguro que piensa que soy una mal educada."

Aquella noche en su casa, Pilar repasó en su mente el episodio entero, una y otra vez, hasta quedar exhausta. Finalmente se decidió a mandarle una nota de agradecimiento a través del correo electrónico.

Los dos fueron asignados a trabajar juntos en el mismo artículo la semana siguiente. Patrick insistió en conducir el carro, ya que todo el equipo estaba en su jeep, y, además, "iba a ser un problema tener que desmontarlo todo."

Ya Pilar había observado que ese hombre se movía por el mundo sin esfuerzo, y tenía una manera natural y poco complicada de enfocar cualquier situación. Una vez que estuvieron en el carro, Patrick se puso a contarle su vida. Le dijo que era neoyorquino:

"... nacido y criado en Queens. En Nueva York, uno aprende a ser práctico."

Pilar simplemente escuchaba mientras él hablaba.

Tan pronto terminaron el trabajo, a sugerencia de Patrick fueron a comer hamburguesas y tomar cerveza en Pete's Grill.

"Es un antro, pero te va a encantar. Son las mejores hamburguesas de la ciudad."

Pilar nunca antes había estado en un antro, y, por lo tanto, pidió vino en vez de cerveza. Aún así, todo lo que Patrick le presentaba estaba adornado por su genuino entusiasmo. Ella nunca se había divertido con Rafael como lo había hecho con Patrick. Poco después, ya eran novios.

El apetito que tenía Patrick por la vida era contagioso. Alentándola a que viera las cosas como él, a veces le decía:

"Hoyuelos ¿Por qué no le das una mordida al mundo por el trasero?"

Y esperando con ansiedad la próxima aventura, ella lo seguía alegremente.

Lo que más le gustaba a Pilar era escuchar sus cuentos. Durante los muchos paseos que dieron por las riberas del río y del lago, él le contaba de su niñez, de su hermana Karen y de su madre, a quien él "quería más que a nadie en el mundo."

Pilar se enteró de que su pasatiempo favorito cuando estaba creciendo era brincar los torniquetes del metro con Eric, su mejor
amigo. En ese momento se reía—al recordar sus diabluras—con esa
risa contagiosa que sólo tenía Patrick.

"Yo era un niño malo," decía. "Pero nunca nos cogieron. Ni una
sola vez."

Y le contó de su primer amor, la pequeña Annie.

Cuando Patrick estaba en el preescolar, un día su madre recibió
una llamada de una maestra que estaba preocupada por él. Parece
ser que durante el receso de la mañana, cuando todos los niños estaban afuera jugando, Patrick le había bajado las bragas a Annie.

"Eran rosadas, y tenían volantes chiquitos. Tú sabes de lo que
hablo," le explicó a Pilar. "¿Qué más iba a hacer?"

Dijo esas palabras con toda la inocencia y perplejidad de un tra-
vieso niño de cuatro años, quien todavía, después de tantos años, no
podía comprender la razón para el regaño. Pilar se preguntaba si lo
decía en serio.

Después de haber estado de novios por unas cuantas semanas,
Patrick la invitó a ir a su apartamento, y Pilar fue, pero no sin cierta
agitación. Pilar pensaba que nunca se acostumbraría a ese asunto de
estar a solas con un hombre en su casa, pero Patrick le dijo que quería que viera su colección, lo cual le causó interés.

"Tengo un montón de anuncios de neón," dijo. "Mientras más
raros son, más me gustan."

Patrick también le contó que aun cuando era niño, a él le gustaba coleccionar muchas cosas: botellas de refresco de chocolate
Yoo-Hoo, pelotas de béisbol, y entradas para el estadio de los Yan-
kees. Cuando se volvió mayor de edad, sus costumbres de coleccio-
nista siguieron iguales, pero sus intereses cambiaron, ya que le había
dado por coleccionar anuncios de neón, sobre todo los de los restaurantes baratos.

"En este país, para comerte una hamburguesa sabrosa, tienes que ir a un restaurante barato, y tienes que ir a un estadio de béisbol para comerte un perro caliente bueno," le explicó a Pilar en son de sermón, con toda la gravedad de quien sabe lo que dice.

Su apartamento no se parecía a ningún otro que ella hubiera visto antes. Era un sótano arreglado que parecía un almacén. Tenía paredes de ladrillos rojizos de las cuales se desprendían rollos de papel negro, como si fueran una catarata. Casi todo su trabajo para el "Trib," como a él le gustaba llamar al rotativo, lo hacía en la oficina, usando la tecnología digital, pero el trabajo para entretenerse y el que producía como fotógrafo independiente los hacía en casa a la manera antigua. Para ese fin, había convertido su apartamento entero en un estudio de fotografía, en el cual también vivía. Los trípodes que usaba para las luces compartían una esquina de la rudimentaria cocina, compuesta de un fregadero, un refrigerador mínimo y una hornilla eléctrica de dos fogones. Como el baño tenía el único lavabo, también servía de cuarto oscuro. Cuando estaba revelando películas o haciendo copias, colocaba una toalla debajo de la puerta para evitar que entrara luz.

Justamente delante del baño había un futón rojo donde Patrick se tiraba después de trabajar. Pero a pesar de todo lo que había allí, la habitación no carecía de cierto encanto artístico que Patrick había logrado conseguir a través del uso estratégico de las luces. Con la ingeniosa intención de esconder las imperfecciones del cuarto, la proyección de sombras le daba un estilo que a él le gustaba llamar "moderno accidental."

Una de las cosas que a Pilar le gustaba más de ir a casa de Patrick era que cada vez que ella entraba sonaba un disco compacto diferente, dependiendo de su estado de ánimo. Cuando estaba trabajando, él prefería oír jazz clásico, porque a pesar de que llenaba el lugar con su sonido, no lo distraía. Y cuando tenía que quedarse despierto hasta tarde, Massive Attack se escuchaba a través de los pequeños pero potentes amplificadores que tenía en la pared, los cuales eran los únicos lujos que Patrick poseía.

Sus queridos letreros de neón estaban arreglados cuidadosamente sobre el suelo, a un lado del cuarto. El único que estaba encendido era su orgullo y alegría, anunciando los perros calientes de la marca Armour, el alimento preferido que se consume en el estadio de béisbol Wrigley Field. Éste era el letrero que había inspirado su colección completa, y a él le encantaba contar el cuento de cómo lo consiguió.

Mientras pasaba un día primaveral en su jeep por el estadio de béisbol, vio a un par de obreros de la construcción cargando una bobina rara hacia un recogedor de basura. Frenó y les gritó a los hombres:

"¡¿Cuánto quieren por eso?!"

Intrigados, los hombres se miraron por un segundo, antes de contestar:

"¿Usted se refiere a esto?" dijo uno, levantando la retorcida bobina hasta la cintura.

"Sí, eso," contestó Patrick, y enseguida preguntó otra vez, "¿cuánto es?"

"Es basura, hombre," contestó el segundo.

Tomando eso como un indicio, Patrick se tiró del jeep, sacó dos billetes de a diez de su billetera, puso uno en la mano de cada hombre, y antes de que pudieran objetar, se marchó rápidamente de ahí, con su letrero de neón de perros calientes Armour en la parte de atrás de su jeep Wrangler.

Cuando llegó a su casa esa noche, enchufó el letrero, y se maravilló cuando vio que funcionaba. A medida que los colores estridentes volvían a vivir, los tubos de neón hacían un zumbido intermitente, como si hubiera un enjambre de insectos volando dentro de ellos. Patrick trazó la silueta del pan de perro caliente con el dedo, y se asombró de que en la distancia la luz amarilla y roja del neón lucía casi como la mostaza y el *ketchup* de verdad.

Después de este triunfo, no tenía cómo librarse de esta adicción. Se había vuelto adicto a la búsqueda de letreros para comprarlos, re-

tratarlos, o ambas cosas, y por lo tanto, aprovechaba cada oportunidad que se le presentaba de viajar a lugares que no conocía para lo-
calizar letreros de restaurantes baratos de antaño. De vez en cuando,
también se le presentaban letreros interesantes que él describía como
reliquias. El letrero rojo, blanco, y azul de Esso que tenía era uno de
ellos, y el de Pink Martini era otro, con su aceituna en verde eléctrico
que se había convertido en uno de sus temas favoritos fotográficos.

Totalmente cautivado por estos muestrarios multicolores de luces
movibles, con un sentido de asombro infantil, Patrick tomaba foto
tras foto de cada letrero, hasta que su técnica resultaba perfecta. Después de imprimir los retratos, los coloreaba a mano con acuarela, haciéndolos lucir como viejos retratos de los lugares olvidados que
había visitado.

"Patrick, ¡estas fotos son maravillosas! ¿Las has exhibido alguna
vez?" le preguntó Pilar.

"No, formalmente no. Muy pocas personas las han visto. Yo sólo
las tomo para mi propio placer."

Pensó por un momento, y entonces continuó:

"De vez en cuando hago cosas para *American Photographer*. Quizá
trate de que un día me publiquen algunas de las fotos."

Pilar asintió con la cabeza, pero no podía dejar de pensar que lo
que más le atraía a Patrick no era tomar las fotografías, sino viajar a
esos lugares lejanos para conseguir alguna pieza que ampliara su rara
colección. En la mayoría de los casos los letreros no estaban a la
venta, y por eso tenía que convencer a sus dueños de que se separa-
ran de aquellas "reliquias" de neón. Era una verdadera prueba de sus
dotes de persuasión y encanto personal, y a él le encantaba cada
momento que pasaba dedicado a su búsqueda. Muy pocas veces se
marchaba con las manos vacías.

Pilar siempre guardaría con afecto especial el recuerdo de la primera noche que pasaron juntos en el apartamento de Patrick,
cuando se sentó en el futón, y escuchó los cuentos de algunos de sus

mayores descubrimientos. Pilar nunca había conocido a nadie como él, tan dispuesto a irse para otro lugar, sin tener un plan específico en la mente, ni una idea de adónde iría o cuándo regresaría, y emocionado por la incertidumbre que esto le proporcionaba.

Cuando terminó de hablar, Pilar se dio cuenta que se estaba enamorando de él. Esa noche fue la primera vez que hicieron el amor.

A la mañana siguiente, ella se enteró de otro más de sus talentos, cuando aún medio soñolienta por la fantasía de la noche anterior, abrió los ojos para ver a Patrick sin camisa, de pie al lado del futón, vistiendo sus ceñidos jeans. Llevaba un papel toalla colgado del brazo, y un plato en la mano, el cual le presentaba con una orgullosa sonrisa y una pequeña reverencia, como si fuera a la vez el jefe de cocina y el camarero del mejor restaurante de la ciudad. La tortilla de jamón y queso fue una de las cosas más deliciosas que había probado, por más que no fuera fanática de las tortillas. Mientras la saboreaba, se acordó de uno de los dichos favoritos de Patrick.

"Hoyuelos, si quieres comer una tortilla, tienes que romper unos cuantos huevos."

Con Patrick—por primera vez desde que era niña—Pilar sintió que podía abandonar su reserva. En su corazón le daba las gracias por ese regalo, como lo haría por otros muchos más en los meses venideros.

Sin lugar a dudas, la lista de cosas cariñosas que Patrick hizo por Pilar se volvió más larga de lo que ella se hubiera podido imaginar. Durante algunos fines de semana, él hasta le lavaba la ropa, ya que sabía cuanto le disgustaba a ella tener que ir al sótano frío del edificio donde estaban la lavadora y la secadora. A Pilar le sorprendía mucho no sólo que el hombre americano hiciera su propio lavado, sino que lavara lo ropa sucia de su novia. Cada vez que Patrick se ofrecía, ella no podía dejar de pensar que un latino primero se cortaría las venas antes de tocar la ropa sucia de *otro*.

Además, Patrick se daba gusto retratándola. Las mejores fotos eran las de su cara despúes que hacían el amor. Él siempre le señalaba el "brillo especial," de los ojos en los retratos, y cuán hermosa y feliz se veía. Pilar era demasiado modesta para decirlo, pero estaba de acuerdo. Era algo más que su pericia como fotógrafo, no obstante, porque lo que él capturaba era el brillo que irradia del corazón de la mujer enamorada. La foto favorita de él—entre todas—fue el resultado de algo así como una emboscada: una noche, en la cama, Patrick trató de retratarle la cara a Pilar, pero ella se apoderó de las sábanas para cubrirse el cuerpo desnudo, y fue en ese preciso momento que el flash se disparó. El retrato puso de manifiesto la expresión más contenta y más sorprendida que Patrick jamás había visto en la cara de una mujer.

Algunas noches, después del trabajo, él le masajeaba los pies. Él le quitaba los zapatos de tacón, juno por uno, después de mucha provocación:

"Yo no sé como puedes caminar con estos zancos. Por eso te duelen los pies."

Tomando un zapato por el empeine, Patrick usaba el tacón puntiagudo para acariciarle tiernamente las pantorrillas, hasta llegarle a las rodillas, para entonces poner el zapato en el suelo y séguir acariciándola con las dos manos como si estuviera tocando guitarra. Pilar se volvía tan absorta súbitamente, que se olvidaba totalmente de la timidez que sentía por el masaje del pie.

Aun así, a pesar de toda la atención que Patrick le dispensaba, Pilar siempre tenía la impresión de que había algo que le hacía falta. No era nada que él dijera: él decía muchas cosas y hablaba con entusiasmo de casi todo. Era lo que no decía lo que la dejaba pensativa.

Primero que todo, ella había notado que él nunca hablaba de *nosotros*: para Patrick, era siempre *yo*. Si un compañero de trabajo le preguntaba qué había hecho en el fin de semana, por ejemplo, aun cuando Pilar había ido con él al cine, él siempre daba una respuesta evasiva, algo así como, "Fui al cine, ¿y tú?" Ella se decía a sí misma que era porque él quería mantener su relación con ella en secreto, y no invitar a que hubiera chisme en la oficina. Pero entonces estaba el asunto de las ocasiones especiales, como el día de su cumpleaños en el que Patrick estuvo con sus "amigos," y no le pidió a ella que se les uniera, a sabiendas de que ella no tenía otros planes. Después de pensarlo muy detenidamente, al fin Pilar llegó a la conclusión de que debía ser una de esas cosas de los americanos que ella aún no entendía.

La noche que recibió la llamada de Cristina acerca de lo que le había pasado a su Nana, Pilar se sintió muy triste. Inmediatamente después de colgar con su madre, llamó a American Airlines y reservó un pasaje de ida y vuelta a Caracas. Entonces llamó a Patrick y le pidió que viniera a verla, algo que a ella no le gustaba hacer.

"Estoy allá enseguida," prometió. "Dame sólo treinta minutos."

Antes de que llegara, Pilar trataba de decidir qué ropa llevar para el entierro de Nana, pero no logró hacerlo: poco menos de media hora después de la llamada, sonó el timbre de la puerta de la calle y ahí estaba Patrick, vistiendo su chaqueta habitual de gamuza.

"Siento mucho lo de tu abuela. ¿Cuándo te vas?"

"Mañana por la mañana."

"¿Necesitas que te ayude a empacar?"

Ella le sonrió levemente.

"No," dijo, moviendo la cabeza negativamente.

Y después dijo:

"Bueno, quizá. La verdad es que no sé."

Los dos se quedaron ahí, abrazándose, con la puerta apenas cerrada tras él. Patrick le quitó de la cara algunos mechones de cabello que habían caído sobre ella, hasta descubrirle los ojos, le besó los párpados cariñosamente.

La siguió al sofá, donde ambos se sentaron y se abrazaron por unos minutos. Entonces, lentamente, como si le preguntara con los ojos, le desabrochó el primer botón de la blusa de seda que llevaba puesta y la besó nuevamente, pero esta vez en los labios. El beso fue profundo, como un océano en el que ella podría sumergirse y olvidarse de todo. Con manos expertas, desabrochó otro botón, y luego otro, hasta que Pilar no pudo darse cuenta de otra cosa que no estuviera más allá del movimiento fluido de dos cuerpos que se ajustan el uno al otro como si fueran uno solo. Y con cada movimiento, ella sentía que el dolor cedía un poco. El roce de Patrick era como un poema: cada caricia la hacía sentir que todas las partes de su cuerpo eran como palabras hermosas hechas para ser rimadas las unas con las otras. Él recorrió las curvas ondulantes de su cuerpo con la misma cadencia de un verso. Y entonces, de repente, casi imperceptiblemente, rozó sus pezones una vez más antes de bajar la mano para trazarle una línea sobre el vientre. Entones pausó, le trazó una línea por la cintura, y después por todo el cuerpo. Cuando al fin él pudo unir todas esas palabras, Pilar se despertó de su sueño y pudo leer el poema que él había escrito sobre ella. Durante los días siguientes, cada vez que ella recordaba ese momento, volvía a enamorarse de él.

A continuación, ella recostó la cabeza sobre su pecho y aspiró el dulce aroma del amor hecho con languidez. No podía imaginar nada mejor en ese momento que estar en los brazos de Patrick.

Algún rato después, Patrick retiró su camiseta del suelo y se la ofreció.

"Toma, debes estar helada."

Pilar la tomó y se la puso, y entonces se levantó del sofá y comenzó a caminar hacia el cuarto.

"Creo que es mejor que haga la maleta," dijo. "Pero puedes quedarte si quieres."

"¿Estás segura que no necesitas ayuda?"

"Estoy segura."

"Está bien. Me quedo un rato."

Como estaba sin hacer nada, Patrick tomó un ejemplar grueso de tapa dura de *Don Quijote de la Mancha* que estaba sobre una mesita, lo abrió en la primera página y puso los pies sobre la mesita. Mientras lo hacía, le dio un empujón a un jarrón de cristal con flores rosadas.

"¡Ay!" exclamó, mientras Pilar brincaba a través de la habitación para enderezarlo. "Por poco meto la pata."

Con las cejas levantadas, ella asintió y regresó a su cuarto.

Pero nunca llegó a él. Cuando estaba en la puerta, Pilar se volteó, y ahí estaba Patrick, de pie delante de ella, tan cerca que podía sentir su aliento en su frente. Con un movimiento rápido, la llevó hacia una silla, se sentó, y acomodó a Pilar sobre sus rodillas de manera que ella lo mirara de frente.

Lo miró a los ojos con intensidad, devolviéndole la mirada. Y entoces él miró su cuerpo, tibio con sólo tocarlo, mientras al principio la mecía despacio. Sintió las primeras gotas parecidas al rocío. Con los ojos totalmente cerrados, siguió su ritmo, en busca de algo, fluido como la lluvia, con los ojos aún cerrados. Pilar sentía cómo Patrick le acariciaba los senos y enseguida se mordió los labios, en busca de algo que no parecía encontrar. Se calmó, se arqueó y se encogió, buscando más, dejándose llevar de nuevo, con los ojos aún cerrados, otro suspiro, otra oleada. Su cabeza echada hacia atrás con descuido, de espaldas, de frente . . . Entonces sintió un calor que ciega; y seguido se hundió otra vez, y con euforiase haló el pelo, con los ojos aún cerrados, todavía con deseos de más, irguiéndose de nuevo, otra avalancha, más larga esta vez, levantándose más y más, complacida de nuevo, las manos de Patrick aún rodeándole la cintura, sosteniendo su espasmo. Hubo otro lamento, una pequeña explosión, antes de que cayera en los brazos de Patrick agotada. Al fin, abrió los ojos, miró el jarrón que ahora no era más que un recuerdo—el cristal regado por el suelo . . . como si fuera hielo.

II

La *Cocinera*

Nunca encontraré pareja, pues no sé cocinar.

—Greta Garbo

Los *Secretos* de la *Cocina*

Mi querida nieta:

A través de un encuentro terrenal yo descubrí las rutas secretas por medio de las cuales las frutas del paraíso llegan a entrar a la cocina. Así encontré la respuesta a la siguiente pregunta: ¿En primer lugar, por qué cocinamos?

Recién llegada del Jardín del Edén, yo anhelaba poder enseñarle a tu mamá acerca de su pasado y, compartir con ella las recetas que habían marcado algunos de los hechos más importantes de mi vida. Pero mi regreso a la cocina no fue fácil. Quería enseñarle a mi hija cómo enrollar los golfiados perfectos. Ansiaba poder contarle cómo la mujer encuentra su esencia, y anhelaba poder compartir con ella la grata historia de la boda de mi prima favorita. Pero nunca lo hice. Yo quería alimentarlo a él, y a nadie más que a él. Y fue en ausencia de su amor que llegué a conocer el otro significado del hambre.

Un día me di cuenta que si iba a cocinar otra vez como había hecho en Macuto, tendría que olvidar. Y al mismo tiempo, tendría que recordar. Tenía que volver a recordar el amor con que habían sido preparadas las comidas de mi niñez.

Debido a mi falta de apetito, descubrí la respuesta a mi propia pregunta. Aparte de cocinar para calmar el hambre, todos cocinamos para brindar alegría a nuestros seres queridos. Cuando tú te preocupas de la persona que va a consumir tus alimentos de la misma manera que de los ingredientes, llenarás no sólo su plato sino también su corazón.

Por medio de los recuerdos que yo dejé atrás también me di cuenta de que en buena medida para poder congraciarse con otra persona hay que tener la habilidad de trasladarlo con la comida a otro tiempo y lugar. Considera lo siguiente. ¿Hay algún sabor que te sea imposible olvidar? ¿Existe alguna comida que te trae recuerdos infantiles y, por consiguiente, te hace sonreír? Trata de descubrir cuáles fueron las comidas favoritas de la niñez de tu ser amado y hazlas aparecer en su plato como por arte de magia.

Si deseas tener éxito en alimentar a otro, debes saber que hay tres maneras de saciar el hambre: a través de los ojos, a través del estómago y a través del corazón. Una vez que comprendas el verdadero significado de esto, con tu propio toque especial, sabrás alimentar a tu amante con todo lo que anhele. Usa todos tus sentidos, prestando especial atención a tu imaginación, pues en ella reside el más poderoso de los afrodisíacos.

Corta un delicioso mango y ofrécelo en un plato, y luego dale con tus labios pequeños pedazos de la fruta, dejando que el jugo caiga dentro de los suyos . . . Profundiza más en ello, y habrás saciado todos sus deseos de las tres maneras.

Y tal como sucede en la vida, siempre hay tiempo y lugar para cada cosa.

En ningún otro lugar serán tus modales más visibles que en la mesa a la hora de la comida. Pero no debes dejar que esto te quite el apetito, porque ahora te voy a dar los ingredientes secretos de la etiqueta.

Tal como saber el orden en que se sivve cada plato, debes tener en cuenta el orden en la mesa, para así, evitar dejar un sabor amargo en la boca de tus comensales.

La etiqueta, hasta en la comida más formal, es simplemente

cuestión de observar las reglas básicas y, si te encuentras confusa por una u otra razón, simplemente es cuestión de observar a tu anfitriona. Después de un tiempo estas normas se convertirán en algo natural para ti, y te permitirán saborear cualquier comida en cualquier ocasion.

Poder compartir con otros los recuerdos de una buena comida es uno de los grandes placeres de la vida. Esa experiencia puede ganar vivencia si sabes qué debes esperar de otros y qué se espera de ti.

Disfruta de estas enjundiosas anécdotas, y de las recetas que he copiado aquí para ti. No podrás hacerlas exactamente de la misma manera que yo, ni debes tampoco tratar de hacerlas así. Es mi gran deseo, en vez, que puedas encontrar por ti misma tu propia esencia, y que llenes tu cocina con los dulces aromas del amor.

Cualquiera que esté dispuesto a seguir una receta puede cocinar, pero únicamente la pasión de la mujer puede saciar el hambre del ser amado. Cuando te sientas inspirada a cocinarle a alguien, encontrarás—igual que yo—que el ingrediente más preciado en tu cocina es mezclarlo todo con amor.

Con cariño,
Tu Nana

uno: EN LA MESA

Durante mi niñez, mi día comenzaba a las seis de la mañana. Ésa era la hora cuando Mayra comenzaba a prepararnos el desayuno.

Tan pronto como yo sentía el olor a café recién colado que ascendía lentamente de la cocina a mi cuarto, sabía que era hora de levantarse, y que Yamila vendría muy pronto a comenzar los rituales de la mañana.

Entonces yo bajaba a deleitarme con el suculento desayuno de Mayra, servido elaboradamente sobre una mesa impecable, atendida por ella con gran atención al detalle.

En aquellos días era costumbre que la cocinera de la familia fuera a vivir a casa de la señorita recién casada. Se suponía que la sirvienta ya se habría ocupado de los asuntos relacionados con la rutina de la cocina, y por lo tanto podía ayudar a la joven novia que generalmente estaba sobrecogida ante la tarea de llevar bien su nuevo mando como ama de casa. Mayra había estado empleada por doña Victoria—mi abuela por el lado materno—antes de venir a trabajar a nuestra casa.

Mayra era una cocinera de primera. Sólo con recordarlo, casi puedo saborear sus deliciosas arepas hechas con maíz tierno y servidas con queso blanco fresco.

Hubo un sábado que yo estaba tan cansada que no me sentía con ganas de seguir las rutinas de vestirme, peinarme y unirme a la familia para el desayuno. Por eso, cuando Yamila tocó en la puerta de mi cuarto, le dije que fuera primero a ayudar a mis hermanas. Acto seguido volví a dormirme. Esto resultó ser un grave error de mi parte.

"¡A desayunar, Gabriela!"

Cuando oí la voz de mi mamá resonando en el corredor, me di cuenta que me había metido en un lío. La puerta se abrió de golpe, y ahí estaba Mami . . .

"¿Por qué te demoras tanto? ¡Mira ese horrible enredo que llamas pelo! ¿Y por qué no te has vestido todavía?"

"Pero, Mami, es sábado. ¿Por qué tengo que bajar a desayunarme si no tengo ganas de comer?"

"Por que somos una familia, y punto. Ya, por favor, cepíllate el pelo, desenrédatelo, y baja *ahorita mismo*. Te estamos esperando."

En nuestra casa, ninguna comida podía comenzar hasta que toda la familia estuviera sentada a la mesa. Mi madre llevaba las costumbres de la casa muy escrupulosamente, y los modales eran de gran importancia. Las comidas debían ser disfrutadas lenta y tranquilamente.

La conversación alrededor de la mesa siempre era agradable, y todos podíamos participar. Si alguno de nosotros quería decir algo desagradable, él o ella tenía que esperar hasta después para no estropearle el apetito a nadie. Durante las comidas, la conversación tenía que ser tan ligera como la brisa que entraba por la ventana entreabierta de la cocina.

Casi arrastrándome para poder bajar los tres pisos de escaleras, y entrando al comedor como si flotara, me preguntaba a mí misma qué importancia podía tener todo esto. Yo ni siquiera tenía hambre. Todas estas reglas me pesaban tanto como si llevara un enorme saco de harina sobre la cabeza.

Una vez llegué al comedor, sentí que todos los ojos se fijaban en mí. Las miradas iban desde paciencia tolerante hasta llegar a la lástima.

A pesar de que tenía apenas diez años, Mayra me saludó como si yo fuera una mujer adulta:

"Buenos días, señorita Gabriela."

"Buenos días, Mayra."

"¿Quiere los huevos revueltos, o le apetecen fritos?"

Le pedí que fueran revueltos, aunque a mí en verdad no me gustaban. Es porque me encantaba verla encender los fósforos.

Antes de cortar las cebollas que iban con los huevos, Mayra tomaba un fósforo de la caja, lo prendía, lo olía por unos segundos, y después lo apagaba. Luego colocaba el fósforo apagado entre sus dientes y lo mantenía ahí para evitar que se le aguaran los ojos. Cuando tenía muchas cebollas que cortar, encendía un montón de fósforos. Eso era lo que a mí más me gustaba de los huevos revueltos.

Unos minutos después, el olor a las cebollas que ella salteaba llenaba toda la cocina. Cuando las cebollas brillaban, Mayra les añadía dos huevos revueltos y un poquito de crema, y los revolvía con una cuchara de madera. Unos minutos antes de que los huevos estuvieran listos, quitaba el sartén del fuego, y al momento de llegar a mi plato, los huevos todavía estaban suaves.

Cuando todos nos preparábamos a comer, Constanza siempre preocupada por los modales y la postura, solía decirme:

"Hermana, te estás hundiendo en la silla como si fueras un mono."

La reprimenda de mi hermana era repetida por mi madre:

"Gabriela, ¿por qué siempre eres tan descuidada?"

Buscando cómo ser dócil, me enderezaba y sonreía, pero estaba segura de no haber engañado a mi madre. Ella siempre podía escuchar mis pensamientos más rebeldes.

Jacinta, eternamente tierna, sólo miraba a su plato, con una ligera muestra de piedad en la cara. Antonio, mientras tanto, me guiñaba un ojo. Los ojos de mi hermano eran oscuros, como los míos, y yo sabía por su expresión que en su indomable corazón él se alegraba de mi pequeña rebelión. Con todo el mundo en la mesa observando cada uno de mis movimientos, yo pensaba que ni siquiera en la mesa de comer uno estaba a salvo de los entremetidos ojos del decoro.

Cuando terminábamos de comer, subíamos de nuevo, con excepción de mi madre, quien usualmente se quedaba rezagada para darle nuevas órdenes a Mayra para el resto del día. A veces yo me quedaba escondida detrás de la puerta, tratando de averiguar qué tendría nuestra próxima comida.

"Mayra, por favor, cerciórese que la vajilla quede bien guardada."

"Sí, señora Grenales."

Era importante para mi madre que después de cada comida

los platos fueran colocados unos sobre otros, de acuerdo al tamaño, y guardados como si nunca hubieran sido usados.

"Y, además, Mayra, hoy vamos a almorzar con doña Victoria, por lo que, por favor, no se ocupe de cocinar nada para nosotros."

"Está bien, señora."

Por medio de todos los acontecimientos que hubo en la cocina de mi madre, yo aprendí cuán grande es el impacto que las reglas pueden tener sobre el carácter de una persona. Ellas proveen la disciplina que desarrolla nuestro interior: una disciplina a la cual, de otra manera, no estaríamos dispuestas a entregarnos.

Cada día, incluyendo los sábados y domingos, la rutina era igual: Yamila se ocupaba de que yo hiciera todos mis rituales de belleza obligatorios; Mayra hacía el desayuno y ponía la mesa, asegurándose de que cada servilleta almidonada estuviera sujetada correctamente por un anillo de plata, y de que finalmente la familia se reuniera, lista para comer.

Pero aun así, con la monotonía de todas estas indicaciones venía un raro sentido de seguridad, y una necesidad casi innata de mantener el orden. De niña, esto me parecía pesado, pero cuando me llegó la hora de establecer mi propio hogar, seguí el ejemplo de mi madre al pie de la letra. Mirando al pasado, sin embargo, no estoy segura de que eso ayudara a nadie. No fue sino hasta que fui mayor que comencé a preguntarme por qué nos sentimos obligados a repetir lo que se nos ha enseñado, aunque no estemos de acuerdo con ello. Cuando al fin me llegó la respuesta, ya había criado a una hija. Por eso es que quiero ahora transmitirte ambas cosas: las reglas con las que me criaron, y la manera en que viví. De esta manera, la decisión será tuya.

Mi mamá solía decirnos que conocer las normas de lo que se debe hacer es muy distinto a poder hacerlo cuando la necesidad lo exige y que las buenas costumbres se derivan de la práctica constante de hacer las cosas de la manera correcta. Es por eso esto que ella fijó las órdenes siguientes sobre la puerta de la cocina, para que cuando cualquiera de nosotros entrara en ella, recordáramos el comportamiento que era o no era permitido a la hora de la comida.

Todavía me parece oírla diciéndonos a mis hermanas y a mí: "Se trata solamente de cortesía, niñas, que va más allá de tener dinero. La cortesía es lo único que queda después que el dinero se acaba."

Durante de toda mi vida traté siempre de resistir las reglas a cada paso. Aun así, siempre se me quedaron pegadas, como si fueran de goma.

los buenos modales

La postura correcta

~Al sentarte en la mesa, tu postura, debe ser natural y cómoda.

~Nunca te encojas en la silla, ni muevas las piernas, ni juegues con la comida.

~Siéntate derecha, y siempre mantén los codos fuera de la mesa y cerca de los lados del cuerpo.

~Cada vez que lleves comida a la boca, inclínate sobre el plato. De esa manera, si algo se te cae del tenedor, será sobre el plato y no sobre tu ropa.

Los modales generales de la mesa

~Siempre llega temprano a las comidas.

~Mantente de pie en la mesa hasta que todos hayan llegado.

~Es costumbre que el hombre ayude a la dama a sentarse a su izquierda.

~Nunca leas durante la comida, a menos que estés sola.

~En una cena formal, la comida siempre se sirve por el lado izquierdo.

~Si no te gusta uno de los platos que te han servido, puedes rechazarlo con finura.

~No empieces a comer hasta que todos hayan sido servidos, a menos que la anfitriona te invite a hacerlo. En ese caso, debes seguir su pauta.

~Asegúrate de felicitar siempre a la cocinera.

~Si debes abandonar la mesa durante la cena, pide permiso con cortesía.

~No deseches el plato cuando hayas terminado de comer; es de muy mala educación hacerlo.

~Mantén la boca cerrada mientras masticas la comida.

~Nunca hables con la boca llena.

~Es perfectamente correcto que uses los dedos para quitarte de la boca las semillas de las aceitunas, o las espinas del pescado.

Los modales de la mesa a la hora de cenar

~Los cubiertos siempre se arreglan de afuera hacia dentro de acuerdo con su uso. Si ves que has cometido un error y has tomado el cubierto más cercano al plato, no trates de cambiarlo; simplemente continúa comiendo. No pongas de nuevo en la mesa un cubierto que ya hayas usado.

~En una mesa corriente, el cuchillo va a la derecha del plato y el tenedor a la izquierda. La servilleta se coloca a la izquierda del tenedor. Cuando se sirve sopa, la cuchara se coloca junto al cuchillo.

~Los cubiertos no son armas de fuego. Es permitido hablar mientras se sostiene el cuchillo y el tenedor, pero no gesticules con ellos ni tampoco los muevas a la ligera.

~Cuando uses el tenedor, apóyalo en tu dedo del medio, y

guíalo con el índice y el pulgar, manteniendo el pulgar encima.

~Nunca levantes el cuchillo más de cinco centímetros sobre el plato.

~Siempre corta la comida poco a poco y en pedacitos.

~Nunca coloques los cubiertos a los lados del plato. Coloca el cuchillo sobre del plato, con la hoja hacia dentro y el asa en el borde.

~Si aún no has terminado de comer, pero deseas descansar el cuchillo y el tenedor, debes cruzarlos sobre el plato, con el tenedor sobre el cuchillo y los dientes hacia abajo.

~Cuando no estés usando el cuchillo y el tenedor, mantén las manos sobre las rodillas.

~Si deseas tomar líquido, comer pan o secarte la boca, debes colocar el cuchillo y el tenedor en la posición susodicha.

~Cuando hayas terminado de comer, siempre debes colocar el cuchillo y el tenedor, uno junto al otro sobre el plato, con los dientes del tenedor hacia arriba y la hoja del cuchillo hacia arriba.

Cómo manejar los cubiertos

~Hay dos maneras de manejar los cubiertos con propiedad: el estilo americano y el europeo. Aunque los dos son perfectamente aceptables, el estilo americano es menos eficiente y puede lucir raro.

~En el estilo americano, el cuchillo sólo se usa cuando necesites utilizarlo para cortar. Debe ser sostenido con la mano derecha, y el tenedor con la izquierda y los dientes hacia abajo para mantener en su lugar la comida que desees cortar. Cuando hayas terminado de cortar, debes colocar el cuchillo en el borde del plato (con la hoja hacia dentro) y cambiar el tenedor a la mano derecha para llevar lo que hayas cortado a la boca.

~En el estilo europeo, el cuchillo se mantiene en la mano derecha y el tenedor en la izquierda, con los dientes hacia abajo cuando levantes lo que hayas cortado para llevarlo a la boca. El tenedor no se cambia de mano cada vez que cortas.

dos: LOS GOLFIADOS

Hasta donde yo puedo acordarme, casi todos los sábados, después del desayuno, mi mamá nos llevaba a casa de su mamá para almorzar o merendar.

La cocina era siempre el centro de actividad en casa de mi abuela, pero especialmente en esos días cuando "todas mis niñas"—como doña Victoria solía llamarnos—nos reuníamos para hacer golfiados venezolanos para la merienda.

"Buenos días, doña Victoria"

"Buenos días, Jacinta."

"Buenos días, doña Victoria. ¿Está bien?"

"Sí, gracias, Constanza. Tú eres siempre tan educadita, querida. ¿Pero dónde está tu hermana Gabriela?"

"No muy lejos," oí la respuesta de Constanza:

"Ahorita viene, Abuela. Usted sabe lo mal que le cae a ella seguir a los demás."

En gran parte, yo le debo mi amor por la cocina a mi abuela, doña Victoria. Sus suculentas comidas, preparadas con gran cuidado y servidas exquisitamente por ella, siempre me recordarían tiempos pasados. Para mí, la alegría de vivir estaba envuelta en las delicias de enrollar golfiados en su cocina. Recién sacados del horno, estos esponjosos espirales de canela se nos derretían en la boca.

Mientras los hombres iban a las peleas de gallos, todas las mujeres se reunían alrededor de la hornilla, donde doña Victoria presidía como una reina, en su corte, lista a hacer pasteles para la merienda de los sábados por la tarde.

Muy parecida al té inglés de la tarde, la merienda es un evento de una hora de duración—o a veces más—en el que la familia disfruta de los pasteles hechos en la casa y café con leche.

Durante casi cincuenta años, doña Victoria se ocupó de mantener la hornilla encendido. Es a ella a quien debo el haber comprendido que—aunque nos guste o no—la vida se mueve a su propio ritmo.

Cada vez que hacíamos golfiados, parecía que la harina tardaba una eternidad en subir. Todavía puedo escuchar a doña Victoria diciéndome:

"Paciencia, Gabriela. Que la estés mirando no va a hacer que suba más rápido. Déjala tranquila."

Además de la paciencia, el secreto de unos buenos golfiados está en el melado, el pegajoso dulce que proviene del papelón y que, una vez derretido, se derrama de estas golosinas deliciosas como si fuera la savia de un árbol. El papelón, el ingrediente más importante de estos panecillos dulces y exclusivamente venezolanos, es una de esas delicias criollas que no pueden comprarse en el mercado; únicamente se puede obtener a través de las cadenas de contactos que mantienen aquellos que cosechan la tierra. Eso es si uno tiene tanta suerte, como en el caso de doña Victoria, de ser dueño de su propia tierra.

LOS GOLFIADOS DE
DOÑA VICTORIA CONTRERAS

Ingredientes

½ cucharadita de
levadura
¼ taza de agua tibia
1 taza de leche
1 cucharadita de sal
3½ tazas de harina
2 yemas de huevo
3 cucharadas de aceite
vegetal
½ taza de mantequilla
derretida
1¼ taza de papelón
rayado
(si no hay papelón, se
puede usar azúcar

morena), además de
½ taza de papelón
derretido, para
ponerle encima
¾ taza de queso blanco
duro rallado
Migajas de pan
1 cucharada de
mantequilla
½ taza de agua
½ taza de queso blanco
duro para ponerle
encima

Preparación

1. Colocar la levadura y el agua tibia en un recipiente de cristal redondo por quince minutos.
2. Poner la leche, la sal y el azúcar a hervir, quitarla
del fuego y ponerla a enfriar. Mientras la mezcla
esté caliente, añadir la levadura, tres tazas de
harina, yemas de huevo y aceite. Mezclarlo todo
bien. En una superficie plana, amasar la pasta
con la media taza de harina sobrante, hasta que

ya no se pegue. Colocar la masa en el recipiente redondo, cubrirla y colocarla a un lado por tres horas, hasta que su tamaño aumente al doble.

3. Quitar la masa del recipiente. Con un rodillo, hacer un rectángulo de aproximadamente 1 centímetro de espesor. Untarle la mantequilla derretida. Rociarlo con el papelón y el queso rallado, y enrollar la masa libremente, pero bien separada de usted. Cortarla en rebanadas de dos centímetros.

4. Untar mantequilla en una fuente de hornear y cubrirla con una capa de migajas. Colocar las rebanadas sobre la fuente, con ½ centímetro de separación. Pasarle por encima el sobrante de la mantequilla. Cubrirlas con un paño de cocina y colocarlas aparte por 45 minutos.

5. Encender el horno a 425 grados.

6. Hornear por 15 minutos. Sacarlos del horno y echarles encima el papelón derretido y lo que quede del queso derretido.

7. Antes de servirlo en una fuente plateada forrada con papel encerado, dejar enfriar por 15 minutos. Acompañar con café con leche caliente a la hora de la merienda.

HACE 25 GOLFIADOS.

tres: LAS PARRILLADAS LLANERAS

Cuando llegaba la ocasión de celebrar los cumpleaños, las bodas, o los aniversarios, ambos lados de la familia se unían en la hacienda de mi abuelo en el Valle del Tuy, para disfrutar de las parrilladas llaneras, llamadas así porque las carnes eran cocidas al fuego abierto, o a la parrilla.

En estas ocasiones especiales, los hombres de la familia encendían las brasas para así recrear con pedazos chispeantes de churrasco a la parrilla, chorizo, pollo y maíz los ricos sabores por los cuales los llaneros venezolanos son reconocidos.

Los acompañamientos obligatorios de estos banquetes eran la cerveza fría, mucha conversación sobre el fútbol y la política, y, entre las mujeres, el intercambio de recetas de guasacaca, la fresca mezcla multicolor de aguacates, ajo y cilantro que se untaba sobre la carne asada tan pronto como ésta fuera sacada de la parrilla.

Cuando me acuerdo de los momentos más importantes de mi vida, inevitablemente recuerdo el aroma de los bistés de churrasco cocinados al fuego abierto. Cuando veía a los hombres cortar tiras de carne con cuchillos afilados y colocarlas directamente sobre los trozos de pan tostados a la parrilla, me sentía parte de la casi mítica historia de los terratenientes. Como nuestra patria ha sido conocida desde hace mucho tiempo por su habilidad de producir enormes cantidades de carne de la mejor calidad, las parrilladas siempre me han inspirado gran orgullo de que mi familia hubiera jugado un papel tan importante en el desarrollo de la economía venezolana durante la primera mitad del siglo veinte. Las parrilladas forman parte integral de nuestra cultura, al igual que el baile, la política desenfrenada y el católicismo piadoso. Al igual que las tiras de asado, perfectamente cocinadas, las parrilladas de mi familia tenían todo el chisporroteante calor necesario para mantener esos recuerdos vivos.

Mientras los hombres tomaban cerveza y preparaban la parrilla, las mujeres de la familia estaban en la cocina haciendo contornos, las guarniciones que dan los últimos toques a la carne asada. Los contornos siempre les daban excusa para reunirse en la cocina y contar chismes.

Para ser completa, una parrillada debe incluir caraotas negras (las caraotas negras que simbolizan fertilidad y procreación), guasacaca fresca y arroz blanco cocinado a la perfección.

El día que llegábamos a la hacienda, la prioridad era siempre las caraotas, ya que había que dejarlas en remojo toda la noche. Cocinar caraotas negras para acompañar una gran parrillada era siempre un proceso ordenado. Primero se colocaban las caraotas dentro de un embudo hecho de papel periódico enrollado, que permitía distribuirlas sobre la mesa de la cocina. Entonces les quitábamos todas las briznas de hierba y piedritas que encontráramos entre ellas. Mientras hacíamos esa tarea y las distribuíamos, charlábamos de lo que se oía en la radio.

Hacíamos la sopa de caraotas negras en honor de un antiguo ritual de fertilidad, tan sagrado, que ninguna mujer que estaba menstruando le era permitido tocar las caraotas siquiera, para no echarle a perder la oportunidad a otra de crear una nueva vida.

Una vez las caraotas estuvieran limpias y cada mujer en la cocina le hubiera dado una buena dosis de consejos a todo el mundo—casi siempre hablando todas a la vez—mi deber era poner las caraotas en la olla, cubrirlas con agua, y añadirles una cucharada de bicarbonato para ablandarlas. Tan pronto como yo colocaba la tapa sobre la olla comenzaba mi conteo mental que duraba hasta el momento en que el sofrito de doña Victoria comenzaba a llenar la cocina de la hacienda con el rico olor de cebolla, ajo y pimentón, mientras se cocinaba en aceite de comino.

Cuando el sofrito ya estaba listo, y las caraotas estaban haciéndose a fuego lento, era el momento de prestar nuestra atencion a la guasacaca. Este mojo verde se encuentra en todas las mesas venezolanas y cada una de las mujeres de nuestro país tiene su propia receta, lo que siempre motiva discusiones interesantes acerca de quién hace la mejor guasacaca. Como todo lo que se refiere a la cocina, es cuestión de gusto.

Yo aprendí a preparar guasacaca cuando vi a mi prima Clara hacerla. Ella la hacía—como por instinto—con una facilidad bien practicada mientras conversábamos en la cocina. No necesitaba siquiera pensar en los ingredientes.

El ingrediente secreto de Clara eran unas gotitas de jugo de naranja. Cuando yo le preguntaba por qué usaba la naranja en lugar del jugo de limón, siempre me contestaba:

"Es mi esencia. No te preocupes, ya encontrarás la tuya. Continúa probando cosas diferentes."

Y entonces, añadía:

"Encontrarás tu propia esencia cuando cocines para alguien de quién estés enamorada."

Cuánta razón tenía. Y al fin, encontré mi esencia: ese toque especial que distingue la cocina de una mujer de las demás.

Si bien dejar que fluyan los jugos creativos propios es la clave de la perfecta guasacaca, revolver la olla en la que el arroz se cocina resulta ser un asunto pegajoso.

"El secreto del arroz desgranado es dejarlo tranquilo, Gabriela. Sólo tienes que echarle el agua, y después déjalo así."

Ese era el consejo de doña Victoria, y, por supuesto, todos los que comían el arroz que ella hacía se maravillaban de que casi se podían contar los granos en el plato.

"Pero a mí me gusta revolver las cosas, Abuela," decía yo.

"De eso no me cabe lamenor duda."

Del simple arroz blanco yo aprendí más de lo que jamás me hubiera imaginado. En el arroz encontré la belleza oculta de la simplicidad, y la importancia que le daba a cualquier ceremonia, porque, en nuestra familia, una fiesta sin arroz no era digna de mencionarse.

Ya fuera como arroz con leche dulce para un bautizo, o para tirárselo a una novia recién casada para darle suerte, o cocinado simplemente como arroz blanco para una gran parrillada, el arroz continuaría siendo a través de mi vida el ingrediente más básico y más constante.

"Una buena cocinera no necesita medir el agua para hacer un arroz bien desgranado. Pero sí es esencial dejarlo tranquilo," repetía doña Victoria, tratando de inculcarme era lección.

Yo sé que mi abuelita me debe haber conocido muy bien, porque nunca se me ocurrió, durante mi vida entera, dejar nada tranquilo.

"¿Cómo se sabe cuánta agua se le debe poner, Abuela?"

"Lo suficiente para permitir que la cuchara de madera se quede parada en medio de la olla. Así, mira."

En ese momento, ella insertaba una cuchara de madera en la olla, y para mi sorpresa, la cuchara se mantenía tiesa.

Siempre preferí este método al de medir el agua, quizá porque así fue como aprendí a hacerlo, pero la mayoría de las mujeres prefieren medir, sobre todo cuando usan arroz de grano redondo, el cual puede volverse muy pegajoso cuando la cantidad excede dos tazas.

"Yo creía que debías dejarlo tranquilo, Abuela," le pregunté cuando me di cuenta que le estaba echando jugo de limón al agua.

"Ya lo dejo. Esto es lo último que le voy a poner antes de dejarlo cocinar. El jugo de limón suaviza el almidón y evita que el arroz se pegue. Ahora sí lo podemos dejar tranquilo."

"Ah, ya veo,"

Una vez terminaban en la cocina, a las mujeres les encantaba sacar la lencería y la vajilla y recoger buganvillas frescas para colocarlas en las largas mesas que darían cabida a aquella explosión de vida que era nuestra familia.

La simpleza de las parrilladas es quizá lo que las hace tan atractivas. Además de unir a toda la familia, necesitan muy pocos ingredientes—buena carne, pollo, chorizo y maíz—y un asador con paciencia: un hombre siempre dispuesto a voltear la carne sobre las brasas. Por supuesto, como mi padre solía decir, una llama bien caliente también es muy necesaria.

Papi tenía razón: el truco para asar la carne a la perfección, es sin duda alguna una parrilla bien caliente. Para que la carne quede más aromática, mi papá a veces tiraba cáscaras de naranja y guayaba encima de las brasas, lo cual no era incumbencia de ninguna mujer. Asar la carne siempre quedaba en manos del hombre.

PARRILLADA LLANERA

Ingredientes

2 tazas de madera de
roble
1 taza de vino seco
blanco
1 taza de aceite de oliva
½ taza de jugo de
limón fresco
3 cucharaditas de
orégano seco
1 cucharadita de
pimiento rojo molido
2 cucharaditas de sal
gruesa
½ cucharadita de
pimienta negra

4 cabezas de ajo
picadas
2 cucharaditas de aceite
para untarlas a la
parrilla

CARNES
2–3 libras de churrasco
u otra carne que
usted prefiera
2 pollos medianos,
cortados en pedazos

Preparación

1. Poner en remojo por 24 horas los pedazos de
   roble. Secarlos bien.
2. Combinar el vino con otros ingredientes y revolverlos bien. Echar la mitad de la mezcla
   sobre la carne y los pollos, adobándolos por
   6 horas o más.
3. Colocar los pedazos de roble sobre las brasas y
   aceitar la parrilla.*

4. Asar cada lado de pollo por 12 minutos, volteándolo frecuentemente para evitar que se queme, y untarlo a menudo con la mezcla de vino sobrante. El pollo estará listo cuando, al pincharlo con un tenedor, no suelte gotas rosadas.

5. Asar el churrasco alrededor de 10 minutos por cada lado, o según se desee. Dejarlo a un lado por 5 minutos. Cortar la carne en trozos delgados.

6. Poner gran cantidad de guasacaca fresca sobre la carne. Servir con caraotas negras y arroz blanco desgranado.

ESTA ES UNA PARRILLADA PEQUEÑA,
PARA 4 O 6 PERSONAS,
IDEPENDIENDO DEL APETITO QUE TENGAN!

*Así era como mi padre solía preparar el fuego. Según él, el secreto de lograr que se le marquen las tiras a la carne era tener una parrilla *bien caliente.*

CARAOTAS NEGRAS

Ingredientes

½ libra de caraotas
negras secas, puestas
en remojo toda la
noche con ¾ de agua
y 1 cucharada de
bicarbonato

10 tazas de caldo de
pollo

½ taza de aceite de
oliva

2 cebollas cortadas bien
finitas

2 pimentones rojos sin
semillas, cortados

4 cabezas de ajo,
cortados

2 cucharadas de
comino molido

2 cucharadas de azúcar

1 taza de cilantro fresco
cortado, para adornar

Preparación

1. Botar el agua y lavar bien las caraotas. Mante-
   nerlas en una cazuela y añadir suficiente caldo
   de pollo hasta cubrirlas.

2. Dejar hervir el caldo de pollo y las caraotas por
   1 minuto. Reducir la llama y cocinarlas por 2–3
   horas.

3. Mientras tanto, calentar el aceite de oliva en un
   sartén. Saltear las cebollas y los pimentones
   rojos, revolverlos con una cuchara de madera
   por 10 minutos aproximadamente.

4. Añadir el ajo y el comino al sartén y cocinarlos por 2 minutos. Dejarlos enfriar por unos minutos antes de añadirlos a las caraotas.

5. Cuando las caraotas estén casi blandas, añadir sal y azúcar, y cocinarlas por otros 30 minutos, o hasta que estén hechas. Si es necesario, arreglar el sabor añadiendo más sal y pimienta.

6. Adornar con cilantro picado, y servir.

SIRVE DE 4 A 6 PERSONAS EN UNA FIESTA DE PARRILLADA.

GUASACACA SUCULENTA

Ingredientes

2 aguacates grandes,
pelados y cortados en
trozos pequeños
1 cebolla amarilla
cortada bien finita
2 cabezas de ajo
½ ají dulce cortado en
pedazos
½ taza de vinagre
blanco

1 cucharadita de sal
½ cucharadita de
pimienta
jugo de 1 limón
¾ de taza de aceite de
oliva
½ taza de cilantro
cortado bien
pequeño

Preparación

1. En una fuente honda grande, mezclar los aguacates con la cebolla, ajo, ají dulce, vinagre, sal, pimienta y el jugo del limón.

2. Lentamente, añadir a la mezcla el aceite de oliva, revolviéndola con un tenedor hasta que todos los ingredientes estén bien mezclados.

3. Mezclar el cilantro poco a poco con una cuchara de madera hasta que la guasacaca comience a brillar como si fueran esmeraldas líquidas.

4. Echarla dentro de un recipiente transparente, y ponerla sobre la carne a la parrilla, el pollo o el maíz.

DA SUFICIENTE COMO PARA
UNA PARRILLADA PEQUEÑA.

ARROZ PERFECTO

Ingredientes

2 tazas de arroz blanco
de grano largo
2 cucharadas de
mantequilla
4 tazas de caldo de
pollo sin sal

2–4 gotas de jugo de
limón (puede ser
sustituido por
vinagre)
1 cabeza de ajo
2 cucharaditas de sal

Preparación

1. Lavar el arroz bajo agua caliente.
2. Derretir mantequilla en un sartén pequeño.
3. Añadir el arroz y revolverlo hasta que esté ligeramente tostado, pero no oscuro.
4. Añadir los demás ingredientes revolviéndolos.
5. Poner a hervir. Tapar, reducir la llama y, como decía doña Victoria, "dejarlo tranquilo."
6. Cocinar durante 15–20 minutos, hasta que el líquido haya desaparecido. Esponjar con un tenedor.

SIRVE DE 4 A 6 PERSONAS EN
UNA PARRILLADA.

cuatro: LA CREMA DE CHIRIMOYA

Casi todos los años pasábamos la semana de carnaval en la casa de mis padres en el pueblo de Macuto.

La belleza de Macuto es tal que los visitantes llegan a tomarlo por un espejismo. Playas de arena blanca bordean un océano que está punteado de tonos azulosos, mientras que tierra adentro florecen árboles tropicales que aparecen colocados—como por casualidad—alrededor de colinas verdosas que conducen a villas repletas de flores. Algunos de los árboles tienen más de cien años, y surgen de la tierra como si fueran bailarinas.

Esta joya del Caribe, un paraíso que ningún visitante abandona por su propia voluntad, es también la cuna de la fruta más dulce del mundo: la chirimoya.

Cuando éramos niños, mi hermano, mis hermanas y yo solíamos andar por las terrazas de piedras calizas que serpenteaban las colinas cercanas, en donde el aire está perfumado por los aromas de los árboles de mango y granadina. Desde lo alto casi no podíamos ver nuestra casa—una construcción morisca del siglo diecisiete—a la que mi padre había devuelto su grandiosidad original.

Un año, durante la semana de carnaval, cuando nuestros padres estaban atendiendo a sus invitados, nosotros cuatro, junto a Carmela y Jorge Armando, nos encaramamos en la cima de la colina detrás de la casa para jugar el juego de abacanto entre los árboles tropicales. Jorge Armando y su hermana sabían bien lo peligroso que era el terreno, ya que sus padres también tenían casa en Macuto, justamente al lado de la nuestra. En aquellos tiempos, muchas familias de Caracas tenían una segunda casa en la playa.

Esa tarde se mantiene viva en mi memoria, porque fue entonces cuando aprendí el secreto de comer chirimoya.

Inspirado por la canción de los tucanes y turpiales, y por el perfume de la fruta madura que se olía en el aire, Jorge Armando arrancó una chirimoya madura del árbol, del tamaño de su mano, y nos invitó a todos a participar de la inolvidable sensación de chupar la suave pulpa de la fruta.

No podía haber vista más seductora para una jovencita de catorce años que aquel muchacho de dieciocho entregándose por entero a comer una fruta con tan indiscutible placer. Totalmente arrobada, yo no podía evitar contemplarlo. Quería encontrar sus ojos, que eran de un color tan rico y oscuro como el suelo bajo sus pies, pero temía que si miraba al fondo de ellos, sufriría la misma suerte de la fruta. Y entonces, mientras comíamos, se puso a contarnos una historia como ninguna otra; un cuento lleno de las mismas insinuaciones de la propia chirimoya.

Al caer la tarde, nos encaminamos hacia nuestra casa, donde le pedí a Jorge Armando que me escribiera la historia de la chirimoya. Por ser un caballero de verdad, aun en esa tierna edad, me complació.

Algunos días después, recibí la siguiente carta de su parte. Sin haber comprendido todavía que ese había siolo mi primer contacto con la lujuria guardé su misiva, que más tarde sería la única de Jorge Armando que sobreviviría la ira de mi padre. La conservo hasta el dia de hoy.

8 de agosto de 1939

Mi querida Piel de canela:

Me siento halagado que mi historia de la chirimoya haya llevado el color del pudor a tus mejillas. Me puedes llaman un diablo, pero siempre es un placer desarmar a una jovencita, especialmente cuando ella es carente de maldad, con una simple fruta.

Jamás me atrevería a negar tu petición. De otra manera, ¿quién sabe cómo recordarías mi inocente historia? Este pensamiento fue suficiente para hacerme escribirte tan pronto como regresé de Macuto.

Aquí la tienes, querida, la historia que te conté, y un poquito más. Prométeme solamente una cosa: ni una palabra de esto a mi hermana ni a tu hermano. Debes mantener esta promesa, de lo contrario . . .

La leyenda es a siguiente: Por el siglo dieciséis, las jóvenes de la villa de Macuto tenían que ser vigiladas durante la estación de chirimoyas.

Cuando está madura, esta modesta fruta color verde esmeralda despide una esencia dulce y cremosa, un néctar tan tentador en su extraordinario parecido a las cualidades de la mujer que en la estación de la cosecha el aire alrededor de Macuto está impregnado de lujuria.

Me consta que sólo la persistencia de una mano gentil, combinada con el toque delicado de una lengua inquieta es capaz de estimular al bien formado panal de la fruta desnuda para así separarla de su inocencia.

La belleza llamativa que se esconde dentro del interior de la chirimoya no debe ser revelada a cualquiera. Sólo los labios de un pretendiente enamorado pueden conquistar la resistencia de la fruta, para descubrir al final que la aterciopelada carne blanca da una crema parecida a la miel, con una fragancia especial muy suya: es la única recompensa imaginable para los esfuerzos de un buen amante.

El secreto es ser gentil, y también poder desechar cualquier sentimiento de vergüenza, para así entregarse al placer con inmodesta determinación.

Ésta es una de esas raras ocasiones en las cuales una fruta apetitosa tienta al amante, y el amante se siente desesperado por dejarse caer en la tentación.

Mil besos,

Jorge Armando

No sabía cómo interpretar esta mezcla curiosa de emociones que la carta de Jorge Armando despertó en mí. ¿Qué muchacha de catorce años podría? Y cuando intenté poner palabras a mis sentimientos, resultaron tan nerviosas como el cosquilleo que uno siente cuando se tiene una nueva experiencia; cuando te preguntas a ti misma si hay algo malo en el hecho de que algo produzca tanto placer, o si debe guardarlo en secreto hasta que pueda dilucidar exactamente de qué se trata. A fin de cuentas, por temor de parecer ingenua, decidí callar mis sentimientos. Años después, descubrí que mi primer encuentro con el deseo había sido también mi primer encuentro con la vida.

cinco: LAS FIESTAS DE BEBIDA

Las damas no estaban invitadas.

Durante estas fiestas bulliciosas, donde la libertad de expresión masculina reinaba absoluta, las mujeres tenían que contentarse con hacer el trabajo mientras sus hermanos, padres, tíos y esposos seguían perdiendo el tiempo hablando de sus coqueteos secretos, de los erotismos criollos, de la seducción de corazones reacios y los impulsos sexuales del género feminino, con intrepidez suficiente para destrozar los nervios de la más fiel de las esposas.

Una típica fiesta para tomar siempre se celebraba en un

hogar privado, y era organizada para el marido y sus amigos por la esposa, con la ayuda de sus domésticas.

Las señoras eran bienvenidas durante las primeras horas de la tarde, y podían hacerse visibles después, en algunas ocasiones, pero simplemente como adorno, sin poder participar en la bebida o en los juegos que seguirían. De todas maneras, era mejor así, ya que la compañía masculina inevitablemente se volvía odiosa después de unos cuantos tragos. La mayoría de las mujeres agradecían la medida de clemencia que significaba su obligatoria y breve asistencia, a pesarde que para estar listas para el evento les tomaba unas cuantas horas embellecerse.

Gracias a los hermanos de mi padre, quienes tenían muchos amigos, tuve la oportunidad de estar presente en varias de esas fiestas. Recuerdo que ayudaba ansiosamente a componer algunos de esos brebajes, y yo acredito que haber participado en ellas refinaron mis técnicas de cocinera, igual que mi conocimiento envidiable sobre los afrodisíacos.

Mi hermano, Antonio, continúa siendo hasta el presente un entusiasta que frecuenta ese tipo de fiestas, ya que es un as en el dominó, y le encanta ganar en todo. Cuando las fiestas se celebraban en mi casa, me era imposible dormir debido a la insaciable curiosidad que tenía. Por lo tanto, yo esperaba hasta que todos se marchaban, y antes de irme a dormir, interceptaba a Antonio y lo obligaba a contarme detalladamente las versiones inéditas de los placeres de su juventud. Durante esas noches de complicidad filial, mi hermano compartía conmigo historias tan llenas de colorido que yo agradecía que era de noche, para que él no viera mi sonrojo. Mi hermano querido, tan adicto a exagerar como todos los hombres de nuestro país, consideraba satisfacer mi curiosidad un deber y un honor: yo siempre había sido su hermana preferida, y, según como él lo veía, mientras más supiera yo de las costumbres masculinas, menos susceptible iba a ser a su repertorio de seducciones. Pero sus historias tuvieron el efecto opuesto, despertando en mí una casi irreprimible fascinación por los misterios de la noche, e intensificaron mi curiosidad sobre aquellos momentos durante los cuales los hombres pasaban las noches inventando las historias que confirmarían su fama de machos latinos puros.

Los brebajes criollos que se servían en esas fiestas a veces incluían tisana venezolana, un ponche inspirado en la sangría pero hecho con jugos de mango fresco ó piña, y condimentado con ron oscuro caribeño y pociones afrodisiacas como la sabrosa pavita trujillana, un elixir que sabe a vainilla tostada y al cual se le acredita incrementar la resistencia y potencia sexual del hombre.

La estrella de una noche memorable de bebida fue mi tío Raúl. Raúl, padre de mi prima Clara, era el que siempre se comportaba peor de los siete hermanos de mi padre. Según Antonio lo contaba, en esta fiesta en particular, tío Raúl preparó una mezcla de hielo molido, hojas de hierbabuena y caña de azúcar pura y le dijo a los demás hombres que tomaran un buche grande y lo mantuvieran en la boca. Según tío Raúl, con este delicioso trago los hombres podían hacer que las mujeres se retorcieran de placer. La menta les causaría cosquillas, y la inesperada frialdad de la lengua de su amante duplicaría el placer; eso era, si él podía recordar, junto con todo lo demás, mover la lengua agitadamente, como si fueran las alas de una mariposa.

Más tarde, a medida que la noche se fue tranquilizando, tío Raúl de nuevo hizo alarde de ser el rey del cunnilingus, y, para probar su punto, estaba dispuesto a asombrar a todo el mundo en la habitación, chupando, ante los ojos atónitos de la concurrencia, cada pedazo de la pulpa de un mamón fresco, una hazaña casi imposible de lograr.

El mamón es casi del tamaño de una uva, y crece envuelto en una apretada concha verde que debe ser abierta repentinamente para poder sacar la fruta. De textura suave, el centro de la delicada cubierta de color rosado tiene una suculencia que hace que la boca se vuelva agua, aun antes de probar su tierna pulpa. Para quien desee chupar el jugo de una fruta madura, el mamón no tiene comparación.

Una vez en su concha, la dicha fruta se rompe en dos partes iguales, su apetitoso jardín mira a hurtadillas, ansiosamente, desde la cima, y, sin embargo, continúa cerrada la parte inferior. Es una frutita extraña claustrofóbica y solitaria.

Cuando mi tío Raúl terminó de separar la escurridiza seda rosada de la testaruda semilla, sin dejar siquiera que se le escapara de la lengua—una hazaña casi imposible—la gritería loca se había convertido en la admiración de los que querían aprender tales hazañas.

Cuando los cuentos de mi hermano terminaban, yo me preguntaba a mí misma si alguna vez podría probar la pasión por la vida que tenían los hombres. Cuando, mucho más tarde, pude entender el significado del cuento de tío Raúl, me sentí cautivada, porque fue entonces cuando entendí que cuando un sueño se compara con la experiencia del mismo, el recuerdo de ambas cosas se convierte en algo casi transcendental.

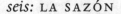

seis: LA SAZÓN

"Como ya te has de enterar, fue la paella. . . ."

Y con el recuerdo de aquel plato incomparable todavía fresco en la mente, mi tío Raúl cerró los ojos y comenzó a contarme el cuento de cómo el joven Carlos Tavares, había ganado la mano de mi prima Clara.

Mi tío se sentía orgulloso del hecho de que nuestra familia se había destacado en la sociedad venezolana—más específicamente en la caraqueña—por generaciones. Las pintorescas calles de adoquines de la urbe, y casas de techos rojos que tienen más de cien años, muchas y las cuales retienen sus puertas y ventanas originales, le recordaban tradiciones muy arraigadas.

Las riquezas naturales de nuestra tierra y la rara mezcla ancestral de nuestra gente siempre han inspirado a la exótica veneración de placeres irresistibles. De la misma manera que la mezcla de sangre indígena y española ha producido mujeres cuya belleza exquisita le cuesta mucho trabajo a los hombres resistir, igualmente, la cocina venezolana resulta un festín para los sentidos al combinar la herencia española con ingredientes criollos.

Tío Raúl contaba entre sus más preciados tesoros a sus tres bellas hijas, mis primas Clara, Corina y Ercilia, cuyas bellezas eran tan extraordinarias como los paisajes naturales en los cuales habían nacido.

Cuando Clara llegó a la edad del matrimonio, su padre le impuso un reto a cualquier hombre dentro del círculo familiar que fuera lo suficientemente valiente como para pedirle su mano en matrimonio. El joven Carlos Tavares aceptó dicho desafío.

Doña Marquesa Tavares, la madre del futuro novio, iba a preparar una comida que probaría que su hijo sería el marido perfecto para la hija de mi tío. Cualquier plato que ella eligiera subrayaría la bonanza natural de nuestra tierra, y al mismo tiempo, saciaría el voraz apetito de la familia Grenales.

Los jueces para esta prueba serían, además de mi tío Raúl, su esposa, Mariela y sus tres hijas, los siete pendencieros hermanos y sus esposas, lo que hacía un total de diecinueve invitados.

Según es costumbre en las familias venezolanas, se esperaba

que los tíos de Clara jugaran un papel importante en asegurar que ella consiguiera el esposo que se merecía. Si la cocina de la madre de él fracasaba en satisfacer sus sentidos o en honrar la tradición en todas sus formas, el compromiso sería cancelado.

Doña Marquesa, una leyenda por derecho propio, era una gran conocedora del romance, y por lo tanto, estaba comprometida en ayudar a su hijo a ganar la mano de mi prima. De todos los primos de ambos lados de la familia, Clara sería la primera en casarse, por lo que todos los ojos estaban puestos en ella, y en la que podría ser su suegra.

El menú que doña Marquesa planeó para la ocasión fue un tributo a la mayor contribución de España al mundo: sabores vibrantes y colores derivados de ingredientes naturales a través del uso de técnicas consagradas.

Poco antes, doña Marquesa había decidido que el plato principal tenía que ser su famosa paella valenciana—saturado de azafrán, la más delicada de las especies. Su magnífica y vieja receta era famosa, ya que infundía calor en el corazón más reacio, y satisfacía el apetito más implacable.

La rica paella, llena de colores vivos, es uno de los platos más difíciles de dominar; indiscutiblemente, muchas carreras culinarias han sido echadas a perder en búsqueda de la paella perfecta. Sin paciencia y la técnica correcta, el arroz se convierte en cuajada, y, por lo tanto, se pegará al paladar como si fuera goma. Pero con el toque apropiado, el plato se vuelve un don sin igual para los sentidos. En el calor del horno, el arreglo variado de frutas del mar, diseminadas sensualmente sobre una cama de arroz, despide su esencia y baña los granos dorados en los ricos sabores del mar.

Cuando al fin llegó la noche en cuestión, y todos los invitados se sentaron a la mesa de doña Marquesa, el ambiente se recargó de anticipación. Después que la paella fue servida, todo el mundo comió en silencio total. Esto era poco usual, ya que nadie se podía imaginar una reunión con los Grenales sin comentarios alborotados y risotadas constantes.

Cuando mi tío Raúl terminó de comer, empujó el plato y miró alrededor de la mesa. Sus ojos se fijaron en doña Marquesa por un minuto, antes de cambiar la vista y fijarla en su hija mayor. Clara, un alma atrevida y rebelde igual que su padre, lo miró y le preguntó:

"Bueno, ¿qué? ¿Cuál es el veredicto, Papá?"

Todo el mundo en la mesa esperó a que su padre dijera algo, lo que fuera, pero no dijo nada. El pobre Carlos estaba nervioso e inquieto, pero doña Marquesa simplemente miraba a Raúl plácidamente, con su compostura completamente intacta.

Pasaron unos segundos más en absoluto silencio. Y entonces, finalmente:

"¿Puedo servirme más?" preguntó mi tío.

Al escuchar estas palabras, todo el mundo respiró de nuevo y comenzaron a hablar y a reír.

El desafío Grenales concluyó con un brindis de sangría, en honor de lo que era ya un noviazgo "oficial."

El ingrediente secreto de la sangría de doña Marquesa era el jerez. Este licor suave toma su nombre del famoso pueblo de la España meridional, donde las mejores bodegas del país han perfeccionado la confección de vinos y coñacs a través de generaciones.

Mientras muchos ven esta bebida dulce como el coñac peninsular, la orgullosa población de Jerez de la Frontera lo llama por su nombre original, y por lo tanto, usan el nombre coñac sólo para el licor galo parecido al suyo. Algunas sangrías son preparadas sin él, pero el jerez es el que da el brillo a la preparación de doña Marquesa. Cuando se alza a la luz en un vaso, este lustroso líquido parece como si fuera hecho de cerezas refinadas.

"...y así fue como Carlos Tavares ganó la mano de Clara," tío Raúl concluyó su cuento con un suspiro.

"Tío, ¿por fin consiguió la receta de la paella?" pregunté.

"¿Para qué iba yo a querer la receta?" me preguntó con un gruñido.

"Para tía Mariela."

Yo estaba consciente de que cualquier mujer consideraría como una victoria conseguir la receta secreta de otra. Pero mi tío no parecía comprender a lo que yo me refería; él simplemente se quedó sentado ahí, mirándome en silencio, y moviendo su cabeza de un lado a otro.

No mucho tiempo después de eso, unas semanas solamente antes de mi propia boda, yo conocí la verdad sobre la receta de la paella de boca de la propia Clara.

"Por supuesto que trató sacarle la receta a doña Marquesa esa noche, mi querida prima. Pero mi padre es demasiado orgulloso para reconocer que perdió a su hija, y fracasó en su intento de conseguir la receta en un mismo día. Él estaba seguro que ningún pretendiente iba a aceptar sus condiciones, y más seguro aún que ninguna madre iba a poder cumplir con ellas tampoco."

Clara me dio una de sus pícaras sonrisas y exclamó:

"¡Qué poco sabe Papi de las mujeres!"

"¿Por qué dices eso?"

"Bueno, después que Carlos y yo nos casamos, Papi le preguntó otra vez a doña Marquesa si podía darle la receta. Él le explicó que la quería para mi madre."

"¿Y que pasó?"

"Bueno, créelo o no, doña Marquesa se la negó por segunda vez. Le dijo que compartir una receta secreta era un mal augurio.

"¿Mal augurio?"

"Sí, ella es muy supersticiosa ... o al menos eso fue lo que le contó a Papi. Ella dijo que podía hasta destruir nuestro matrimonio. Que traería mala suerte. Así es como lo explicó. ¿Puedes creerlo?"

Clara comenzó a reírse con su risa contagiosa, igual a la de su padre.

Yo reí junto con ella.

"¿Y se lo creyó?"

"No le quedó más remedio. Pero cuando él me dijo lo que ella le había dicho, yo ya lo *sabía*. La mamá de Carlos es tan orgullosa como Papi. Ella no tenía ninguna intención de darle la receta. Y en primer lugar, seguro que quería vengarse de él por haberse inventado aquel estúpido desafío.

Mientras la escuchaba, yo me había quedado pensando en otra cosa:

"¿Cómo sabía doña Marquesa que la paella era el plato apropiado, Clara? ¿Y por qué estaba ella tan segura de que iba a salir ganando?"

Mi prima me guiñó un ojo y me dijo:

"Querida prima, ¿acaso tú eres boba? Yo fui quien le dijo a ella que la paella era el plato favorito de Papi."

Yo conocía de sobra cómo era Clara—ya que siempre había sido mi prima favorita—por lo que no me sorprendió cuando reconoció lo que había hecho. Con su encanto y su sonrisa fácil, siempre conseguía lo que quería.

"Ah, y antes que me olvide, prima, te conseguí la receta de la paella y la sangría. Aquí las tienes."

Clara sacó dos pedazos de papel de su cartera y me las puso en las manos.

Las acepté y le pregunté:

"¿Qué hiciste para que te la diera?"

"Simplemente le dije a doña Marquesa que necesitaba que me ayudara a sellar otra unión. Y como tú bien sabes, a la gente le gusta que le pidan ayuda. Y, además, ella es una romántica, igual que nosotras."

"¿De qué unión estás hablando?"

"¡Tonta, de la tuya! Le dije que tú querías calentarle el corazón a un inglés. ¿No te parece estupendo? O sea, tenía que decirle *algo,* y tú *nunca* dijiste por qué querías la receta de la paella en primer lugar."

"Tienes razón. Nunca te dije . . ."

"¿Y?"

"¿Y qué?"

"Prima Gabriela, dime la verdad. ¿Para qué la querías?"

Sin la menor vergüenza le contesté:

"Pues creo . . . para calentarle el corazón a un inglés."

Pero al mirarnos las caras, ambas supimos que mi respuesta era una mentira.

LA PAELLA VALENCIANA

DE DOÑA MARQUESA

Ingredientes

1 pollo entero cortado en pedazos

½ taza de aceite de oliva

1 libra de cerdo cortado en pequeños cubitos

½ libra de chorizo también cortado en cuadritos

2 tazas de cebollas en tajadas

4 cabezas de ajo

½ cucharadita de pimienta

1 cucharada de orégano seco

2 cucharaditas de sal

1 ½ tazas de arroz arborio o arroz blanco

½ cucharadita de azafrán

3 tomates pelados y en rodajas

1 hoja de laurel

3 tazas de caldo de pollo

1 libra de langostinos frescos (pelados, pero con las colas)

½ libra de mejillones negros frescos

½ taza de arvejas verdes fresca

½ taza de pimientos rojos cortados a lo largo

Preparación

I. Limpiar el pollo con una tela húmeda. Calentar el aceite en una cazuela especial de paella, añadir las piezas del pollo, una a una, y dorarlas. Retirarlas del sartén y dejarlas a un lado.

2. Colocar los cubitos de cerdo en un sartén y dorarlos por ambos lados. Retirarlos del sartén y dejarlos a un lado.

3. Colocar el chorizo en un sartén y cocinarlo alrededor de 10 minutos. Retirarlo del sartén y dejarlo a un lado.

4. Añadir al líquido del sartén cebollas, ajo, pimienta y orégano. Saltear, revolviendo por 5 minutos, o hasta que las cebollas estén doradas. Añadir sal, arroz y azafrán. Cocinar, revolviéndolo por 10 minutos.

5. Calentar el horno a 375 grados.

6. Añadir tomates, laurel y el caldo de pollo a la mezcla del arroz y hacerlo hervir, revolviéndolo suavemente. Bajar la llama.

7. Añadir los pollos ya dorados, cerdo y chorizo. Arreglar los langostinos y mejillones con simetría sobre lo demás. Asar en la misma cazuela tapada por 1 hora.

8. Después de 1 hora, rociarlo con las arvejas. No revolverlo. Asarlo, tapado, por 20 minutos más.

9. Para servir, destapar y colocar la cazuela de la paella en el centro de la mesa. Dejar enfriar de 5–10 minutos. Adornar con pimientos rojos.

SIRVE A 9, ¡Y A UN FUTURO ESPOSO!

LA SANGRÍA DE DOÑA MARQUESA

Ingredientes

1 botella de vino tinto
español; Rioja, por
ejemplo.
1 cucharada de azúcar
1 limón en rodajas
½ naranja en rodajas
½ limón amarillo en
rodajas

½ manzana roja
cortada en cubitos
1½ taza de soda
2 cucharadas de jerez
20 cubitos de hielo

Preparación

1. En una jarra grande de terracota o cerámica,
combine el vino, azúcar, limón, naranja, limón
amarillo y manzana. Revolver hasta que el azúcar se disuelva.

2. Añadir revolviendo la soda, y el jerez.

3. Dejar en el refrigerador toda la noche.

4. Añadir cubitos de hielo antes de servir.

DA 6 VASOS.

siete: LAS PERLAS DE MACUTO

Lo que me esperaba al cumplir los treinta años fue una aventura distinta a cualquier otra que conociera antes, aunque yo había deseado hacer un viaje por el estilo desde que era niña: una especie de fantasía en donde imágenes maravillosas se siguen unas a otras en rápida sucesión.

Las muestras superficiales de mi agitado interior era lo que Constanza llamaba "mi apariencia enloquecida."

Mientras me preparaba a abandonar Caracas—como me mandó el médico—por la soledad de Macuto, mi madre y Constanza se ocuparon de los últimos detalles. Me pareció extraño no sentir ningún remordimiento por lo que dejaba atrás, pero de alguna manera me había convencido a mí misma de que dada mi depresión, Cristina estaría mejor bajo el cuidado de mi mamá y de mi hermana.

Yo estaba segura que la jornada hacia mi crecimiento personal era un paso necesario. Con la aprobación de mi familia, abandoné todas mis responsabilidades de madre y esposa para escuchar de nuevo aquellas melodías de mi adolescencia, una época de exuberancia sin límites, en la cual el concepto del deber aún no había ensordecido la armonía de la bella música que me retumbaba en el corazón.

Jonathan, mi esposo, estaba tan preocupado por mi salud emocional que accedió enseguida a mi descanso, consolado—sin duda alguna—por la idea de que en mi ausencia nuestra adorada Cristina estaría en las mejores manos posibles.

Yo presentía que a mi regreso—cuando éste sucediera—no habitaría más el mundo privilegiado de mi juventud. Estaba consciente de que había llegado a un punto de mi vida donde mi sentido de la razón y mi necesidad por la fantasía tendrían que pelearse entre sí y que el viaje de una hora de duración a Macuto—de una manera u otra—sería una fuga hacia mi destino.

Inmediatamente después de entrar al patio de la gran residencia morisca de mis padres, fui recibida por el aroma punzante de gardenias, una fragancia dulce que me trasladó a mi niñez. No era un recuerdo del pasado, sino el pasado mismo, hecho realidad por esa fragancia, y en aquel momento, vi que la muchacha de quince años de entonces y la mujer que se encontraba de pie en el patio, eran una misma persona. A medida que asimilaba las fragancias del pasado, pude, al mismo tiempo—y por primera vez—mirar hacia mi futuro sin temor. De repente sentí una nueva fortaleza de espíritu. Todo esto gracias a la fragancia de una pequeña flor.

Tan pronto como Yamila y yo nos instalamos, me quité los zapatos y me fui a dar un paseo. Mientras la brisa jugaba con mi cabello, pude aspirar los aromas inconfundibles de la arena tostada por el sol y el mar. Todas las demás casas que daban al mar parecían estar deshabitadas; pues no era la época en que las familias abandonan el ruido y el calor de la capital para descansar en sus residencias a la orilla del mar. Ante el sonido majestuoso del vasto océano, sentí una especial reverencia. El silencio sólo era interrumpido por el murmullo de las olas acariciando la costa.

Cuán sorprendida me quedé al encontrar, como salida de un sueño, la visión de mi mente al despertar. Casi sin poder creerlo, pestañeé una y otra vez para poder enfocar la figura que aparecía sentada sobre sus talones, cerca de donde el agua comenzaba: un hombre, con su espalda hacia mí, y su mano enfrascada en la arena húmeda junto a él. Me debió haber visto antes de que yo lo notara.

Completamente hechizada y sin darme cuenta de nada más, me tomó unos minutos poder captar lo que el hombre hacía. Estaba escribiendo en la arena. Volteándose, me hizo señas de que me acercara. Y entonces comprendí lo que siempre había sabido, y sentí un agudo y repentino sobresalto al reconocer, que por fin, a mi mundo había llegado la paz:

Entonces leí lo que estaba escrito en la arena:

"*¿Estás sola?*"

Yo no estaba sola, ya que Yamila estaba en la casa, pero de todas maneras asentí con la cabeza.

Este encuentro con Jorge Armando me pareció una revelación divina. Su presencia inesperada de pronto justificó todas mis ansias románticas. Él tenía que haber sabido en el corazón que un día yo vendría a Macuto, porque nadie de mi familia le hubiera informado jamás de mi paradero.

Después de doce años de matrimonio y una vida de comportamiento circunscrito, casi grabado en piedra por las fuerzas de la tradición, vi con repentina claridad que desde un principio, este momento había sido inevitable. A través de todos esos años que parecían una vida entera, debíamos haber estado moviéndonos inexorablemente, poco a poco, el uno hacia el otro, cada uno dando vueltas por el mundo, llevando al otro por dentro.

Lo que yo no pude discernir en ese momento era que yo estaba moviendo mi primer peón en un largo juego de ajedrez que los dos íbamos a jugar en el curso de varios meses. En aquel instante comenzó un embriagador año de deseo, éxtasis y pesar.

Me fui detrás de él, caminando por la playa, como si esa fuera la única cosa posible por hacer, quizá porque desde el momento mismo en que lo vi de nuevo mi corazón se sintió como una montaña de hojas secas a las cuales se había tirado un fósforo encendido.

A medida que él caminaba, noté que la arena mojada se le

había pegado a los pies, que tenía unas canas que comenzaban a hacerse visibles entre su pelo oscuro, y también note la curva de sus antebrazos bajo las mangas enrolladas.

De repente se detuvo y se giró para mirarme. Cuando me encontré frente a frente con la mirada de aquelles ojos color de las semillas de cacao, algo palpitó dentro de mí. No hubo una palabra entre los dos, pero ambos escuchamos el sonido agudo de la época de celo. Era el eco de deseos insatisfechos.

Cuando al fin llegamos a la casa de su familia, me preguntó si tenía sed.

"¿Te apetece sangría fresca?"

"¿Sangría? Por favor, no te molestes."

"No es ninguna molestia."

Lo seguí a la cocina, donde nos quedamos de pie, mirándonos, sin movernos y sin hablar. El silencio me hizo sentirme nerviosa, y la manera como me miraba me hizo recordar nuestros besos de hacía mucho tiempo atrás, bajo la mata de mango. Eso me puso más nerviosa aún.

"¿Qué estás haciendo aquí?" pregunté precipitadamente, haciéndome la pregunta a mí misma tanto como a él.

Por lo menos así se rompió el silencio.

"¿Qué quieres decir con '¿Qué estoy haciendo aquí?' Ésta es mi casa."

"Tú sabes lo que quiero decir, Jorge Armando. ¿Qué estás haciendo en Macuto?"

"Te lo dije la última vez que nos vimos . . . pero me imagino que ya te olvidaste" contestó.

Y entonces recordé haberlo oído decir, a través de la locura nebulosa que fue la fiesta de mis treinta años, que él se quedaba en Macuto entre sus viajes a las islas Canarias, donde ahora pasaba la mayor parte del tiempo trabajando en el negocio de importación de su padre.

¿Había llegado yo aquí por mi subconsciente—sin siquiera haberme dado cuenta? No: prefería pensar que nuestro encuentro había sido una casualidad, quizá porque siempre es difícil reconocer que hemos buscado a sabiendas algo que sabemos está mal.

"Ahora me acuerdo," fue todo lo que dije.

Miré las frutas que él había colocado sobre el mostrador de la cocina: manzanas de rojo intenso, naranjas iluminadas por el sol que parecían pequeñas bolas de fuego, y mangos maduros repletos de los dulces jugos de la juventud. Sentí la boca muy seca. Y al contemplar las frutas, me sentí aún más sedienta.

Jorge Armando debió haber leído mis pensamientos, porque en ese momento tomó una naranja, la partió en dos mitades con sus pulgares, y me ofreció una mitad. Le quitó la cáscara a la otra mitad, y comenzó a cortarla para echar las rodajas en la sangría.

Me devoré la fruta con apuro, de tal manera que el jugo me rodaba por las manos, hasta llegarme a los codos.

Le entregué la corteza cuando terminé. Me la quitó de las manos pegajosas, y me dijo:

"Dichosa naranja."

"¿Conoces el secreto para hacer una buena sangría?" le pregunté, tratando de hacer conversación, mientras, como hipnotizada, le observaba las manos mientras cortaba las frutas.

"Yo sé un montón de secretos, Gabriela. Espera un momento."

Abandonó la cocina, y regresó al minuto, trayendo con él una botella de jerez.

"Mi padre lo importa," dijo. "Es el mejor coñac del mundo."

Le sonreí.

"Sí lo sé."

"¿Y cómo lo sabes?"

"Bueno, porque hace muchos, muchos años . . . antes que me casara . . . bueno, es una historia larga. ¿Estás seguro que quieres oírla?"

"Absolutamente."

"Un día, yo estaba hablando con mi tío Raúl sobre la boda de mi prima Clara, y él me contó el cuento de una paella y . . . Me acordé que la paella era tu comida favorita . . . y tuve una sensación . . . una sensación de querer aprender cómo hacerla, aunque yo sabía que nunca la haría, porque . . . porque, bueno, tú sabes . . . pero de todos modos, le pedí la receta a mi prima. Yo estaba convencida de que tenía que tenerla, por si acaso, ¿me explico?"

En ese momento mi voz temblaba, y las lágrimas comenzaron a rodar por mis mejillas, como gotas del jugo de una naranja, gruesas y dulces, pero amargas también, mientras recordaba todos aquellos años, todos aquellos años de amor desperdiciado.

"Después que Clara me dio la receta, la estudié bien, pensando que tal vez algún día yo podría hacer la paella para mi esposo después que nos casáramos . . . pero cada vez que la sacaba de mi libro de recetas la tenía que volver a guardar . . . porque no podía imaginarme hacer todo ese trabajo para alguien que . . . alguien que . . ."

Jorge Armando asintió con la cabeza y me miró tiernamente, esperando que continuara. Noté que sus ojos también estaban húmedos con lágrimas.

"Y con la receta de la paella . . . mi prima Clara me dio la receta de la sangría, aunque no se la pedí. Yo sólo quería la receta de la paella, porque recordaba lo que tú me habías contado de tu mamá . . . en su cocina . . . friendo el pollo, dorando cada pieza con paciencia . . . y tú diciendo también que sabías cuánto te quería, porque . . . porque se había tomado tanto trabajo para cocinar tu plato favorito. Yo también quería aprender a hacerla, pero nunca lo hice. Así fue como aprendí lo del jerez . . . fue como una lección. No me interesaba aprenderla, pero de todas maneras, la tuve que aprender."

"Es una casualidad . . . ," fue todo lo que él dijo.

Me miraba atentamente durante todo el tiempo que estuvimos hablando, apartando los ojos de mí sólo algunos instantes para atender la sangría, y para ponerle rodajas finas de manzana, naranjas y mangos. Exprimió una naranja dentro de la jarra, y revolvió una y otra vez, como si estuviera revolviendo en la sangría todo el amor que sentía.

Después que terminé de contarle el cuento, los dos nos mantuvimos callados por algunos minutos. Luego sirvió una copa de sangría para cada uno y me dijo alegremente:

"¡Ni siquiera se me ocurrió preguntarte si tenías hambre!"

Y con su característico aire tentador, añadió:

"Gabriela, ¿has probado alguna vez una perla de Macuto?"

"¿Una perla de Macuto? Nunca he oído hablar de eso."

"Es como les digo a las ostras de por aquí. Tengo algunas frescas en el refrigerador. Se las compré a un pescador hoy por la mañana. ¿Las quieres probar?"

Dije que no con la cabeza.

"A mí no me gustan las ostras. Cuando era niña, miraba a mi papá tragárselas enteras, y me parecían tan . . . asquerosas. No podría comerme ni una."

Me estremecí al decir esto, y tomé otro sorbo de la sangría que comenzaba a hacerme sentir ligeramente mareada.

"Pero saben mejor de lo que lucen. Y cuando eres mujer te saben diferente."

"¿Y cómo así? ¿Será ésta otra de tus famosas historias?"

"Déjame que te muestre. ¿Te fías de mí?"

"Sí."

Lo observé mientras agarró una de las ostras, apretó un limón sobre ella, y la roció con sal gruesa del mar, lo que la hacía brillar.

"¿Lo ves? ¿No parece una perla?"

Para animarme, llevó la concha hacia mis labios. Traté de chupar la ostra, pero se quedó danzando tentativamente entre mis labios, por lo que en su lugar terminé tragándome el líquido. Al ver esto, Jorge Armando trató de rescatar la perla que se perdía, colocando sus labios sobre los míos.

Nos dimos un beso profundo, tan profundo como las aguas del deseo.

Después que dejamos de besarnos, él notó lo avergonzada que yo estaba y, tratando de hacerme sentir cómoda, dijo en chiste que, algún día, pronto, tendría que enseñarme el juego de las lenguas.

"¿El juego de las lenguas?"

"No debes tragarte el líquido," me explicó con una sonrisa.

"Entonces, ¿qué es lo que debo hacer?"

"Pon la lengua así."

Tomó otra ostra y, con su lengua, me enseñó la manera suave de deslizar la perla mientras el líquido se mantenía en la concha.

"¿Lo ves?"

"Mejor dejemos eso para la próxima vez."

CON EL TIEMPO AMBOS CAÍMOS EN UN DELIRIO apasionado. Pasábamos los días enteros contemplándonos mutuamente en esa paz soñolienta que uno siente cuando es arrullado por un amor que calma. Me parecía estar en el paraíso, y en cierta manera lo estábamos. De vez en cuando recordaba el pecado original. Hablábamos de la fe y la duda, y de cuán solitario uno podía sentirse en medio de una convicción tan plena. Hablábamos de mi vergüenza y de que podría constituir la redención.

Pasaron meses en que yo sólo existía para la tranquilidad de nuestra comunión. En su presencia, mi ser parecía hecho de luz y amor, humano sólo bajo su hechizo. Y dentro de su ser, llegué a descubrir una clase de comunicación cósmica que existe solamente entre dos personas que están en perfecta armonía.

En los meses que siguieron aquel primer día yo cocinaría las más deliciosas paellas para él, comería las frutas frescas que él me buscaba bajo el hirviente sol de Macuto, y bebería agua de los labios del hombre que por siempre habitaría mi mundo interior.

Por primera vez y sólo en sus brazos, llegué a sentir una ola de unidad y pureza con otro ser humano. Recuerdo querer permanecer encerrada en aquel lugar, sugrado completamente hechizada, tranquila, y a sálvo.

Yo existí sólo en su presencia. Y al fin pude comprender lo que era la dicha.

Era tarde en la noche del domingo cuando el avión de Pilar tocó tierra en Chicago.

A pesar de que estaba totalmente rendida, sentía ansias de vivir la vida. Los cuentos de su abuela la habían hecho sentirse como si se pudiera emborrachar con sólo tomar leche. Ella quería, a partir de ese momento, sentarse a la mesa del banquete de la vida, y satisfacer todos sus anhelos.

La manera tan extasiada como Nana expresó su jornada secreta de consumación de su amor verdadero había hecho que Pilar comprendiera que pasar la vida con alguien a quien ella no amaba era el peor error que podía cometer.

Cuán imprevisible había sido esta revelación, pensó. Había ido a su casa para tomar parte del entierro de su abuela, y regresaba con un legado inesperado: el saber que le daría un nuevo sentido a su vida, y las ideas que le permitirían ponerle punto final a todas su dudas, y que calmarían—una vez y por todas—la inquietud que sentía acerca del lugar y la persona a quien pertenecía.

Gracias a Nana, ya estaba lista para comprometerse a vivir su propia vida, y no la vida que los demás—sin importar cuáles fueran sus buenas intenciones—querían para ella. Al fin se sintió libre de las incertidumbres, y del miedo de cometer errores. Nadie en la faz de la tierra podía convencerla de que no estaba dando un paso en la dirección indicada.

Lo primero que hizo al darle la vuelta a la llave en la cerradura del apartamento y dejar caer las maletas detrás de la puerta, fue chequear su contestador electrónico. Escuchó brevemente casi todos los mensajes: el casero, su amiga Stacy invitándola a unos tragos durante la semana, su madre, que esperaba que hubiera llegado bien. Entonces llegó la voz de Patrick: "Oye, Hoyuelos, dame un timbrazo cuando llegues." El último mensaje era de Rafael: "Hola, muñeca. Te habla Rafael. Sólo quería saber si habías llegado bien. No puedo esperar a verte a fin de mes. Mil besos."

Se acomodó en el sofá y quedó allí con las rodillas levantadas hasta el pecho, contemplando el teléfono, soñando despierta sobre su nuevo empezar, y maravillándose de lo simple que todo le parecía después de haber tomado su gran decisión.

III

La *Cortesana*

Y entonces Dios le concedió un amor
que la abandonaría para siempre después de encontrar la primera satisfacción terrenal y una dulzura que
desaparecería cuando tuviera concien-
cia por primera vez de la adulación.

—KAHLIL GIBRAN,
LA CREACIÓN

Los *Secretos* de la *Alcoba*

Mi querida nieta:

Ha llegado el momento de darte la llave que abrirá las puertas de la alcoba.

Como ya bien sabes, mi despertar sensual no coincidió con los conocimientos que obtuve como esposa. Al contrario, yo descubrí a los secretos ocultos de la alcoba al entrar por otra puerta.

Al abandonar las promesas y lazos del matrimonio como una cortesana, manché indeleblemente el tejido de mi vida.

Atrarés de un cambio en el destino pude darme cuenta que el dolor y el placer siempre van irresolublemente unidos. Mientras que las relaciones sexuales sin amor tienen su lugar, es la unión de ambos, la dulzura del romance y la decadencia del deseo lo que enaltece todos los aspectos de la sensualidad. En definitiva, el verdadero yo de una mujer sólo puede surgir en las manos de un hombre cabal.

Ante todo, debes estar consciente de la regla principal que gobierna al mundo detrás de puertas cerradas; que la búsqueda de los placeres sensuales nunca debe llegar más allá de tu propia predilección.

La mayoría de la gente se sorprende al descubrir que al igual que la sala y la cocina, la alcoba tiene su propio protocolo. La única diferencia es que la etiqueta sexual concierne solamente a lo que es de buen gusto para una pareja. Las relaciones favorables suelen florecer dentro de los confines de inclinaciones similares.

A medida que busques el refugio de tus pasiones, te agradará saber que la alcoba es un lugar donde el decoro no importa, pero únicamente si carece de importancia para los dos amantes en cuestión.

Las historias que prosiguen aquí no tienen que ver con curiosidades eróticas, sino con la satisfacción que causa un apetito sexual capaz de rasgar un corpiño, un elemento clave de la intimidad. Sólo un mentiroso podría negar que las relaciones amorosas son tan necesarias como el aire que respiramos, porque todos caemos presa de los anhelos del cuerpo, esas intensas manifestaciones de deseo tan agudas como el hambre.

Encontrarás, como me pasó a mí, que en la mejor de las circunstancias no hay nada más seductor que tener una relación amorosa con un hombre que hayas conocido siempre. Si este hombre resulta ser tu marido, lo que pudiera ser considerado inapiopiado se vuelve—por lo contrario—armonía hogareña.

La mayoría de los secretos de la alcoba pueden aplicarse igualmente en la sala que en la cocina, ya que cada uno de éstos no es más que un lugar diferente en donde expresar tu amor y devoción por otra persona.

En los brazos de mi amante aprendí sobre la lujuria que embelesa y los designios del deseo, y descubrí también que la seducción y la sumisión están entrelazadas; que una caricia suave puede resultar en el más fervientemente de los deseos; que la espléndida adoración a cada curva de una mujer puede sentirse como encaje sobre su piel, pero únicamente si las manos apropiadas son las que acarician. Y, al mismo tiempo aprendí que los hilos de la existencia pueden bordarse sobre un patrón equivocado, aunque uno comience con la más cara de las telas.

Cuando sepas seducir, conquistar, entregarte y amar, te

darás cuenta de cuan tranquilo será tu hogar, pues no es sino con buena alianza en la alcoba, que podrás encontrar felicidad en el resto de la casa.

En lugar de ser una mera seductora, la verdadera mujer debe—si lo desea—atraer al hombre a su alcoba, y mostrarle más que su cuerpo. Debe aprender a revelar su mente para intrigarlo, y es sólo después de esto que ella debe invocar el deseo.

Yo nunca, deliberadamente, busqué sondear los misterios que existen entre las sábanas; mejor aún, ellos me fueron revelados lentamente, a medida que se fueron desenvolviendo mis experiencias.

De niña, yo pasé mucho tiempo en compañía de los hermanos de mi padre. Gracias a eso, me encontré inadvertidamente en un mundo donde los hombres tratan por todos los medios de entrar, y estuve lo suficientemente cerca para observar cómo nuestros hombres aprenden a perfeccionar el andar de la alcoba. Más tarde, yo misma, al desdoblar la delicada ropa de cama, descubrí los enigmas que se encontraban escondidos dentro de las suaves telas que adornaban la cama.

A través de la ceremonia de iniciación de mi hermano, aprendí que al igual que el cura ya investido, los hombres deben someterse a un rito sagrado de iniciación si quieren romper la costura que hay entre la niñez y la madurez.

Finalmente, pude darme cuenta que cada hombre quiere ser considerado como un don Juan. Y aunque a ninguna mujer le gusta pensar que su marido—después de la boda—va a visitar habitualmente a las prostitutas, todas deseamos compartir nuestra cama con un caballero diestro, cuyos estilo, modales y apariencia hagan florecer en nosotras las semillas de la lujuria.

Por medio de la dolorosa pérdida de mi propia integridad física pude reconocer que cuando un marido no es apto para la cama de su mujer, la puerta queda abierta de par en par para la discordia conyugal.

Para convertirte en "dama, cocinera, y cortesana" tienes que aplicarte con gran diligencia para adquirir el conocimiento y observar las reglas de la etiqueta, aprender cómo trabajar con los ingredientes indicados en la cocina, y lograr la disciplina necesaria para mantener tu lujuria bajo control hasta el momento preciso. Con el tiempo, llegué a comprender que el verdadero significado de este dicho es que la mujer debe comportarse como una dama, sin importar en qué compañía o entorno se encuentre; debe desear agitar el apetito sexual del amante, incluyendo una medida de amor en cada plato que prepare; y debe practicar la restricción amorosa hasta que pueda estar con el hombre que ama. Esto último es lo más esencial.

A la caída de la tarde, justamente cuando el sol acaricia la última curva del horizonte, pregúntale al hombre que amas: "¿Qué deseas esta noche?" y escucha su respuesta, pero no con los oídos. Escucha con el corazón. Desea complacerlo, no como una esclava, sino como una amante. Y siempre mantente fiel al secreto más guardado de la seducción: Aquello que los hombres parecen no poder alcanzar es lo que más desean. Espero que los cuentos que siguen arrojen alguna luz sobre el cortejo, el arrullo y el noviazgo. Pero, por favor, no te sorprendas si no encuentras ningún mapa que te ayude a navegar las aguas desconocidas del corazón. El asunto de a quién amar, debo dejar que lo decidas por ti misma, porque nadie nunca podrá decirte cómo debes dar aquello que debe correr libremente, como el dulce jugo de la chirimoya, del corazón palpitante de cada amante.

Los misterios de la alcoba te serán revelados por sí solos a través de historias nunca antes contadas, en el momento propicio y a través de tu propia experiencia del amor.

Con todo cariño,
Tu Nana

uno: LAS REGLAS DE LA CASA

Si nuestros hombres saben cómo hacer que sus mujeres se entreguen completamente a puerta cerrada, es porque lo han aprendido en los burdeles.

El primer encuentro de mi hermano con esta tradición tuvo lugar una noche, a sus diecisiete años, cuando acompañado de Papá y sus siete hermanos visitó por primera vez El Palacio, el burdel más elegante de Caracas. Más tarde, me contó—con lujo de detalles—sobre la barra de mármol negro pulido, las cortinas de terciopelo rojo, los suaves cojines de satín, la esponjosa alfombra blanca y sobre las mujeres, cuyas esplendorosas bellezas justificaban cualquier extravagante adorno de esa magnífica galería adornada de espejos.

Después de llegar a la entrada principal, los clientes eran llevados enseguida en un elevador clandestino al entresuelo, donde eran recibidos por el espectáculo indescriptible de veinte mujeres de belleza extraordinaria, de todas formas y tamaños, paradas a cada lado de una escalera de caracol que conducía a los cuartos del piso superior. Todas estaban más o menos desvestidas, y sonreían tentadoramente a sus futuros clientes. Mi tío Raúl se sintió desilusionado, no obstante, al saber que la joven más pícara de la casa no estaba allí esa noche. Sin ella en la lista, dijo, se sentía como si algo faltara.

"Bienvenidos a El Palacio," anunció la matrona de la casa, con su voz melosa. "Éstas son las muchachas disponibles esta noche. Señoritas, por favor, denles la bienvenida a nuestros invitados y preséntense ustedes mismas."

El Palacio era lo que podría llamarse "una casa de tragos," que quería decir que los visitantes podían optar solamente por tomar tragos en el bar y no escoger ninguna muchacha. Ésta era una casa más elegante que muchas de las otras, al menos en ese respecto. Mi padre y sus hermanos querían esperar a Antonio en el bar mientras éste cruzaba el umbral de la niñez a la edad adulta.

"¿Y ahora, qué?" preguntó Antonio con fingida apatía, después que las muchachas dijeron cómo se llamaban.

Mi tío Raúl, replicó:

"Escoges tú."

Después de mirar atentamente al grupo por más de diez minutos, durante los cuales a él ya se le había olvidado cuál nombre iba con qué muchacha, Antonio finalmente dijo:

"Me voy con la que tiene la sonrisa bonita y las plumas."

Su nombre resultó ser Zuleima, y mi hermano más tarde diría que él estaba tan listo para encarar su destino que aunque hubiera sido ciego hubiera podido seguir las plumas que acariciaban su espalda cuando caminaba seductoramente delante de él al subir la escalera. Al contar el episodio, Antonio dijo que ver el encaje blanco en contraste con su piel color de canela lo había hecho desear agarrarla desde atrás, pero él había sido advertido de antemano por tío Raúl que si parecía demasiado ansioso revelaría que era un novato.

La presencia en el entresuelo de ocho machos de más edad que él alentó a Antonio, y por mucho que le encantara la posibilidad de ser insolente con su primera mujer, no iba a permitir que su belleza le hiciera cambiar su forma de pensar.

Mi joven hermano aparentemente recibió una calurosa bienvenida de parte de Zuleima, porque continuó en su compañía más tiempo del que era usual para los primerizos.

La mañana siguiente del inicio de Antonio, me desperté debido a la risa estridente de Papi, y escuché cómo hacía alarde ante mi madre que "ahora había dos machos en la casa," y lo orgulloso que estaba de su hijo por "haberse tomado aquella mujer como un verdadero hombre" la noche anterior. No fue hasta varios años después que entendí a fondo las implicaciones de tal iniciación.

Cuando Antonio vino a la mesa y se nos unió para desayunar, recuerdo notar que tenía una manera curiosa de caminar, y una sonrisa de seguridad en sí mismo que no tenía el día anterior.

"¿Cuándo me va a tocar a mí divertirme contigo y con mis tíos?" le pregunté inocentemente a mi padre.

"Por ahora no va a ser, Gabriela. Por favor, acaba ya de desayunar."

Cuando fui adulta y al fin me enteré de toda la historia, de labios de mi hermano, confirmé mi sospecha de que mi propio amor por lo clandestino había comenzado a nacer en el fértil suelo de lo prohibido.

dos: MI CÁMARA NUPCIAL

A la mañana siguiente a mi boda, recuerdo que miré por la ventana hacia el panorama que me daba la bienvenida: Tabay, un pequeño pueblo indígena situado en los Andes venezolanos, cerca de Mérida, fue el escenario de mi luna de miel con Jonathan.

Situado en la Mesa del Salado, entre Mucuy Baja y Mucunután, en la parte más fría del país, Tabay es donde se dan los frailejones blancos y la mayor variedad de pájaros de Venezuela.

Cuando al fin abrí la ventana, esperando poder tomar aire fresco, escuché a un par de agitados paujíes que sonaban como si estuvieran discutiendo airadamente. Me alegré de la distracción que me producían y de la brisa, que al menos inquietaba la desilusión de los sucesos de la noche anterior. La sempiterna neblina de los Andes comenzaba a apoderarse de mi alma.

¿Cómo podía él estar tan impávido después de lo que había acontecido la noche anterior? me preguntaba a mí misma. Con el tiempo llegué a comprender que mi esposo carecía de pasión alguna, precisamente en aquellas cosas que a otros les provocaban reacciones extremas.

Dejé que la mente se me deslizara con el movimiento de los forasteros parameños, unos árboles de la localidad capaces de florecer entre las inhóspitas temperaturas del clima andino.

Sintiéndome totalmente derrotada como mujer, traté de evaluar el nuevo orden de mi vida. Al darme cuenta de que éste no era más que el primer paso de mi jornada matrimonial me hizo desesperar aún más. A pesar de lo que me esforzaba por olvidar, la mente seguía reproduciendo despiadadamente las escenas de la noche anterior, cuando mi esposo—sin previo aviso—penetró mi ser como con un arma.

Con todo el peso de su cuerpo sobre el mío, sentí que en cualquier momento la cintura se me partiría en dos. No sabía si someterme o resistir. Quise empujarlo para que se separara de mí, pero sabía que de esa manera sólo lograría posponer la agonía. Mis trenzas de pelo negro, pegadas a la cara, me ayudaron a disimular la hostilidad que ya comenzaba a sentir hacia ese hombre, por el cual no sentía ni el menor afecto. En aquel instante dio comienzo en mi corazón—secretamente—mi guerra en contra suya. Su intrusión en mi cuerpo continuaba hiriéndome, hasta que comprendí que sufriría menos si me esforzaba por ir al ritmo aterrador de su cuerpo. Lo único que me hizo pasar aquel agonizante dolor fue el atontamiento que sucedió después.

Sólo unos momentos después de haber comenzado el acto, él pareció ahogarse con su propia respiración y comenzó a empujarse dentro de mí más rápidamente y con todas su fuerzas. De repente escuché un bufido, seguido de un profundo quejido de alivio. Di un chillido y dije el nombre de mi madre. Y en ese momento, lágrimas amargas comenzaron a rodarme por el cuello. Creo que me debo haber desmayado, porque recuerdo haber vuelto en mí. Mis músculos tensos me recordaron el asalto del que había sido víctima. En vez de la pintura de una cayena sobre las sábanas, la sangre seca entre mis piernas, crujiente como el barro, fue el triste recuerdo de que fui tomada sin consideración alguna.

Una desesperanza total me invadió cuando me encontré, cara a cara, con el hecho de que los sueños románticos de una señorita de dieciocho años habían sido inmolados despiadadamente.

Al anochecer, mientras el sol comenzaba a esconderse detrás de los Andes, los árboles parecían estar bañados en una luz roja difusa que aún prevalecía. Mirando su lento descenso, deseaba en ese momento ser enterrada con la última luz del día.

Esa noche comenzó lo que se convertiría en un dolor constante en mi pecho, un latido que se me apoderó de todo el cuerpo, y que consumiría la mayor parte de mis energías a través de los muchos años de infeliz matrimonio que prosiguieron. Pero en aquel momento, todavía no estaba dispuesta a dejarme vencer por mis temores, y haciendo un esfuerzo por calmarme los nervios y suprimir los incontrolables sentimientos de huir, recosté la cabeza en la almohada y recé para que Dios me diera las fuerzas necesarias para quedarme.

Durante el primer año de nuestro matrimonio, cometí el imperdonable pecado de tratar de "cambiar" a mi esposo. A mi parecer, ésa era la única manera de añadirle algún color a mi aburrida existencia, pero en más de una ocasión comprendí que me iba a ser muy difícil compartir la cama con un hombre para quien el amor no era más que una obligación.

Después de mucho tiempo, decidí que para triunfar en el matrimonio como esposa perfecta tenía que esconder mi infelicidad—igual que lo hacían muchas mujeres—detrás de una gran cantidad de actividades que me ocupaban la mayor parte del día, y que servían el dudoso propósito de evitar que pudiera aceptar mi realidad inmediata.

Yo justificaba mi situación recordándome a mí misma de lo que me habían enseñado: que debemos mostrar ternura cuando amamos, y fingirla cuando no. Me puse a dar clases de piano y a montar eventos benéficos para mantenerme ocupada. Y cada vez que empezaba a sentirme ahogada, buscaba refugio en la compañía de Constanza, acompañándola en los quehaceres que la hacían feliz.

Aunque parezca mentira, a través de todos esos años, nadie hubiera podido sospechar jamás que Jonathan y yo no éramos felices en nuestro matrimonio. Ésa fue quizá mi mayor victoria: como por arte de magia, pude hacer que los demás miraran en dirección contraria mientras una de mis manos lograba esconder los trucos.

A su debido tiempo, me permití aceptar el hecho de que no amaba a mi esposo, y que nuestra vida distaba mucho de ser un paraíso. Me temo que fue esta comprensión lo que me permitió, al fin, sentirme en paz conmigo misma, pensar de nuevo mis propias aspiraciones en la vida, y sembrar nuevas semillas en dónde antes habían crecido flores. Mi cambio de carácter permitió, a su debido tiempo, madurez suficiente y compasión para tratar de entender el mundo helado en el cual vivía tu abuelo. Aficionado a la literatura seria, e intenso desde la muerte prematura de su padre, él era un recluso hasta de su propia familia. Como resultado de una mayor comprensión de su fuero interno, y por haber llegado a darle una hija, aprendí a encontrar paz en nuestra unión, y llegué a disfrutar de nuestros tranquilos momentos juntos. Pude aceptar sin mucho trabajo que la llama de

la pasión nunca iba a estar presente en nuestra alcoba matrimonial, y abandoné la idea de que la mujer—para ser completa—
debe tener a un hombre que la complazca en todos y cada uno
de sus caprichos.

Al fin de cuentas, nuestro matrimonio fue el resultado de
haber logrado la cordialidad que a veces se desarrolla entre dos
personas que han invertido mucho en su vida en común.

Mi decisión eventual de ser célibe dentro del matrimonio
tuvo menos que ver con la falta de habilidades de mi esposo
como amante que con mi propio conocimiento de que Jonathan
nunca sería el hombre que evocaría la mujer que había dentro
de mí.

Al fin pude enfocar mi posición referente a las virtudes de la
mujer, y llegué a la siguiente conclusión: la cortesana no es la
mujer—según me lo habían enseñado—que por estar atenta a
los deseos del hombre que ama busca ser recompensada de
acuerdo con su capacidad como amante. Tampoco es cortesana
la mujer del burdel, quien recibe honorarios por acostarse con
los hombres, porque el intercambio honesto de dinero por favo-
res sexuales—por muy repulsivo que sea—está muy lejos de ser
fingido. Por lo contrario, llegué a la triste conclusión de que, de
las tres, es la mujer que comparte su vida con la de un hombre a
quien no ama, la que merece ser llamada cortesana.

tres: REFLEJOS

En agudo contraste con mi noche de bodas, en una de las más es-
pectaculares noches de mi vida durante aquel año de completo
abandono en Macuto, mi amor me llevó delante del espejo.

Esa tarde había encontrado una sorpresa que me había dejado encima de la cama: un regalo envuelto con gran pomposidad en una caja.

Después de desenredar cuidadosamente las cintas que lo ataban, con mi impaciencia aumentando cada minuto, al fin logré llegar al regalo. Cuando lo pude ver, lloré de alegría porque al fin un hombre me consideraba de la manera que mamá me había dicho que debía ser. La pieza exquisita dentro de la caja me hizo acordarme de aquel día especial en mi juventud cuando mi mamá había compartido con nosotras los secretos que guardaba cada una de sus delicadas piezas.

Casi escondido bajo ese maravilloso regalo había una segunda sorpresa: la misma caja de terciopelo rojo que yo le pedí a Yamila que le entregara a Jorge Armando el día de mi boda. No necesitaba abrirla para saber que el dije de oro estaba todavía dentro de ella.

Cuando cayó la noche, vestí el regalo que había encontrado sobre la cama, y me miré el cuerpo en el espejo. Jorge Armando entró en aquel momento. Ahí, ante el espejo, comenzó el más delicado de los actos, un acto que requiere gracia, confianza, agilidad y un valor excepcional.

Bajo el hechizo de su mirada fascinante, todas las imperfecciones de las cuales yo, como mujer, estaba tan consciente, parecían desaparecer detrás del espejo como por magia. En ese momento me sentí como una estatua que despierta a la vida, miembro por miembro, escapándose del mármol que la tenía encerrada durante siglos.

Totalmente consciente de su presencia, y esperando poder sentirme cómoda ante él, comencé a hablar sobre los dos desnudos que colgaban a ambos lados del espejo. Uno era una reproducción de *La Venus del espejo* de Velázquez. El otro era una reproducción de *La maja desnuda* de Goya.

Antes del siglo diecinueve, las pinturas de desnudos—incluso aquellas basadas en modelos—mostraban a ninfas y a dioses. Por ejemplo, en las de Velázquez,—encargada en 1647 por un patrocinador que decía ser admirador tanto de las mujeres como del arte—Cupido contempla el reflejo de una Venus reclinada (¡que era su madre!) en un espejo.

La inspiración para tales trabajos puede encontrarse en cualquiera de los numerosos episodios de *Las metamorfosis* del poeta romano Ovidio, con temas sexuales en la mayoría de ellos. En el mundo imaginario de Ovidio, las divinidades menores y mayores se persiguen unas a otras con total descuido.

Casi un siglo después de Velázquez, Goya revistió una sensualidad y erotismo parecido con la inconfundible influencia del gótico. Su *maja* es, no obstante, una sinfonía de líneas suaves y curvas que descienden.

Hacia fines del siglo dieciocho, ocurrió un cambio cuando la forma femenina adquirió una mayor actividad que hasta entonces se veía exclusivamente en las representaciones de las figuras masculinas. Como el arte inevitablemente refleja las normas que prevalecen en la sociedad respecto al género y la sexualidad, los pintores españoles se acercaron al desnudo femenino lentamente, mientras éste pasaba de modesto a juguetón.

Alargué los brazos y toqué las pinturas con mis dedos trémulos.

"Si hubieras estado vivo en esa época, ¿cuál hubieras escogido tú?" le pregunté nerviosa.

En ese momento hubiera querido cambiar mi incómoda ignorancia y timidez por la experiencia de todas las cortesanas del mundo.

"¿Has visto alguna vez . . . has observado alguna vez . . . No, mejor dicho, has admirado alguna vez la gracia de tus curvas ante un espejo, Gabriela?"

Mis recuerdos me llevaron quince años atrás, a la imagen de Yamila, durante las rutinas diarias de belleza. Pero a medida que retrocedía al pasado, mi propio reflejo parecía haberse separado de mi ser físico.

¿Quién sería esa mujer en el espejo que se hacía pasar por mí? Perdida en mis pensamientos, me imaginé que siempre hubo dos de nosotras, una de las cuales yo podía ver, y otra que podía verme a mí—en ese momento—reflejada en el espejo.

Tan familiarizado con mis modalidades como debe estar un cerrajero con cualquier tipo de cerradura, Jorge Armando sabía la respuesta a mi pregunta. Mirándome tan profundamente a los ojos como nunca antes había visto hacerlo a otra persona, dijo sin titubeos:

"Yo te hubiera escogido a ti, encanto."

Quitarle una bata corta—la ropa interior más preciada que jamás se haya creado—del cuerpo a una mujer, es, según la opinión general, una de las labores más delicadas. Tal como mi madre me lo había dicho, la ropa interior es un misterio que debe ser revelado con orgullo por la mujer, pero exclusivamente al hombre a quien ama.

Comenzando por el liguero—y con manos expertas—Jorge Armando progresó con seguridad hacia el descubrimiento de los sitios más remotos de mi cuerpo. Él comprendía sobradamente que, cuando la mujer viste tal ropa, sus naturales aprehensiones y ansiedades son causa suficiente para que sienta temor.

Después de besarme tiernamente en los labios, se puso a acariciarme la cintura, y poco a poco subió a las curvas de mis caderas al liguero. Pasó su dedo índice arriba y abajo de la tira del liguero, tocándome la pierna con ternura mientras lo hacía. Las rodillas me temblaron y casi caigo al suelo, pero sus brazos me sostuvieron de pie.

Su ávida exploración fue pronta recompensa. Al fin encontró la primera trabilla, escondida bajo el remate de seda de la liga. Con gran pericia, deslizó su dedo índice bajo la trabilla, mientras astutamente colocaba su pulgar sobre ella, como si los dos estuvieran pegados con goma. Con precisión desconcertante, viró la trabilla al revés, hacia el lazo del enganche, que de inmediato obedeció y se abrió. Cuando, uno a uno, los cuatro broches cedieron, las medias también se rindieron y se deslizaron de mis piernas hasta el suelo.

Dando rienda suelta a todo su pícaro encanto, Jorge Armando comenzó entonces a desabrochar en mi busto el corsé bordado que contenía todos mis deseos.

Con gran pericia se colocó detrás de mí, y con una mano comenzó a desabrochar cada botón de su ojete correspondiente. Mientras me acariciaba los senos con la mano que tenía libre, también el corsé cedió y finalmente se unió a las medias que estaban en el piso.

Sólo me quedaba puesta una pieza, la ropa que se viste primero y se quita de última, el último obstáculo que el hombre debe vencer para reclamar lo que desea.

Al placer apoderarse de mí, parecía como si me despertara de un trance, observando, al mismo tiempo, mi reflejo desnudo en el espejo, como si fuera la primera vez en la vida que me veía a mí misma. A través de mis ojos pude ver al fin aquella mujer oculta que siempre me había mirado a hurtadillas mientras eludía mi mirada.

Cuando al fin logró acariciar la última pieza sedosa que quedaba sobre mis piernas mientras me la quitaba, me convencí de que Jorge Armando era capaz de robarle el corazón aun a la mujer más íntegra.

Después de quitarse su propia ropa, me tomó por la cintura y las piernas, y me levantó en sus brazos. Mirándome cariñosamente a los ojos, me apretó tiernamente junto al calor de su pecho.

Y con el mismo cuidado que se le ofrece a la más delicada de las flores me llevó a la cama y me colocó sobre ella. En aquel momento con una ternura desconocida para mí, me devolvió la virginidad que yo tanto había deseado reclamar.

Esa noche no habría ninguna emoción desconcertante ni pasiones salvajes. Jorge Armando simplemente se sentó a mi lado y me ofreció la más dulce de las consideraciones. Yo permití que sus dedos vagaran sobre cada parte de mi cuerpo, haciéndome sentir con sus suaves caricias como si fuera una niña en vez de una mujer. Pasó toda la noche llenándome de dulces besos de pies a cabeza, y amándome completamente.

Después de llevarme a aquel lugar de calma que existe entre los últimos segundos que estamos despiertos y el mundo tentador del sueño, mi corazón se iluminó con claridad: la casi imperceptible brillantez de dos joyas que parecen idénticas, aunque no lo son, el sexo y el verdadero amor.

Tal adoración me hizo sentir radiante, ese sonrojo exquisito que no se consigue a través del artificio, sino únicamente de manos del amante ideal. La madre Francisca tenía razón: hay un brillo especial que adorna la cara de la mujer que es feliz en su matrimonio. Cuánto deseaba yo que mi amante y mi esposo fueran una y la misma persona.

A través de los años, he pensado muy a menudo en esa noche, pero nunca he hallado ninguna respuesta. Y todavía me pregunto: ¿Cómo es posible que el amor de otro pueda alterar de tal manera la imagen que uno tiene de sí misma?

cuatro: AGUA FRÍA

En aquella noche inolvidable, el aire de Macuto era tan denso que casi me costaba respirar. Aún recuerdo mi sed. A pesar de que la casa había sido construida cerca de Playa Azul para que las brisas del océano la refrescaran, en el transcurso de la noche la temperatura subía cada vez más.

Las ropas de cama estaban empapadas, y tenía la boca seca como la arena de la playa al mediodía. Al fin me levanté de la cama para tomar agua, tratando de no despertar a Jorge Armando, quien acostado tranquilamente sobre la cama parecía no darse cuenta del calor sofocante.

Me encaminé descalza hacia la cocina, sobre las lozas frescas del piso, la única superficie que no parecía darse por vencida ante el implacable calor.

Una hermosa luna iluminaba la ventana. Mientras contemplaba su forma casi llena, el movimiento de las olas de la playa me adormeció. Decidí acostarme momentáneamente sobre la mesa de roble, donde unas cestas de mangos y jarras con agua del pozo permanecían durante noche. Con cada movimiento, podía oír las olas del mar rompiendo contra las rocas, desbaratándolas y formándolas de nuevo.

Cerré los ojos y comenzé a pensar pensamientos del agua. Acostada sobre la mesa, sentí que el líquido esencial de la vida me acariciaba la punta de los dedos, fluyéndome hacia arriba a través de los brazos, su constante surtir elevándose, deslizándoseme hacia la punta de los senos, que parecían emerger y sumergirse dentro del agua, hasta crear cascadas ondulantes de gran fuerza, y dispararse directamente hacia el mundo que existía entre mis piernas. Por un instante sentí una oleada de paz, como si las ondas se hubieran convertido en un murmullo distante.

Ahí acostada, pensé en lo que estaba ocurriendo y en la persona en la que me estaba convirtiendo, ni más ni menos, una desconocida para mí misma, igual que pudiera parecerles a las personas que creían conocerme. Por un momento me pregunté si podría volver a reclamar el mundo que había habitado antes de mi viaje a Macuto.

Momentos después escuché el sonido de pasos que se acercaban a la cocina.

Él siempre fue capaz de leer mis pensamientos, y, como si fuera la cosa más natural del mundo que yo estuviera acostada ahí, los dedos suaves de Jorge Armando comenzaron a buscar mis curvas. Me acariciaron lentamente, como si mi cuerpo fuera el arpa más preciosa cuya bella música él quisiera despertar.

Entonces se movió al lado más distante de la mesa y comenzó a tocarme de nuevo. Me sentí débil. Después de un momento se detuvo, como a veces hacía, dejando que me preguntara si iba a continuar o no. Jorge Armando siempre esperaba unos segundos entre una caricia y otra. Yo me maravillaba de cómo unos pocos segundos podían parecer horas. Él sabía que ese pequeño espacio de tiempo me dejaba desesperada, deseando aún más. Desde la primera vez que me besó, yo sabía que estaría atada a él para siempre.

Con mucho cuidado me separó las piernas, como se le puede hacer a un capullo que apenas florece, y deslizó sus dedos dentro de mí, levantándome y bajándome, hasta guiarme suavemente al final. Sus manos parecían ser como gotas de lluvia que acariciaban mi interior. Me besó con mucho cariño, y permaneció ahí, haciendo que me percatara aún más del pequeño espacio que pedía ser llenado.

Mi resistencia desaparecía, poco a poco, con cada caricia.

"Otra vez," supliqué débilmente, sintiendo de momento el calor de mi propia piel.

Mi respuesta había surgido de una fuente diferente, de un manantial que estaba en el fondo de mi ser y había estado escondido desde mi nacimiento, y así permanecería después que él se marchara.

"Ten paciencia, mi nena," musitó.

Comenzó de nuevo a acariciarme entre las piernas. Era una sensación que yo temía no volver a sentir jamás. Aprendí a llamarla "hilos dorados" a esa sensación, porque parecía que Jorge Armando siempre tejía mi placer con delicados hilos de oro.

¿Qué había hecho yo para merecer esta dicha? Amor bendito, delicado, la clase que sólo llega una vez en la vida, la clase de amor que debe ser ofrecido en un lugar donde se llevan ofrendas sagradas. La clase de amor que desafía cualquier explicación racional, y que puede ser apreciado sólo si se experimenta su significado sublime, su profundo poder, su fuerza espiritual en otra persona.

Nosotros dos siempre llegamos a nuestra íntima comunión con los corazones abiertos. Desde lo más profundo de nuestro ser, nuestra angustia y alegría fueron siempre el resultado del profundo deseo que sentíamos por acariciar y ser acariciados el uno por el otro. Este amor puro me dio la respuesta al deseo inherente por lo sagrado, por lo espiritual, por lo eterno. A través de nuestra gran adoración, pude satisfacer mi anhelo de sentirme unida a algo, de comunicarme con las fuerzas misteriosas responsables por mi propia existencia. A través de nuestra unión aprendí a respetar el amor como una de las maravillas del universo, pues fue en sus brazos que, finalmente conocí lo que es la paz.

Yo esperé, por años, pero no volví a sentirla, aquella sensación de olas suaves agitándose entre mis piernas, llevándome igualmente a la profundidad que a lo más alto de las emociones; un viaje que trascendía el tiempo y el espacio, y transformaba la misma esencia de mi ser. Lo extrañaba desesperadamente, hasta en ese mismo momento, hasta en su vívida presencia.

Él pausó, calladamente, y yo sentí cómo el empuje de mi tibio despertar me hacía cosquillas indecorosas desde las piernas hasta las rodillas.

Todavía escuchaba el sonido del mar, ahora amplificado, como si alguien me hubiera colocado una concha de mar en el oído. Refrescada por mi propio sudor, sentí alivio del calor por un momento.

Al levantar la vista me encontre que él todavía ahondaba en lo más íntimo de mi ser. Estaba totalmente entregado, y completamente afectado por aquel encuentro. Sus caricias tenían una cadencia rítmica, balanceada, una modulación poética, arriba, abajo, arriba . . . abajo otra vez, hasta que no tuve otra alternativa que desmayarme en éxtasis total con un grito ahogado.

Me besó una vez más, con un movimiento que hizo que me calmara por un segundo. Mis piernas parecian estar más mojadas que el océano. Jorge Armando deslizó su dedo dentro de mi boca, mientras yo continué mis quejidos, impaciente, retorciéndome. No podía frenar mis lamentos, cada suspiro era como un susurro perdido. Cada vez que se detenía, todo mi ser experimentaba una espantosa desilusión. Durante esos cortos segundos, temí nunca más oír el sonido de esta rara melodía demamor.

"Por favor, no te detengas," suspiré.

Mi cuerpo y mi cerebro estaban atados para siempre al tibio manantial de mis entrañas.

Su adoración me hacía sentir como si mis oídos hubieran estado tupidos por muchos años, y, de repente, y sin aviso previo, pude oír mejor que en ningún otro momento de mi vida.

Y, de momento, todo quedó en silencio.

Aún sorprendida por la sed que me agobiaba, estiré el brazo para alcanzar la jarra sobre la mesa, pero él la alcanzó primero. Entonces colocó sus labios sobre los míos, y tiernamente dejó caer agua en mi boca. Me tomé el agua febrilmente. Y aunque sólo estaba tibia, yo nunca había comprendido hasta ese momento lo que era estar verdaderamente sedienta. El agua fresca se deslizó por mi garganta hasta parecer casi dulce, y se sentía más dulce aún por haberme sido dada por mi amante. Me sentí embriagada de placer. Me preguntó si quería más, y asentí febrilmente con la cabeza, sin que ningún sonido se me escapara de la boca.

Una pasión extraña se apoderó de nosotros. Jorge Armando mojó su dedo dentro de la jarra y se puso a delinear la silueta de mi cuerpo, trazando una línea desde mi garganta hasta mi estómago, deteniéndose en el ombligo. Entonces se separó de mí, y pasó a la cocina para buscar algo. Escuché que abría una gaveta y de pronto estaba a mi lado otra vez. Tenía un pequeño cuchillo en su mano con el que comenzó a acariciarme la piel.

Me dijo al oído:

"No tengas miedo. Ésta no es una sensación que se busca. Se descubre."

Debía haber sentido miedo, pero, no fue así. En su lugar me sentí bendecida, un sentimiento con el que ya estaba familiarizada, el reconocimiento definitivo de haberlo conocido en otra vida. Este conocimiento me llegó con toda la claridad y brillo de una joya recién pulida.

Cuando tocó la entrada de mi cuerpo con la punta del cuchillo, se me escapó, un pequeño grito, un sonido primitivo de posesión.

Asimilé el momento con lentitud, con el conocimiento tranquilizante de quien llega a un lugar del que no hay regreso.

En ese momento, las oleadas de placer parecían aumentar, más apasionadas, como prediciendo una tormenta.

Jorge Armando puso el cuchillo a un lado y me abrió las piernas. Como siempre, pudo leerme la mente: Yo quería sentir su ser dentro de mí. Él se movió hacia el final de la mesa, y aún de pie, me atrajo hacia él, su ritmo un perfecto movimiento de reflujo ascendiente que daba la bienvenida a mi éxtasis final, hasta que ya no pudo mantenerse más de pie. Con lamentos de placer, me colmó hasta que ya no éramos dos cuerpos separados, sino una única ola de pasión que se rompía sobre sí misma. Entre nosotros sólo quedaba una serie de exabruptos simultáneos, exquisitos, embriagantes.

Sentí deseos de gritar de alegría y llorar de angustia, ambos murmullos íntimos que brotan del alma. En ese momento conocí el placer de regresar a la fuente de nuestra naturaleza, a la elusiva perfección del alma.

Después de un rato, tomó de nuevo el cuchillo. El corazón me latía más aceleradamente, con ansiedad, pero me quedé quieta sobre la mesa, con los brazos a cada lado del cuerpo. Sonrió con ternura al escuchar mis quejidos inocentes.

Todas las noches, al final de nuestros juegos amorosos, yo deseaba que hubiera más, y rezaba para que esa sensación inigualable siempre estuviera presente en mi vida.

Yo estaba segura de que nada ni nadie podría darme una sensación de posibilidad y riesgo tan apasionante. Años después pude comprender que únicamente arriesgándonos es que aprendemos a dominar el espíritu propio; sin riesgo, nos vemos obligados a perder el equilibrio si nos negamos la más extraordinaria de las sensaciones imaginables, la de perderse en una experiencia mientras la estamos experimentando.

Apreté los ojos por un instante. Cuando los abrí de nuevo, Jorge Armando estaba aún ahí, bañado en la luz de la luna, sosteniendo el cuchillo en la mano derecha. Despacio, deliberadamente, se hizo una pequeña incisión en el dedo pulgar. Yo me le quedé mirando, sorprendida, buscando en su cara la evidencia del dolor que debía sentir. Pero no pude encontrar muestra alguna. Y entonces me entregó el cuchillo. Sentí de antemano como si miles de alfileres me pincharan lentamente las venas. Aguanté la respiración.

"Vamos, nena," me dijo con ternura.

A pesar de contemplar cómo brillaba la afilada hojilla a la luz de la luna, tenía confianza en él.

Obedientemente, apreté el cuchillo contra mi dedo pulgar, y lo deslicé hacia abajo. Hizo una pequeña cortada que dejó salir unas pocas gotas de sangre. Jorge Armando me tomó la mano y apretó su dedo pulgar contra el mío, uniendo las dos cortadas para que nuestra sangre se mezclara. Entonces me besó, un beso largo que mezclaba el dolor con el placer, y que poco a poco impidió que la cabeza me siguiera dando vueltas. Yo deseaba que la herida formara una cicatriz que viviera eternamente como recordatorio de este matrimonio que unía nuestras almas. Esa noche juré en mi corazón que nunca más amaría, pues yo le pertenecía a él por completo. Pero aun así, me dolía pensar en mi traición.

Ambos nos habíamos amado hasta volvernos solamente nervios, sin que nos quedara sentido alguno. Habiendo desnudado mi alma por completo, me convertí en mujer hasta lo más profundo de mi ser. Por primera vez comprendí que estaba enamorada, pues es imposible no amar cuando eres amada tan perfecta y completamente.

Me dio a tomar agua una vez más, y me llevó a la cama.

Después que mi cuerpo había bebido del líquido esencial de la vida, yo estaba segura de que en lo profundo de mi sed saciada, ya más nunca habría descanso.

cinco: TAPIZ

En las primeras horas de la mañana, Yamila trajo a mi cuarto a la persona que me ayudaría a traer al mundo la prueba fehaciente de que yo había amado y había sido correspondida.

Todos mis deseos se hicieron realidad el primero de junio de 1955. Nuestro amor había dado su fruto. Pero ese día fue también amargamente dulce.

Mientras una vida estaba a punto de nacer de mi cuerpo, Jorge Armando me preguntó si estaba lista. Él también había esperado. Unos pocos meses antes, me había ofrecido una vida a su lado lejos del santo sacramento del matrimonio. Si yo no tenía el valor de abandonar mi matrimonio en busca del amor verdadero, Jorge Armando me informó que regresaría para siempre a las islas Canarias, y que no nos veríamos más.

El momento que tanto temía había llegado. Tenía que decidirme antes de que nuestra criatura viniera al mundo. Recuerdo cómo luché con esas palabras. Cuando al fin pude hablar, las palabras me salieron de la boca con lentitud:

"Yo . . . no puedo. No puedo anteponer mis pasiones a la realidad de mi vida."

El parto fue difícil. Como si bebiera simultáneamente de la copa del placer y la del dolor, la vida y el amor perdido luchaban dentro de mí. Entonces, aunque fue sólo por un momento, la vida puso a un lado mis temores y me sentí transformada. Esta vida que pujaba dentro de mí le pertenecía a él. Mi corazón palpitante parecía cargar un peso enorme, tan pesado, por cierto, que mucho tiempo después todavía cargaba su peso por dentro de mí.

Después de varias horas de parto, se asomó la cabeza de Tapiz. Haciendo caso omiso a lo demás, solamente con el febril deseo de respirar, Tapiz apareció y casi inmediatamente comenzó a llorar, como si su carita suave y amoratada fuera un ligero suspiro de alivio.

Yo estaba demasiado asustada para cerrar los ojos, y demasiado asustada para abrirlos.

Cuando la comadrona abandonó mi cuarto, él estaba aún en el pasillo, pero un repentino susto en mi pecho—como si fuera un presentimiento—me anunció que no iba a permanecer ahí por mucho tiempo. Incapaz de enfrentarse a lo que ciertamente iba a ser doloroso, después de asegurarse que nuestro bebé y yo estábamos bien, Jorge Armando se marchó de Macuto aquella misma noche.

Yamila luego encontró prendida a la cuna de Tapiz la más hermosa carta de amor que yo haya leído jamás. Sus palabras, como joyas, montadas sobre la tristeza que compartíamos, todavía brillan en mi corazón.

1° de junio de 1955

Mi querida Piel de canela:

Todos hemos sido alguna vez bendecidos por un gran amor, un objeto de deseo tan extraordinario que se mantiene intocable en nuestra memoria para siempre. En realidad, no; esta pasión única, este verdadero sentimiento que embarga al corazón como si fuera una daga punzante, crece sin explicación alguna con el pasar del tiempo.

El nacimiento de nuestra hija me ha hecho darme cuenta de por cuánto tiempo te he llevado por dentro. Amándote, finalmente aprendí la diferencia entre el amor, y amar a una sola mujer. Pero nuestra unión también trajo el final de tu preciosa inocencia, y ello me causará pesar por toda una eternidad.

Ahora más que nunca, mi alma anhela ser una sola con su otra mitad. Es este dolor permanente el que me asegura que nuestras vidas—que se unieron tan al azar—se mantendrán así

*con el pasar del tiempo, porque el milagro del amor no tiene deu-
das con la muerte.*

*Estoy seguro que pensarás en mí cuando la tarde comience a
desprender la luz de su esplendor de la misma manera que yo
pensaré en ti al afrontar la oscuridad.*

*Prometo mantenerme alejado para que puedas vivir en
paz, de acuerdo con lo que se espera de ti. Pero, quiero que sepas
que, en ese lugar sagrado donde vive el fuego de nuestra pasión, tú siempre suspirarás en mis brazos como si fuera la primera vez.*

*Con todo mi amor
Jorge Armando*

Nunca antes sentí las fuerzas del amor y la ausencia como las
sentí en ese momento, y nunca más volví a sentirlas. Yo pertenecía a mi amante. Las sábanas manchadas eran la evidencia física
de que mi corazón estaba destrozado.

Mi jornada a través de la vida se llenó de un agonizante
temor, al afrontarme al hecho de que la oscuridad no sería lo
único que me iba a perseguir. Un silencio casi sobrenatural que
se apoderó de mí me seguiría por muchos años. La ausencia de
Jorge Armando, desde entonces acechó el resto de mi vida.

Durante los meses que siguieron, me preparé para el reen-
cuentro con la vida que había dejado atrás, con toda la solemni-
dad de una monja que está lista a tomar las órdenes sagradas.
Para prepararme para mi peregrinación, anoté mis planes y mis
deseos para el futuro en mi diario. Entre los más importantes
aparecían el recibir la bendición divina, el asegurar el bienestar
de Cristina mientras criaba a Tapiz en secreto, y la renovación de
mis votos en el santo sacramento del matrimonio.

Al rechazar mi vida como amante busqué conseguir a través
de la fe la respuesta a la pregunta más trascendental: ¿Cuál era el

propósito de mi existencia? Pero la respuesta a esta incertidumbre sólo se encuentra al final de una jornada espiritual. Yo esperaba que al buscar a Dios, permanecería eternamente enlazada al amor que sostenía mi vida.

Estaba consciente de que tenía unos pocos meses para recuperarme antes de mi regreso. Preparándome para regresar a mi casa con una recién nacida inesperada, y con el eco del dolor aún presente, decidí escribirle una carta triunfal a mi madre, si bien ausente de toda franqueza:

Después de mi ausencia de un año, me alegra informarte que mi estadía en Macuto, hecha posible con tu gran generosidad, ha alcanzado al fin los resultados que deseábamos. Te doy las gracias por anticipado, ya que me encuentro en perfecta salud, tanto de mente como de espíritu. A la familia le espera una agradable sorpresa de parte de Yamila. Esperamos estar ya listas para que nos vengan a buscar el nueve de septiembre. Tal pensamiento, madre querida, me llena de una alegría como no he sentido desde que era niña. Cuento los días para vernos y no puedo pensar en nada más que en las delicias del hogar y la maternidad, sin ninguna otra inoportuna distracción. ¡Cuánto he anhelado poder disfrutar de esta felicidad completa! Por favor, dale todo mi cariño a Cristina; aunque Jonathan me dice que está bien, solamente tú puedes comprender cuánto he echado de menos a mi querida hija. Dale mi cariño a Constanza, y asegúrale que cuando la vuelva a ver, mi jornada espiritual habrá terminado por completo.

Con todo cariño,

Gabriela

Yamila y yo nos pusimos de acuerdo para que Tapiz viviera en mi casa, pero como hija *suya*, no mía. Esta resolución me dio valor para enfrentar la inmolación de mi alma. Yo criaría a nuestra hija en proximidad de cuerpo y espíritu. Para llevar a cabo esta ignominiosa tarea, descubrí que tenía montones de reservas de las cuales no me había percatado.

Empujada por las inexorables fuerzas del deber, me separé totalmente del amor de mi vida. Su ausencia me ahogaba de tal manera que a veces me sentía inerte, a no ser por el recordatorio que me ofrecía mi respiración constante.

La mañana de mi último día en Macuto, poco antes de que mi hermana y Mauricio, su esposo, llegaran a recogernos, supe, con convicción total, que muy pronto cerraría la puerta de mi infancia por última vez. Y al cerrarla, estaría martillando el último clavo en el féretro que guardaba todos mis sueños imposibles, mis momentáneas explosiones de deseo, y todo lo demás que había descubierto a través de mi encuentro con el amor. En aquel momento la vida se esfumó ante mis ojos, mientras me apoyaba en el dintel de la puerta, sollozando. De entonces en adelante, mis lágrimas serían mis únicas acompañantes a través del árido desierto de mi vida. Con su ausencia, una parte de mí se había comenzado a atrofiar: la parte de mi persona que Jorge Armando había despertado. Pero, en ese momento, a pesar del dolor que me arrazaba, hice un esfuerzo por restaurar el equilibrio en mi vida.

Suprimiendo todas las muestras de tristeza, y preparándome para la llegada de mi hermana, decidí llevar puesto un manto de encaje negro. En el bolsillo derecho coloqué lo que me había escrito a mí misma: "La guía de la esposa ideal." Estos eran los nuevos arduos valores morales que me asigné para así llevar a cabo mi papel de esposa, madre, y compañera. Nunca más sería una querida.

Abrumada por lo que acababa de leer, Pilar enjuagó las lágrimas de sus ojos y se preguntó cómo se sentiría su madre si se enterara de esto. Posiblemente se negaría a creerlo, pensó.

Una criatura producto de un amor clandestino, dos corazones partidos y una mujer prisionera en un matrimonio sin amor. Por un momento Pilar consideró cuántas vidas habían sido rotas por el sólo hecho de que una persona no había seguido su corazón. Ella comprendió que no debía cometer el mismo error. ¿Qué valor tendrían las lágrimas de su abuela si ella no aprendía de sus experiencias?

Pilar comprendió que el fracaso en la vida de su abuela tenía que convertirse en la piedra angular de la suya, y sintió de momento una necesidad imperiosa de hablar con su mamá.

Si bien estaba consciente que lo que planeaba decirle causaría un pánico en la familia, ya no temía a la reacción de su madre. Los conocimientos de Nana le habían dado el valor de imponer su voluntad con calma y sin la inquietante ansiedad que había manchado todas las conversaciones anteriores sobre dicho tema.

Pensó hacerlo antes de ir al supermercado. Patrick la había llamado la noche anterior y estaba de acuerdo en venir a verla esa noche para comer juntos y hablar:

Pilar tenía que empezar a cocinar tan pronto como regresara del supermercado. Era mejor hacer eso primero: en un lunes cualquiera, hacer temprano la llamada a la que tanto temía no tenía mayor importancia. Después de haber leído los diarios de su abuela, Pilar estaba consciente de que no tenía otro remedio.

Mientras marcaba el número, se preguntaba si todas las mujeres en algún momento de sus vidas tendrían que tener una conversación tan desagradable como ésta con sus madres.

"Hola, Mamá," dijo, tan pronto escuchó la voz de Cristina.

"Hija, ¿llegaste bien? Estaba empezando a preocuparme por no haber sabido de ti."

"Lo siento, Mamá, pero llegué muy tarde y no quise despertarte. Además, tenía mucho en la mente."

"¿Qué tal fue el viaje al aeropuerto con Rafael?"

Pilar sonrió. Tenía que darle crédito a su madre por insistir.

"Fue bien. Pero en realidad, por eso te llamaba. Tengo que decirte algo."

"¿De veras?"

La voz de Cristina denotó una momentánea esperanza.

"Sí. Te llamo para decirte lo que he decidido hacer."

Cristina tuvo que haberse percatado del grado de convicción que tenía Pilar, porque, por primera vez, parecía escuchar a su hija de verdad, en vez de estar esperando que terminara de hablar para interponer otra tanda de consejos que nadie le había pedido.

"¿Sí, hija?"

Pilar sintió una punzada de culpabilidad en la boca del estómago, pero continuó repitiéndose las palabras de Nana: "Cuando encuentres tu huerto de la verdad, debes encontrar la manera de entrar en él. . . ."

"¿Has decidido, qué, Pilar?" apuntó Cristina.

"Que no voy a regresar a casa. Al menos, no por el momento."

"Ya veo . . . ¿Y cuándo decidiste eso? Ayer, cuando te fuiste, me dijiste que no estabas aún decidida."

"Lo sé, Mamá, pero ahora sí lo estoy."

"Ya veo."

Pilar sintió la desesperación de su mamá, pero no había marcha atrás. Pilar podía escuchar en su propia voz una inquebrantable determinación que nunca antes había tenido. En ese momento, nada que Cristina dijera iba a hacer cambiar de opinión a Pilar.

Con un aire resignado, su madre le preguntó si al menos planeaba regresar a la casa para navidad.

"Sí, Mamá, estaré en casa para navidad. Y, Mamá, por favor, dile a Ana Carla que la llamo este fin de semana."

"Muy bien, hija, se lo diré."

Después de un segundo, dijo:

"Pilar, yo sólo quiero lo mejor para ti . . . Tú sabes eso, ¿no es verdad?"

"Sí, Mamá, lo sé."

Por un instante, Pilar lamentó la distancia que había entre ellas y la decepción que le estaba causando a su madre, pero al fin comprendió que la felicidad tenía su precio. Ella se había imaginado ese momento durante mucho tiempo, y en su mente, siempre había sido una victoria. Pero la realidad resultaba ser menos satisfactoria de lo esperado, ya que para que una persona fuera feliz, la otra tenía que sufrir. Hasta Patrick había dicho algo parecido, "Si quieres comerte una tortilla, tienes que romper unos cuantos huevos."

Cristina le hizo la última pregunta:

"¿Y qué le voy a decir a Rafael?"

"No te preocupes, Mamá. Yo me ocupo de eso."

Y así lo hizo. Tan pronto colgó con su madre, llamó a Rafael por el celular.

"Muñeca, ¡qué agradable sorpresa!"

Pilar le dijo con firmeza a Rafael que no lo vería durante su próxima visita a Chicago. Esta vez, y diferente a las veces anteriores, ella no cedió, porque no quería darle la impresión de que podía hacerlo en alguna otra oportunidad. Pilar sabía que la mayoría de los hombres latinos creían que cuando la mujer decía que no estaba en realidad buscando ánimo para decir que sí. Por lo que se aseguró que Rafael entendiera que ésta era su última palabra sobre el tema— siempre abierto a futuras discusiones—de cuándo se volverían a ver.

Como era esperado de su carácter, Rafael aceptó la derrota con mucha cortesía.

"No me dejas ninguna otra opción, querida. Obviamente que me siento desilusionado, pero debo decirte que me alegro por ti. Tu voz suena diferente, Pilar. Suenas . . . feliz."

"Lo estoy, Rafael. Lo estoy."

Después, Pilar se maravilló de lo fácil que todo había resultado, como suele suceder cuando uno está decidido. Como todas las adivinanzas, después que uno sabía la respuesta, todo parece tan claro como el agua.

A Pilar sólo le quedaban unas pocas páginas por leer del último tomo del diario de Nana. Primero, no obstante, tenía que ir a comprar algo en la tienda. Al regreso, terminaría de leerlo, lo cerraría con un beso, y haría lo que su abuela hubiera querido que hiciera.

seis: sangre caliente

Ésta es la primera y la última vez que voy a contar la historia completa.

Todos nuestros días están contados, y por lo tanto, no debemos desperdiciar ninguno ni dejar nada por decir pues cada amanecer es un regalo de Dios.

A los sesenta y dos años de edad, todavía siento el deseo de acurrucarme en aquel pequeño espacio entre sus caricias, y los latidos constantes de su corazón. Yo habría hecho cualquier cosa por él, menos destruir a mi familia o su buen nombre. En vez, decidí pagar tributo a los placeres ordinarios que se llegaron a convertir en los cimientos de mi vida.

La tranquilidad de poder caminar con mi esposo por las calles, y la satisfacción de contemplar a nuestra hija observando el respeto que sus padres sienten el uno por el otro; la simple satisfacción de preparar infinidad de comidas para mi familia; la alegría de recibir miles de besos de mis nietas, y la gran amistad de una mujer que mantuvo en secreto el no haber tenido una hija propia por tener que sobrellevar la carga de la mía. Éstas son las bendiciones que me han sido concedidas.

Durante los últimos treinta y dos años he logrado hacer las paces con mi pasado. Esto es, finalmente, lo que me permite compartir contigo esta historia de amor incomparable, un sentimiento que la mayoría de la gente encuentra difícil, quizá imposible de comprender. La historia de una mujer cuyas pasiones más recónditas fueron despertadas tiernamente por un amante, a quien ella le entregó el mundo; una mujer que nunca pertenecería a su esposo y quien un día se encontraría luchando contra una pasión desatada que disminuiría su confianza como esposa y madre, a medida que se entregaba por completo a deseos que no eran enteramente suyos.

El día que Tapiz nació, su padre me suplicó, por última vez, que fuera suya pero no pude decirle que sí.

Pensando solamente en mí misma por un momento, estoy segura de que tomé la decisión equivocada al escoger vivir separada del amor de mi vida. Pensando estrictamente en mi familia, tengo la seguridad de que no. Le entregué mi vida a mi familia, a Jorge Armando Caballero le entregué mi alma, un lugar donde vivirá para siempre, porque él fue el único—durante toda una vida—que me había tocado allí.

Cada vez que hacíamos el amor, nos trasladábamos a un

lugar sacrosanto desconocido, al cual siempre deseábamos regresar. Tal era el sentimiento que nos unía. Siento paz en el corazón, únicamente porque él nunca lo abandonó. En mi fuero interno yo sé que ambos respiramos el mismo aire, aún estando inhibidos por una realidad física diferente. Si esto te suena a magia, es porque lo es.

Aunque no nos volvinos a hablar, nos sentimos atados por el milagro del amor, unidos tan fuertemente como pueden estar dos personas cuya única alma ha sido arbitrariamente convertida en dos cuerpos separados. La mejor manera de describir esto es que tan pronto como nos entregamos el uno al otro por vez primera, nos dimos cuenta que si algún día tuviéramos que separarnos físicamente, nuestra alma única quedaría vagando en la inmensidad del universo. Cada uno de nosotros creó al otro por completo. Si bien yo experimentaba la intensidad de estos sentimientos cada vez que él me hacía el amor, sólo pude darme cuenta poco a poco con el pasar del tiempo de lo que esto significa para la vida humana. Si en ese momento lo hubiera comprendido, probablemente me hubiera ido con él.

De vez en cuando vuelvo a revivir cada segundo que pasamos juntos. Cada vez que lo hago, paso las imágenes meticulosamente a través de mi mente, imprimiéndolas todas cada vez, lo cual no es distinto al ritual de repetir una historia, una y otra vez, para asegurar que sobrevivirá durante generaciones. Pero las generaciones viven sobre la tierra, y nuestro amor, no.

Recuerdo todo lo referente a él. Recuerdo su gracia y su gentileza. Recuerdo que olía a la brisa del mar y al salobre aire de Macuto. Recuerdo cómo su piel color café con leche se sentía sobre la mía. Y nunca olvidaré los susurros intermitentes de puro placer que se escapaban del fondo de mi alma mientras él se preparaba a trasladarme temporalmente de mi morada permanente.

Extraño sus ojos de color cacao, que siempre encontraron mi belleza. Sus ojos se hundían en los míos, y unos minutos después, sacaban toda la belleza que surge de la profundidad de cada mujer cuando se enamora desesperadamente de un hombre. Si la dicha tuviera color, tendría que ser de ese inconfundible brillo rosado del amor, que hasta la madre Francisca tenazmente me señaló.

Algunas veces, durante el transcurso del día, busco el dije plateado que todavía llevo en el cuello, y trato, como él me lo pidió una vez, de encontrar *música en el silencio* de su ausencia. Cada vez que lo hago, me pregunto dónde estará, y trato de evocar lo que estará haciendo en ese momento. Al amanecer, me imagino despertándolo con un beso; al caer de la noche, me imagino refugiada en sus brazos. A veces también me pregunto si él habrá podido volver a comerse un mango sin pensar en mí. Yo no he podido.

Jorge Armando descubrió mi esencia, y me enseñó lo que es ser mujer de una manera que muy pocas otras—quizá ninguna—jamás llegan a comprender. A través de los años, su amor me ha acariciado como si fuera una agradable y constante brisa. A veces me paso los dedos sobre mi cuerpo y pienso que son los suyos, adorando cada una de mis curvas, como lo hicieron miles de veces.

Otras veces reflexiono sobre lo que de otra manera habría sido una hermosa amistad, mi bella amistad con Yamila. El único problema es que el ama de casa no puede ser en realidad amiga de una sirvienta. Pero en lo más recóndito de mi ser, Yamila ha sido mi más íntima y querida amiga. ¿Por qué cargó ella con la enorme responsabilidad de lo que es indiscutiblemente un acto inmoral? Es cierto que a su parecer no le quedaba otra opción. Cuando has nacido para ser criada, no te sientes con derecho a ninguna otra alternativa. Pero, ¿y qué de su devoción? Yamila sí tenía derecho a sus preferencias: eran suyas, y únicamente suyas para ofrecer.

"Señora Gabriela, por favor, no sufra," ella me decía cuando yo lloraba desesperadamente durante los meses que prosiguieron a mi regreso de Macuto. "Usted sabe que él siempre la amará."

En medio de mi sufrimiento, yo me sentía reconfortada por una de sus mejores cualidades: su simple manera de pensar.

"Nosotros tenemos un dicho en Canaima, Señora: "Cuando las semillas del hombre arden dentro de uno, uno le pertenece para siempre."

Yo siempre estuve maravillada por la sabiduría escondida en tan simples verdades.

A mi regreso de Macuto, Jonathan parecía intrigado por mi deseo de hacer mis comidas en la cocina con Yamila y su hija. Seguro que pensó que era una nueva rebeldía de Gabriela contra las costumbres: la señora de la casa nunca debe sentarse en la misma mesa que la criada. Solamente una madre puede comprender que una mujer siempre se siente cómoda en presencia de su hija. Yo no podía actuar de otra manera.

Tapiz creció feliz. Nunca ha sospechado que tu madre, Cristina, es su hermana; ni Cristina tampoco lo sospecha. Ninguna de las dos lo comprendería, ni lo desearía, porque todos nos acostumbramos a la vida que conocemos.

Cada vez que oigo a Tapiz decirme "Señora," en vez de "Mami," el corazón se me vuelve a partir. Pero la música que hay en su voz mantiene vivas las canciones de su padre en mi corazón. El timbre distintivo de su voz siempre sonará para mí como un bolero. Y cada vez que le sonrío, Tapiz me devuelve una sonrisa diferente; un lazo de complicidad que solamente una madre y una hija pueden reconocer. La otra cosa que ella no sabe es que, en nuestro silencio mutuo de reconocernos vive el amor que le dio la vida.

Ahora yo soy la abuela. Tal y como como a Yamila le gusta decir:

"Usted debe ser la voz de la sabiduría, señora Gabriela."

"Sí, se espera que yo sea una mujer sabia para todos aquellos que me rodean."

Cristina aprendió lo que yo tenía que enseñarle. Aprendió a manejar su casa, a casarse, y a afrontar la inexplicable soledad que abruma a la mujer después del parto. A través de mi respeto por su padre, también aprendió a ver a un esposo como un caballero, que es muy diferente a verlo como un amante. Nunca le enseñé cómo amar a un hombre por medio de la preparación de una comida.

Años después del gran dolor que sufrí en mi corazón, a menudo me preguntaba, ¿Cómo puede uno aprender a vivir con un amor imposible? Con el tiempo llegué a aceptar esa condición, igual que se puede hacer con cualquier otro tipo de dolor: soportarlo día a día. No obstante, y a diferencia de otras heridas, la herida de un corazón partido nunca llega a sanar por completo.

Hace unos pocos años, cuando tu abuelo murió, sentí un viejo pesar regresarme al corazón, y reconocí el peso que había cargado por tanto tiempo. Pero el peso en mi corazón estaba formado por la tristeza, y no por el pesar.

No me siento avergonzada de haber amado; por el contrario, me siento orgullosa de haber experimentado las incandescencias de la vida, a pesar de que—a veces—su brillo me cegara. He llegado a creer que a través de la fuerza e intensidad de nuestro amor, me fue dado el don de otra vida, o quizá, al final, el don de la única vida que tuve.

Un día, cuando estaba sentada en el patio del fondo leyendo "Ausencia bajo la luz de la luna," ese hermoso poema que Jorge Armando me había escrito mucho antes, una de las niñas de Cristina vino a sentarse en mi regazo, y me pidió que le contara de mi familia.

"Nana, ¿es verdad que tú tenías siete tíos? ¿Es verdad que rompían corazones? ¿Me puedes contar la historia?

Asentí con la cabeza mientras le acariciaba la mano.

"Algún día, Pilarcita, te lo contaré todo."

Esto es todo. Es dentro de ti que he vertido esta historia de amor, dolor y fortaleza. Es a ti, mi querida nieta, a quien le entrego mis verdaderos tesoros, las riquezas de mi corazón.

Ahora que he vertido las aguas salobres que mi vida me ha costado, deseo que las corrientes de la tuya fluyan con menos turbulencia, con menos altibajos de risas y lágrimas, de los ensueños y suspiros que fluyen a través de las profundidades desconocidas de la vida humana.

Jorge Armando Caballero llegó a mí el 10 de octubre de 1955. Era una tarde calurosa en Macuto. Yo tenía treinta años de edad. Tenía calor. Tenía sed. A pesar de que él sació mi sed con agua fría, su sangre caliente—como mi nombre aún corre en mi sangre, siempre cálida y con ardor.

Fue así como todo comenzó.

Al cerrar el último tomo del maravilloso regalo de su abuela, la imagen del hombre junto a la tumba de Nana le apareció en la mente. Ya podía ver su cara con toda claridad, y esa claridad fortaleció su propósito.

Por haber renunciado al amor de su vida, su abuela le había dado a Pilar el valor de reclamar su propio amor.

Y ella lo esperaba en un par de horas.

La añoranza que había sentido por él durante todo el tiempo que estuvo fuera adquirió una nueva importancia.

Sintiendo que el mismo aire que respiraba había cambiado, Pilar fue a la cocina, sacó los víveres, y, antes de ponerse a cocinar, miró al techo y dijo en una voz casi inaudible:

"Nana, voy a intentar tu receta. Deséame buena suerte."

Mientras picaba las cebollas, los ojos se le llenaron de lágrimas, por lo que alargó el brazo hasta una gaveta, y sacó unos fósforos, encendió uno, se lo colocó entre los dientes, y siguió picando. ¿Resultaría esto? ¡Sí! Pilar deseó de todo corazón que la noche fuera tan fácil como encender un fósforo, y también pensó lo que iba a decirle a Patrick. No lo había visto en una semana, y estaba ansiosa de hablar con él; de hecho, estaba tan ansiosa que no estaba segura de encontrar las palabras apropiadas.

Después de colocar la fuente en el horno, Pilar se duchó, y entonces, cuando ya era hora de vestirse, en lugar de ponerse unos jeans, se puso un vestido negro que le quedaba ajustadito. Cuando estuvo lista, se miró en el espejo y pudo sonreírle a la mujer que le devolvía la mirada. Antes de pasar al otro cuarto para poner la mesa, dijo en voz alta:

"Nana, espero que te parezca bien."

Cuando sonó el timbre de la puerta, le dio la bienvenida a Patrick diciéndole:

"Te extrañé."

Patrick, con su habitual informalidad, la miró de arriba abajo, y seguidamente exclamó:

"Hoyuelos, te ves tan rica que me dan ganas de comerte."

Sonriente, le dio la vuelta al dedo índice de la mano derecha, y se lo metió dentro de uno de los hoyuelos de la mejilla de Pilar.

Percatándose de cuánto lo había extrañado, lo abrazó tan fuertemente que parecía que nunca lo iba a dejar irse.

"¿Cómo te fue en el viaje?" preguntó, separándose un poco para mirarle la cara.

"Bueno, es una historia larga, Patrick. Quiero contártela toda. Pero primero, ¿quieres algo de tomar?"

"Por supuesto que sí."

Soltándolo de repente, Pilar fue a la cocina y volvió a la sala con una cerveza fría.

"Toma, tu favorita."

"Qué sabroso huele aquí, ¿Qué estás cocinando?"

"Ah, es una sorpresa. Es parte de la historia," contestó, sonriéndole.

"Bueno, está bien. ¿Cuál es la historia?"

"Vamos a ver . . . ¿Por dónde empiezo? . . . Bueno, mi abuela mi dejó sus diarios."

"¿Te dejó sus diarios? ¿Qué hay en ellos? ¿Ya los leíste?"

"Ah, sí . . . sí. Los leí. De una manera, resultaron ser más de lo que yo esperaba . . . y de otra, quizá fueron menos de lo que esperaba."

"¿Menos de lo que esperabas?"

"Es muy triste, Patrick. Resulta que ella no quería a mi abuelo de la manera que todos creíamos. Eso es lo que quiero decir con "menos de lo que esperaba." Me dolió mucho leer eso. Ella estaba enamorada de otro hombre."

"¿De otro hombre? ¿Sabes de quién era?"

"No. No lo sé. Bueno, creo que de verdad sí lo sé. Él estaba en el entierro, pero no hablé con él . . . Ninguno de nosotros lo habíamos visto antes. Así y todo, sin haber leído los diarios de Nana, yo podía decir que había sido alguien muy especial en su vida, por la manera en que él . . . Bueno, eso no importa ahora."

Patrick se veía intrigado, y le hizo señas a Pilar para que continuara. Como siempre, él la animaba en todo lo que ella hacía, sin importar cuán insignificante fuera.

"La cosa es, Patrick, que mientras más leía, más podía ver mi vida reflejada en la de ella. Este amor que ella tenía . . . la poseía. Quiero decir, ella no quiso que sucediera, pero sucedió. Según ella, vivieron el uno dentro del otro, se volvieron un solo ser. Yo no creo que el amor que compartieron fuera de esta vida. Pero de una forma rara, fue el amor lo que la mantuvo en pie durante todos esos años."

"Entonces, ¿cómo fue que ella nunca dejó a su marido por él?"

"Ella no podía, Patrick, no en esos tiempos. Tú no sabes de qué se trata, porque tú no eres de allá. Existen tradiciones . . . un sentido diferente de la responsabilidad. Pero al final, fue como si nunca se hubieran separado: él se mantuvo dentro de ella por toda su vida."

"¿Ella dejó todo eso escrito?" preguntó Patrick mirando la expresión sombría de Pilar.

Se acercó a ella y puso su mano detrás del cuello de ella.

"No te preocupes," mi vida.

"Ella dejó la historia escrita para mí, para que yo no . . . de eso era de lo que quería hablarte . . . Ella escribió todo esto con mucho cariño para asegurarse que yo no malgastara mi vida. Y eso me hizo comprender que esa clase de amor se da sólo una vez en la vida, y no es un regalo que debemos botar como si nada."

"¿Quieres decir que . . . ?"

"Quiero decir que la conviccion, la certeza de que hay una sola persona, una sola, con la cual podemos intercambiar el amor, el alma . . . que es diferente a compartir la vida con alguien. Nana lo llamaba "el huerto de la verdad.""

"Ya veo."

"Puede que te suene raro, pero yo he encontrado mi huerto de la verdad, y quería decírtelo tan pronto como lo supe, porque . . . porque no quiero perderte, Patrick."

Pilar lo abrazó, miró sus ojos, y entonces se puso a llorar. Lloró por su abuela lágrimas agradecidas de amor y pérdida, y lloró por ella misma, porque al fin había encontrado el valor de reconocer lo que ella deseaba, después de haber estado—por tantos años— aceptando todo lo que los demás querían para ella.

Patrick la haló hacia su regazo, le separó el cabello de la cara, y le besó las mejillas salpicadas de llanto. Pilar le devolvió el abrazo, aceptando su ternura, sintiendo que él la atraía, y pensando que en un mundo lleno de incertidumbres, nunca había estado tan segura de algo en la vida.

La llevó cargada al cuarto, y tiernamente la colocó sobre la cama para desvestirla. Ella cerró los ojos y permitió que el roce de su mano la transportara. Sus lentas caricias parecían convertirse en días. Con el toque suave de sus dedos, ligeros como la caricia de una pluma, Patrick comenzó a dibujar figuras sobre su cuerpo. A medida que sus manos se movían sobre su vientre en largas líneas y amplias curvas, Pilar sintió que el futuro cada vez estaba más cerca.

Al igual que su cabello ondulante, sus cuerpos se movían con una cadencia hechizante de movimientos esbeltos. Pilar se arqueó ligeramente, y agarró las sábanas con los puños cerrados. Con los ojos cerrados herméticamente y los labios ligeramente abiertos, sintió que todo el cuerpo le temblaba, una y otra vez, hasta que no le quedó otro remedio que soltar las sábanas que tenía en las manos, y abandonar todo sentido de control. Y de esa manera se dejó llevar por la pasión.

A Pilar le parecía estar soñando, y que lo único que podía ver era una luz brillante. Vio la sombra de su alma elevarse, incandescente. Al fin había encontrado la paz.

Aunque no sabía lo que le esperaba, Pilar sintió el calor del amor de Patrick. Al contemplarlo mientras dormía, Pilar deseaba que estuviera soñando con ella. Y en su corazón le dio las gracias a la abuela que ahora conocía más que a nadie. Le dio las gracias a Gabriela por su amor, y por compartir los secretos que ahora le permitirían comenzar a darle forma a su propio destino.

Acostada ahí, en los brazos de Patrick, Pilar sintió el olor de la paella, todavía en el horno, humedecida por su amor, tibia aún, acurrucada en la fuente como si fuera un niño en brazos de su madre; aquella cama de arroz asoleada por el azafrán, que Nana decía que podía conquistar aun los corazones más indiferentes, y los hermosos mejillones, con su promesa de vida, estaban ahí también, abiertos sobre la tibia cama de arroz.